Fumaça branca

TIFFANY D. JACKSON

Fumaça branca

Tradução
SOLAINE CHIORO

O selo jovem da Companhia das Letras

Copyright © 2021 by Tiffany D. Jackson

O selo Seguinte pertence à Editora Schwarcz S.A.

Grafia atualizada segundo o Acordo Ortográfico da Língua Portuguesa de 1990, que entrou em vigor no Brasil em 2009.

TÍTULO ORIGINAL White Smoke
CAPA Giulia Fagundes
ILUSTRAÇÃO DE CAPA Amanda Miranda
PREPARAÇÃO Giu Alonso
REVISÃO Bonie Santos e Paula Queiroz

Dados Internacionais de Catalogação na Publicação (CIP)
(Câmara Brasileira do Livro, SP, Brasil)

Jackson, Tiffany D.
  Fumaça branca / Tiffany D. Jackson ; tradução Solaine Chioro. — 1ª ed. — São Paulo : Seguinte, 2022.

  Título original: White Smoke.
  ISBN 978-85-5534-220-2

  1. Ficção norte-americana I. Título.

22-117938   CDD-813

Índice para catálogo sistemático:
1. Ficção : Literatura norte-americana   813

Cibele Maria Dias – Bibliotecária – CRB-8/9427

[2022]
Todos os direitos desta edição reservados à
EDITORA SCHWARCZ S.A.
Rua Bandeira Paulista, 702, cj. 32
04532-002 — São Paulo — SP
Telefone: (11) 3707-3500
www.seguinte.com.br
contato@seguinte.com.br

*Para o meu sorvetinho, meu irmão caçula,
Duane Jackson, que ainda odeia filmes de terror
e que provavelmente nunca vai ler este livro.*

Prefácio

Ah, aí estão vocês. Disseram que logo chegariam. Por todos esses anos, fui deixada para apodrecer e ruir... para morrer. E agora vocês chegaram. Uma família tentando me substituir. Tentando apagar quem sou. Quem somos.

Mas isso nunca vai acontecer. Porque esta casa é minha. Não importa quantas novas demãos de tinta passem ou quantas tábuas do assoalho troquem... Ela sempre será minha casa. Vocês nunca vão tirá-la de mim. É minha. Paga com o sangue da minha família. Sempre será minha. Minha. Minha. Minha. Toda minha. Não podem tirá-la de mim.

Logo vocês vão entender: minha casa, minhas regras. Tudo que a vocês pertence agora é meu. E vão obedecer às minhas regras até o dia que partirem. Isso mesmo, vocês não ficarão aqui por muito tempo. Eu garanto.

Ah, olha só! Trouxeram uma amiguinha para mim.

Um

ALARME: HORA DA PÍLULA!

Sinto falta do calor do sol.

Sinto falta do céu azul sem nuvens, das praias rochosas, das paisagens montanhosas, das palmeiras e dos espinhos dos cactos. Da terra úmida das plantas em minhas mãos, das pontinhas afiadas das folhas de babosa... As lembranças são cacos de vidro cortantes e recém-partidos que me perpassam.

Mudar é bom. Mudar é necessário. Mudar é preciso.

Nos últimos três dias, não tenho visto nada além das infinitas rodovias cimentadas pela janela traseira da nossa minivan, o céu se acinzentando a cada estado que atravessamos. E, sério, eu abriria mão do meu peito direito só para vislumbrar qualquer outra coisa que não motéis suspeitos, restaurantes gordurentos de beira de estrada e banheiros de postos de gasolina.

— Papai, já chegamos? — Piper pergunta da fileira do meio com um livro no colo.

— Quase, docinho — Alec responde do volante. — Está vendo a silhueta da cidade? Faltam uns oito quilômetros.

— Nossa nova casa — minha mãe diz com um sorriso esperançoso, entrelaçando seus dedos marrom-dourados na mão branca de Alec.

Piper olha para eles com os dentes trincados.

— Preciso ir ao banheiro. *Agora* — anuncia ela, com um ar de soberba tão grande que fica até difícil respirar na van lotada.

— Sério? De novo? — Sammy balbucia baixinho, se esforçando para não descontar sua frustração na revista em quadrinhos.

Buddy, nosso pastor-alemão mestiço, cutuca o braço de Sammy, exigindo que o carinho atrás das orelhas continue.

— Mas estamos quase lá, querida — diz minha mãe, brilhante como um raio de sol. — Acha que consegue segurar um pouquinho mais?

— Não — ela dispara. — Não é bom segurar o xixi. A vovó me disse isso.

Mamãe força um sorriso e vira para a frente. Ela tem feito de tudo para descongelar o coração de Piper, que continua uma pedra de gelo, não importa o que se faça.

Sammy, mascando um doce de fruta orgânica, tira um fone de ouvido e se aproxima para sussurrar:

— Essa playlist deveria ter durado o tempo completo da viagem, de acordo com o Google Maps, mas eu já ouvi tudo duas vezes. Tinha que ter colocado um dia a mais pra dona bexiga furada.

Piper fica tensa, esticando a coluna e fingindo não ouvir. Mas está ouvindo. Ela sempre está ouvindo. Foi isso que descobri nos últimos dez meses. Ela escuta, arquiva a informação e conspira. Piper tem o cabelo loiro puxado para o ruivo, com sardas acobreadas e lábios rosados que raramente formam algo sequer parecido com um sorriso. Dependendo do ângulo, é branca como um fantasma. Chego a pensar que deveríamos ter ficado na Califórnia para ver se assim o sol dava uma corada nessas suas bochechas.

— Vamos pegar a próxima saída e procurar um posto — Alec diz para minha mãe. — Tudo bem, né?

— Hm, claro — ela responde, soltando a mão dele para prender os longos dreads em um coque alto. Ela mexe no cabelo toda vez que está desconfortável. Me pergunto se Alec já percebeu isso.

Mudar é bom. Mudar é necessário. Mudar é preciso.

Já repeti esse mantra pelo menos um milhão de vezes enquanto nos afastamos cada vez mais do passado e dirigimos em direção a um futuro incerto. A incerteza não é necessariamente algo ruim, só te faz se sentir apertado dentro de uma prisão que você mesmo construiu. Mas meu guru me disse que, toda vez que começar a me afogar em pensamentos, devo segurar firme no mantra, como se fosse um colete salva-vidas, e esperar que o universo mande resgate. Isso tem funcionado de verdade nos últimos três meses em que estou sem meus remédios para ansiedade.

Mas, então, eu vejo. Uma manchinha preta no meu vestidinho cor de caramelo.

— Não não não não... — choramingo, convulsionando, enquanto um fato que sei de cor toma conta de mim.

FATO: A fêmea dos percevejos é capaz de colocar centenas de ovos durante a vida, cada um do tamanho de um grão de poeira.

Todos os carros na estrada colidem e meu corpo explode em chamas.

Centenas de ovos, talvez milhares, estão sendo colocadas no meu vestido, na minha pele, a cada segundo que passa. Eclodindo, acasalando, eclodindo por todo o meu corpo, não consigo respirar, preciso de ar, não, preciso de água quente, calor, sol, fogo, queime o carro, sai sai sai sai!

Puxo a mancha com as unhas, segurando contra a luz e esfregando as fibras macias.

Não é um percevejo. Só um fiapo de tecido. Tudo bem. Você está bem. Tudo bem tudobemtudobemtudobemtudobem...

Jogo a sujeira pela janela com um peteleco e seguro o terrário que carrego no colo antes que meu joelho trêmulo acabe derrubando-o. Preciso de um baseado, um brownie batizado, uma bala de maconha... Nossa, agora eu aceitaria até ficar chapada indiretamente, de tão desesperada que estou por entorpecimento. Meus nervos agitados tentam rasgar a pele pesada que os sufoca. Não posso explodir aqui. Não na frente do Sammy, e muito menos na frente da minha mãe.

Conecte-se com o presente. É, mantenha-se no aqui e agora. *Você consegue, Mari. Pronta? Vai.* Cinco coisas que consigo ver:

1. A silhueta azul de uma cidade adiante.
2. Uma igreja destruída sombreada por árvores.
3. Uma velha torre de relógio marcando a hora errada.
4. À esquerda, bem longe, quatro prédios acinzentados sem janelas que parecem blocos de concreto gigantes.
5. Mais perto da estrada, uma espécie de fábrica abandonada. A julgar pelas muitas ervas daninhas saindo das rachaduras no estacionamento e pela placa de neon em estilo *art déco* — Motor Sport — pendurada no telhado, dá para ver que ninguém entra lá há anos. O vento assoviando pelas janelas quebradas deve soar como o canto de baleias.

Me pergunto como deve ser lá dentro. Provavelmente é um lugar assustador e decrépito, uma casca vazia dos antigos Estados Unidos, sujo pra caramba, com pôsteres da Segunda Guerra Mundial ilustrando mulheres de macacão segurando britadeiras. Levanto o celular para tirar uma foto, mas aí ele vibra com uma mensagem de Tamara.

T-zuda: Cara, vc já chegou?
Eu: Não. Ainda no caminho para lugar nenhum. Acho que o Alec está sequestrando a gente.
T-zuda: Bom, liga o localizador pra eu poder achar seu corpo.
Eu: E o presente que você me deu já acabou.
T-zuda: Eita!!! Já?
Eu: Não durou nem dois estados.
T-zuda: Pensando melhor, dá o fora dessa merda AGORA.

Estou com saudade de Tamara. E só. Todos as outras pessoas de lá podem sofrer uma morte lenta e dolorosa. Agressivo, né? Está vendo o porquê do baseado?

— Papai, tem alguma coisa errada comigo?

A voz aguda de Piper é capaz de rachar porcelana.

Alec olha a filha pelo retrovisor, o halo angelical dela o cegando para a realidade.

— Claro que não! O que te fez pensar isso?
— Sammy disse que minha bexiga é furada. O que isso quer dizer?
— O quê?!

A Piper é assim. Ela pensa longe, espera o momento certo de jogar as bombas. É um jogo de xadrez, não damas.

Enquanto meu irmão mais novo discute com a unidade parental sobre usar apelidos maldosos, Piper ostenta um sorriso satisfeito, encarando pela janela a cidade que com certeza vai dominar.

Você já assistiu ao primeiro episódio de *The Walking Dead*? Sabe, aquele em que o Rick Grimes acorda na cama de hospital, sem saber nada do que aconteceu nas últimas quarenta e oito horas, aí sai cavalgando pelas ruas detonadas pós-apocalipse, perplexo por encontrar o mundo inteiro na merda? Bem, pegar a saída da estrada que dá em Cedarville passa um clima de desolação parecido.

Piper se reclina para a janela, as sobrancelhas franzidas.

— Papai, teve um incêndio na cidade?

Sigo o olhar dela até as inúmeras casas queimadas que ladeiam a avenida.

— Hm, talvez, docinho — diz Alec, dando uma olhada rápida. — Ou talvez elas só sejam... muito velhas.

— Por que não consertam?

— Bem, a cidade passou por alguns... problemas financeiros no passado. Mas está melhorando. Por isso estamos aqui!

Sammy me cutuca.

— Mari, olha.

Do lado dele, mais prédios, lojas e até escolas, tudo abandonado. Placas indicam que estão fechados desde pelo menos os anos 1990.

— Nossa senhora — arfa minha mãe.

É bem diferente da cidade praiana onde ela cresceu. Onde eu cresci. Para onde não posso voltar nunca mais.

Alec contorna uma esquina, descendo a Maple Street. Só percebo o nome por causa de uma placa rachada balançando na frente de uma mansão vitoriana de três andares com paredes de tijolos vermelhos, o telhado do campanário cedendo, janelas com tapumes cobertas de fuligem e trepadeiras subindo pelas laterais.

A casa ao lado é pior ainda. Um bangalô térreo, com um teto que parece um saco meio rasgado de salgadinhos e uma árvore crescendo por dentro. A próxima parece uma casa de boneca assustadora... e por aí vai.

Minha mãe e Alec trocam um olhar de desconforto.

— Qual... é... a nossa? — murmura Sammy, observando tudo.

— Ah! — diz minha mãe, apontando. — Ali, lá na frente. Chegamos!

Estacionamos diante de uma radiante casa rústica, com paredes brancas, uma varanda grande ainda em obra, janelões, grama bem verde e uma porta azul-cobalto. Um contraste gritante com o resto das casas do quarteirão, e a única que tem sinal de vida, com pedreiros zanzando pelo terreno.

Uma mulher branca usando um terninho cinza acena dos degraus de entrada com uma pasta de couro na mão.

— Aquela deve ser a Irma — diz minha mãe, acenando em resposta. — Ela representa a Fundação. Se comportem.

Logo abrimos sorrisos falsos, saímos da van e ficamos parados na calçada, olhando para nossa nova casa. Mas não consigo evitar dar uma espiada no entorno dilacerado, esperando que um zumbi saia cambaleando dos arbustos.

Irma vem se aproximando pela entrada da garagem, os saltos baixinhos estalando e os cachos castanhos balançando. De perto, ela é mais velha do que seu cabelo tingido faz parecer.

— Olá! Olá! Bem-vindos! Você deve ser a Raquel. Eu sou a Irma Von Hoven, conversamos ao telefone.

Minha mãe aperta a mão dela.

— Irma, claro, é um prazer conhecer você pessoalmente!

— Parabéns de novo por ganhar a residência COFP. Estamos muito felizes de receber você em Cedarville!

— Obrigada! Esse é meu marido, Alec, e nossos filhos: Sam, Marigold e Piper.

— Enteada — corrige Piper.

Alec aperta os ombros dela, rindo.

— Docinho, lembra que somos uma família agora, certo? Pode dizer oi para a sra. Von Hoven?

— Achei que *a gente* já tinha feito isso.

Irma arregala os olhos e abraça a pasta, então vira para mim.

— Nossa, mas como você é alta!

Suspiro.

— É o que sempre dizem.

— Ah... claro. Que tal um tour? Vamos?

— Sim, seria ótimo, obrigada — diz minha mãe, um pouco desanimada. — Sammy, deixa o Bud no carro.

— Vamos entrando. E não reparem nos pedreiros, eles estão só terminando uma coisinha ou outra. Tivemos alguns contratempos semanas atrás, mas está tudo correndo bem agora.

A porta abre com um rangido e avançamos em fila pela entrada. A casa é enorme por dentro. O triplo do nosso puxadinho na praia, como meu pai gostava de chamar.

— A casa foi construída originalmente no começo dos anos 1970, mas, claro, nós fizemos uma reforma. Eletrodomésticos de aço inoxidável, hidráulica renovada, piso novo, está um brinco. À esquerda, temos a sala de estar... Não reparem nas ferramentas. À direita, uma sala de jantar formal, ótima para receber convidados. A escada acabou de ganhar uma demão nova de verniz, não está incrível?

Madeira. É só isso que vejo. Madeira para todo lado. Um lugar novo para os percevejos fazerem tocas...

FATO: Percevejos amam se entocar em colchões, malas, livros, rachaduras nas paredes, tomadas e qualquer coisa de madeira.

— Aqui no fundo, uma cozinha maravilhosa, que dá para uma sala de estar mais intimista. Um lugar ótimo para as crianças brincarem. Essa mesinha de canto recebe muita luz natural. Despensa grande, muito espaço de armazenamento...

Um milhão de armários de cerejeira, caixilhos de madeira nas janelas enormes, tábuas enceradas... madeira, madeira e mais madeira.

Com as mãos trêmulas, coloco meu terrário ao lado de uma cesta de boas-vindas cheia de carnes defumadas, queijos, nozes e biscoitinhos. Pego as nozes e as enfio na lixeira, assustando Irma.

Minha mãe intervém.

— Desculpa, o Sammy é alérgico.

— Ah, entendo — diz Irma, pestanejando algumas vezes. — Hm, na primeira porta aqui temos uma pequena biblioteca. Pode ser um ótimo espaço para um escritoriozinho.

Bato em uma parede. Oca. O lugar tem uma estrutura boa, mas um isolamento péssimo. Dou um pisão no chão, fazendo um eco vibrar.

Irma lança um olhar severo para minha mãe.

— Hm, o pai deles é arquiteto — ela explica timidamente.

— Ah. Claro.

Não sei por que todos estão olhando para mim como se eu fosse doida. Se os invernos no Meio-Oeste são mesmo como mostram nos filmes, vamos morrer congelados quando chegar novembro! Coloco um novo alarme no celular:

10H25 ALARME: COMPRAR COBERTORES COM AQUECIMENTO ELÉTRICO.

— O que é isso? — pergunta Sammy, apontando para uma porta embaixo da escada.

A madeira escura e empenada se destaca do interior pintado e elegante.

— Ah. Sim, hm, ali é o porão, mas é proibido. O sr. Watson vai explicar, ele é o supervisor da obra. Vamos ver os quartos?

Marchamos escada acima, nos reunindo no corredor sem janelas. Uma batida alta ecoa acima de nós. Piper se encolhe, se agarrando ao pai.

— Não se preocupem! Eles estão mexendo no telhado. Enfim, são três quartos e uma suíte, com vista para o jardim. Tem uma iluminação maravilhosa...

— O que vocês acham? — sussurra minha mãe, sorrindo. — Legal, né?

— É... cheio de madeira — resmungo, coçando a dobra do cotovelo.

— E aqui fica o banheiro do segundo andar. Não é enorme? A banheira vitoriana é *totalmente funcional*.

Enquanto eles se apertam no banheiro para admirar o piso quadriculado, eu me afasto para ligar para o meu pai. É quase meia-noite no Japão, mas ele ainda deve estar acordado.

Sem sinal. No meio da cidade? Isso é... impossível.

O chão range atrás de mim, como se passos pesados pressionassem a madeira antiga. Em meio à escuridão, sinto um calafrio subir por meus braços. Parece mais gelado aqui do que do lado de fora. Eu me viro a tempo de ver uma sombra passando por baixo da porta de um dos quartos.

Ela não falou que eles estavam no telhado?

— Oi? — digo, me aproximando com passos suaves.

É fraca, mas ouço uma inspiração lenta enquanto a sombra se afasta. Depois, silêncio.

Giro a maçaneta e a fechadura destrava. A porta se abre sozinha devagar, e meio que espero ver alguém parado bem atrás dela.

Mas não tem ninguém.

O quarto está vazio. As paredes são brancas e lisas. Não há nem mesmo cortinas nas janelas que dão para o quintal, onde os galhos dos pinheiros balançam com a brisa.

— Ah — digo, rindo de mim mesma. Brisa, sol, galhos... Claro, isso tudo forma sombras no chão.

Tá vendo por que preciso relaxar?

O quarto bem iluminado tem um guarda-roupa pequeno e tábuas desniveladas no chão, mas é acolhedor e tranquilo. Meu guru uma vez disse: "Lar não é um lugar, é um sentimento". Talvez este lugar não seja tão ruim. Mas num piscar de olhos me distraio com um enorme buraco na moldura da janela.

Bem, não é enorme. É um vãozinho, mas tem espaço suficiente para percevejos se instalarem.

Pego o cartão de crédito na carteira e o deslizo pela fenda.

Provavelmente consigo vedar isso com algum selante...

Irma entra no quarto com os sapatos barulhentos, minha família atrás dela.

— E aqui, temos... Ah, querida? O que está fazendo?

Fico tensa.

— Hm... procurando percevejos.

Minha mãe abre um sorriso forçado.

— Mari é muito... proativa quando se trata de manutenção doméstica.

Irma fica pasma, mas devolve um sorriso falso.

— Ah. Certo, tudo bem. Vamos nos reunir na cozinha?

Sammy move os lábios sussurrando um "esquisita" para mim, sem que ninguém mais possa ouvir, e sorri enquanto descemos a escada.

— Ah, sr. Watson — suspira Irma, acenando para o senhor careca parado na entrada da casa. — Esta é a família Anderson-Green. Acabei de fazer um tour pela casa nova deles.

O sr. Watson bufa, não conseguindo esconder sua irritação com Irma. Ele tem tipo um metro e noventa de altura, barba grisalha bem espessa e pele marrom-escura. Tira o capacete de obra e faz uma saudação brusca com a cabeça para nós.

— Olá. Cuidado com a pressão da água. Não forcem demais os canos, são novos. Vou ver como os rapazes estão.

Ele assente de novo, dá um tapa no capacete e sai de fininho pela porta.

— Então tá. — Alec ri.

Um homem de poucas palavras. Já gostei dele.

— Bem. — Irma suspira. — Vamos?

Ela coloca a pasta na ilha de granito da cozinha, tirando de lá vários panfletos e papéis.

— Tudo bem. Aqui está o contrato para as assinaturas. E, por motivos legais, preciso repassar as regras com vocês mais uma vez.

— Sim, claro — diz minha mãe, com Alec ao seu lado, massageando o pescoço dela.

Em instantes, Piper para atrás dele, puxando sua camiseta. Seria cômica a necessidade infinita que ela tem de chamar a atenção do pai, se não fosse irritante.

Irma ajeita os óculos e começa a ler um papel:

— Como foi combinado, é permitido que os artistas participando da Residência Cresça Onde Foi Plantado, conhecida como COFP, morem em uma das casas históricas restauradas sem nenhuma cobrança durante o período da residência, com a opção de comprá-la após o término do contrato. A cada trimestre, é esperado que a artista, essa é você, participe dos jantares beneficentes, eventos de interação e bailes de gala da Fundação Sterling em prol da reconstrução da comunidade de Cedarville. Ao fim da residência, a artista deve produzir pelo menos um projeto de grande porte, ou seja, seu novo livro. Quebra de contrato resultará em despejo imediato, e a artista deverá cobrir o preço da hipoteca com juros, além de qualquer dano, de acordo com a duração de sua estadia.

— Papai, o que significa "despejo"?

Alec coloca uma mecha do cabelo de Piper atrás da orelha.

— Significa que a gente precisaria sair da casa na hora. Mas não se preocupe. Isso não vai acontecer.

Um tom de alerta amarra as palavras de Alec bem juntas.

Minha mãe respira fundo.

— Então? Onde eu assino?

Enquanto eles finalizam os documentos, fico parada diante da porta de vidro que dá no quintal cercado estreito e tento ligar para meu pai como prometi, mas com uma barrinha de sinal mal consigo mandar mensagem. Do lado de fora, um pedreiro passa verniz no deque, tingindo a madeira com um tom de cerejeira escura. Suas pinceladas são apressadas e erráticas pra caramba, suor escorre por sua nuca.

Cara, tá nervoso, é?

Minha mãe se aproxima de mim, abraçando meus ombros. Uma aura acolhedora de paz irradia de sua pele.

— Bastante espaço pra um jardim novo. Podemos fazer uns canteiros elevados ali no canto, passar uma cerca para o Bud não estragar.

Ela está tentando me mostrar o lado bom de tudo isso, mas não consigo ver nadinha. Pelo menos ela está feliz. Sempre quis que ela fosse feliz.

— Ah! Você gosta de jardinagem? — pergunta Irma atrás de nós. — Em Cedarville temos um programa bem legal de jardinagem urbana organizado pela biblioteca. No último domingo de cada mês.

Seguindo Irma para a varanda da frente, observamos a vizinhança. Quase espero uma bola de feno passar voando.

— Sra. Von Hoven, com todo o respeito, mas onde está, hm, todo mundo? — pergunta Sammy, coçando a cabeça. — Tá tendo algum churrasco em outro estado e a gente não foi convidado?

Eu ganhei na loteria dos irmãos caçulas com o Sammy. Mentalmente, ele tem o dobro de sua idade, com um senso de humor incrível e sarcasmo de sobra. Sempre posso contar com ele para quebrar a tensão e dizer o que todo mundo está pensando.

Irma solta um risinho.

— Bem, vocês são nossos primeiros artistas residentes! Mas muitos mais virão. A Fundação Sterling é dona de todas as propriedades nesta área da Maple Street. Venham! Vou fazer um resumo para vocês. — Ela enrosca o braço no de Sammy, descendo a entrada da garagem.

Piper se enfia entre minha mãe e Alec, segurando a mão dele enquanto seguimos.

— Então! Você, meu jovem, mora na Maple Street, entre a Division Avenue e a Sweetwater Avenue, no bairro de Maplewood, em Cedarville — ela diz, apontando ao falar. — É uma área de mais ou menos uns quinze quarteirões. A população é de cerca de duas mil pessoas. Subindo três quarteirões na Maple Street fica o Cedarville Park. Atrás do parque é o cemitério. Virando à esquerda na Sweetwater e subindo quatro quarteirões chegamos no Colégio Kings. Vire na rua à direita, suba três ruas e está na Benning Elementary, bem ao lado da Escola Pinewood. Virando à esquerda na Division você chega ao mercado e pega o acesso à estrada. Ficamos a quinze minutos do centro de Riverwalk.

— Tem um rio? — pergunta Piper.

Por algum motivo, isso a interessa.

— Ah, sim. O calçadão é lindo também. Muitos restaurantes novos, cassinos e um fliperama. Agora, uma dica para os pais, se me permitem: a Sweetwater Avenue é meio... fora da curva, se é que me entendem. Esta vizinhança ainda é uma área emergente. — A voz dela fica mais baixa. — Tranquem as portas e janelas todas as noites. Nunca deixem nada no carro ou na varanda se não quiserem que seja roubado, e não deixem as crianças soltas por aí. Especialmente por essas casas antigas.

Ficamos todos tão tensos que daria para ouvir um alfinete caindo a um quarteirão de distância.

Irma solta uma risada.

— Mas, de verdade, Cedarville é uma das cidades mais hospitaleiras do país. Um pouco de poeira só faz dar mais personalidade.

— Se você diz... — balbucia Sammy.

— Tudo bem. Acho que isso é tudo que eu precisava dizer. Mês que vem, o sr. Sterling gostaria de convidá-los para um jantar na casa dele. Eu mando as informações em breve. Os pedreiros devem terminar tudo em uma ou duas semanas. Vocês têm meu telefone, então se surgir algum problema, por favor, me avisem. E mais uma vez, sejam bem-vindos a Cedarville!

Irma acena indo até seu carro, nos deixando perplexos e paralisados, como se tivesse despejado um caminhão de informações sobre nós.

Quando o carro se afasta, sou mais rápida que Sammy no gatilho.

— Então... a gente não vai mesmo ficar aqui, né?

Minha mãe zomba:

— Por que não?

— Hm, para começar, você já olhou em volta? — pergunta Sammy, gesticulando para a rua erma.

A casa de tijolos à nossa direita, sufocada por trepadeiras, parece mais uma cerca viva gigante, tábuas de madeira tampando todas as janelas e portas.

— Bom — diz Alec. — Ela disse que vão chegar mais famílias. Em breve.

— Pessoal — implora minha mãe. — Essa é uma oportunidade ótima, e, mais importante: é uma casa DE GRAÇA!

— É... — Dou uma risada, cruzando os braços. — E ainda assim está saindo caro.

— De graça também significa sem contrair *dívidas* — acrescenta Alec, as engrenagens da mente de contador girando por trás de seus olhos azuis. — Pensem nisso como uma aventura. Somos pioneiros!

— Você não quer dizer colonizadores? — disparo. — Já que tudo isso claramente já foi de alguém antes?

Alec faz uma careta, e me parece justo considerando todas as vezes que Piper deixou minha mãe desconfortável.

Piper puxa o braço de Alec.

— Papai, posso escolher meu quarto agora?

— Ah, claro, docinho, claro. Vamos lá dar uma olhada.

Alec segura a mão de Piper e eles voltam para dentro, sem se importar em conferir se os outros filhos também gostariam de escolher os quartos. Mas quem estou querendo enganar? Piper vai sempre vir primeiro.

Minha mãe olha para nós e segura nossas mãos.

— Pois bem. Então, eu sei que vocês dois estão... apreensivos. Mas olhem pelo lado bom: se isso não der certo, só precisamos ficar aqui por três anos.

— Três anos! — gritamos.

— É assim que funcionam as residências. Este vai ser um novo começo, *sem dívidas*. Para *todos* nós. E é exatamente disso que precisamos. — Ela olha para mim. — Certo, Marigold?

Ah, claro. *Sem dívidas* é necessário porque minha estadia no Centro de Reabilitação Strawberry Pines não foi exatamente barata. Só um pouco menos que o custo de um semestre em alguma universidade da Ivy League. Isso é um teste. A maioria dos cenários será assim de agora em diante. E não posso falhar, ou vou precisar renunciar à minúscula parcela de liberdade que eles prometeram me dar.

Então mordo a língua e solto meu mantra habitual:

— Mudar é bom. Mudar é necessário. Mudar é preciso.

Sammy revira os olhos.

— Se você diz, Oprah.

Fooon fooon!

O caminhão da mudança estaciona atrás de nós.

— Bem na hora — diz Sammy. — Nossa vida antiga chegou.

Minha mãe solta nossas mãos.

— Sammy, corre lá dentro e chama o Alec. Marigold, você pode começar a tirar as coisas da van? Não quero que as ervas murchem nem que o Buddy derreta.

As portas da van abrem e Buddy salta para fora, lambendo meu rosto como se tivéssemos sumido há eras. Não dá para não amar cachorros e seu amor incondicional.

— Oi! — diz minha mãe, se aproximando dos caras da mudança. — Achei que vocês iam chegar aqui hoje de manhã. O que aconteceu?

Um dos carregadores que reconheço da Califórnia pula do caminhão enquanto os outros abrem a porta traseira e puxam a rampa.

— O sinal é horrível por aqui! Paramos para pedir informação, mas ninguém nunca ouviu falar de *Maple* Street.

— Sério? Para quem vocês perguntaram?

Ele ri e aponta para trás de nós.

— Para os seus vizinhos.

Subindo a rua, do outro lado da Sweetwater Avenue, a vida desabrochou; pessoas saem aos poucos das casas, parando nos gramados meio mortos e nos encarando em silêncio.

— Uau — murmuro.

Vinda de uma pequena cidade de brancos, essa é a maior quantidade de pessoas negras que já vi na vida real.

Preciso mostrar para Tamara!
Pego o celular no bolso e minha mãe abaixa meu braço.
— Marigold — sussurra. — Não tire foto das pessoas sem permissão. É falta de educação.
— Você não acha que *eles* estão sendo mal-educados? Estão encarando como se a gente fosse uma trupe de circo.
— Talvez seja sua saída de praia, chinelos e bijuteria em formato de maconha que estão deixando o pessoal interessado. — Sammy ri, pulando do meio-fio. Ele para no meio da rua e acena. — Oi!
Silêncio. Nenhuma resposta. Nem mesmo das crianças. Só uma aglomeração de manequins.
— Poxa — murmura Sammy. — Ela não falou que Cedarville era a cidade mais hospitaleira do país?
— Sim, Sammy. Não está impressionado com o comitê de boas-vindas?
— Vamos lá, vocês dois. — Minha mãe ri. — Vamos trabalhar!
Ajudamos os caras da mudança a descarregar o caminhão, levando móveis e caixas para dentro. Superviciono a maioria das embalagens e embrulhos antes de sairmos, garantindo que nenhum percevejo possa ter pegado uma carona para nossa nova casa.
DING DING DING
Um coro de alarmes toca no andar de cima, ali embaixo e do lado de fora. Alarmes de celular. Todos os pedreiros têm despertadores programados para o mesmo horário: 17h35. Os homens largam as ferramentas na hora e saem depressa, correndo porta afora e pulando nos carros.
— O que está havendo? — pergunta Sammy, puxando uma mala pela sala de estar.
— Eu... Eu não faço ideia — diz minha mãe da cozinha, abrindo uma caixa de louças.
O sr. Watson desce a escada trotando e para na entrada.
— Acabou o expediente. De volta amanhã. A TV e a internet talvez sejam instaladas mais para o fim da semana que vem.

— Semana que vem! — grita Sammy, com a mão no peito.

— A companhia elétrica precisa refazer a instalação de toda esta parte do bairro. Ninguém mora aqui faz trinta anos.

— Não me diga — resmungo. — Nem deu para perceber.

O sr. Watson faz um aceno breve com a cabeça e sai apressado pela porta. Pneus cantam ao se afastarem.

— Parece que estão com pressa de chegar em casa. — Minha mãe dá de ombros. — Ou talvez estejam todos indo para uma festa.

Não parece que estão com pressa de chegar a algum lugar — mas sim de sair daqui.

Dois

Eu sempre odiei o cheiro da casa dos outros.

Esta casa fede a madeira úmida. E não tipo floresta no orvalho da manhã, mas tipo lenha de fogueira que alguém apagou com uma mangueira, um cheiro que nem uma tonelada de tinta ou verniz esconde.

A velinha aromática sob o aromatizador de porcelana tremula. Aromaterapia. Um dos truques que aprendi para acalmar minha ansiedade. Música suave, plantas, velas... pode escolher, eu vim preparada. Lugares novos como este podem mexer com meu equilíbrio, e preciso provar que consigo me controlar. Estou contente por ter trazido um pacote extra de incenso e um vidrinho de óleo de hortelã da minha loja de produtos naturais favorita lá perto de casa.

Mas onde vou comprar mais quando acabarem? Onde fica o mercado orgânico mais próximo? Estúdios de ioga? Cafeterias? Restaurantes veganos? Um lugar para trançar meu cabelo? Mais importante: onde vou encontrar maconha? Eu conseguiria responder todas essas perguntas se tivesse pelo menos uma barrinha de sinal de celular decente. Bem, um mercadinho eu acharia com certeza. Pego o celular para colocar um lembrete...

11H00 ALARME: PERGUNTAR SOBRE COMÉRCIO.

Buddy pula na cama e se enfia debaixo das cobertas. Ele passa a maior parte do tempo com Sammy, mas ama dormir comigo.

Saio rastejando pelo quarto para inspecionar os rodapés com a lanterna do celular, esfregando-os com uma mistura de água quente e sabão, calafetando os buracos e acrescentando algumas gotas de óleo de canela.

FATO: Percevejos odeiam cheiro de canela.

Usar calor seria a melhor estratégia para erradicar qualquer coisa, mas meu secador e meu vaporizador ainda estão no fundo de alguma caixa, então essas precauções simples vão ter que segurar por ora.
Cof! Cof! Cof!
— Papai! A Marigold está fumando de novo!
Alec atravessa o corredor com passos enfurecidos e para à minha porta, com a boca tensa e acusações na ponta da língua. Do chão, eu sustento seu olhar com o mesmo desdém. Ele suspira e vira o rosto na direção do quarto de Piper, em frente ao meu.
— Docinho, ela não está fumando. São aqueles gravetinhos fedidos, a gente já te falou sobre isso, lembra?
Ela finge outra tosse.
— Não estou conseguindo respirar.
— Quer que eu feche sua porta?
— Não! Tô com medo.
Bato minha porta com força, apreciando por um momento o fato de ter uma maçaneta de novo. Minha mãe tirou a tranca do meu antigo quarto e deixou só um buraco. Privacidade, um conceito risível. "Só por segurança, meu amor", ela disse, com os olhos repletos de pena. Eu nem podia discutir; fiz por merecer.

Depois de mais uma hora limpando, a casa se tranquiliza, então coloco os fones de ouvido e começo a ouvir o aplicativo de meditação que me ajuda a acalmar a mente.
Tic. Tic. Tic.
Dá para ouvir tudo do meu quarto novo. Canos gemendo. Madeira estalando. Árvores acariciando o telhado. Cigarras cantando no quintal. O som estridente da louça.

Alguém se mexendo lá embaixo.

Buddy senta com as orelhas levantadas e um rosnado baixo vibra na garganta dele.

— Argh... calma, Buddy — resmungo, tonta de sono, cobrindo a cabeça com as cobertas. — É só o vento.

— Quem deixou esse copo do lado de fora?

Minha mãe está na cozinha segurando um dos seus copos de cristal da Waterford, um presente de casamento que ganhou da avó. Bom, do primeiro casamento. Acho que ela nem sequer fez lista de presentes para o casamento com Alec, que foi só no cartório mesmo.

— Não fui eu — diz Sammy, pegando a granola do armário ao lado.

— Não esqueçam: nada de deixar louça na pia. Cada um faz sua parte.

— *A gente* sabe disso. Mas e os outros? — Sammy ri.

Eu dou de ombros.

— Não sei o que dizer, mãe. Mas tinha alguém andando por aqui ontem à noite.

— Não era eu — diz Sammy. — Eu caí na cama e apaguei.

Minha mãe olha para o copo, depois para o lugar em que ele estava guardado, na prateleira mais alta do armário.

— É alto demais para Piper...

— Talvez ela tenha subido no balcão.

— Nada de bumbum no balcão — Piper repreende da escada. — Foi o que a vovó disse.

Solto uma risada. Claro que ela estava ouvindo de algum lugar. Ela tem um ouvido ótimo para confusão.

Minha mãe pigarreia e sorri.

— Bom dia, Piper. Dormiu bem? O que você quer de café da manhã?

Piper se junta a nós na cozinha com um sorriso travesso.

— Bacon e ovos.

Minha mãe junta as mãos.

— Querida, já conversamos sobre isso... A gente não come essas coisas.

— Bom, *eu* como. E o papai também, quando ele não está com *você*.

Minha mãe ajeita a postura e seu sorriso desaparece. Ela se vira e serve uma xícara de café, provavelmente para evitar reagir.

BIP BIP BIP

8H05 ALARME: HORA DA PÍLULA!

Droga, quase esqueci.

— Marigold — diz minha mãe, me mostrando duas canetas de adrenalina do Sammy, para casos de crise alérgica, antes de guardá-las no armário em cima da geladeira. — Canetas... aqui.

— Não fica meio alto para Piper alcançar sem colocar o bumbum no balcão?

Minha mãe abre um sorrisinho malicioso.

— Para com isso.

— Bom dia, pessoal! — Alec entra na cozinha, parecendo descansado. Nenhuma evidência de que tenha ficado acordado por horas bebendo no copo de cristal da minha mãe.

— Bom dia — dizem minha mãe e Sammy.

— Está um dia lindo por aqui! — Alec sussurra no ouvido da minha mãe, e ela ri baixinho.

O rosto de Piper fica vermelho, a cabeça parece a ponto de sair voando.

— Papai, estou com fome.

— Eu também, docinho — ele diz, ainda abraçando minha mãe. — Então, quais são os planos para hoje, amor?

— Abrir caixas e mais caixas. Quero organizar pelo menos meu escritório. Estou atrasada com o prazo. E você?

— Bom, eu ia levar a Piper para tomar café da manhã.

— Ah, é? — pergunta minha mãe, surpresa.

— É. Pensei em levar ela para comer alguma coisa e depois dar um pulo no mercado.

Ela dá um gole no café.

— Hm. Vai fazer compras para todo mundo ou só para Piper?

Alec fica tenso.

— Todo mundo, amor! Claro. Hm, você quer me mandar a lista?

— Claro.

— Er, ei, Sammy. Quer ir junto?

Sammy balança a cabeça e pega leite de aveia na geladeira.

— Não, valeu. Ainda estou arrumando meu quarto. Quero deixar tudo pronto para quando a internet estiver funcionando.

— Então tá bem. — Alec olha para Piper. — Bom, então vamos, docinho.

Alec nem perde tempo me convidando. Ele não é burro.

Quando os dois saem de carro, os pedreiros se aproximam lentamente e estacionam, encarando a casa com medo, e, de alguma forma, eu entendo o sentimento.

— Bom dia, dona — o sr. Watson balbucia ao entrar na cozinha. — Você, hm, por acaso viu um martelo por aí? Mais ou menos desse tamanho, com o cabo vermelho e preto?

Minha mãe balança a cabeça.

— Não, não vi, não.

O sr. Watson se vira.

— Ah. Tudo bem. Um dos rapazes... deve ter perdido em algum lugar.

Ele volta a se juntar aos outros no jardim, contando a notícia, que é seguida por um debate tenso, sempre em voz baixa. Todos os pedreiros parecem muito desconfiados de entrar na casa.

Passo o resto do dia de um lado para outro, ajudando Sammy e minha mãe a esvaziar as caixas. Sendo uma recém-intitulada minimalista, não tenho muito para desempacotar: algumas camisas, shorts e vestidos, todos brancos ou bege; fotos em molduras brancas de plástico; um jogo de roupa de cama branco; uma caixinha de som com Bluetooth. Todo o resto foi queimado.

Enquanto minha mãe está no escritório e Sammy faz uma pausa para jogar videogame, decido focar nas áreas comuns da casa, espirrando uma mistura de álcool isopropílico e água destilada em todos os cantos e frestas, curtindo o som de Post Malone.

FATO: Aplicar uma solução de álcool isopropílico 91% diretamente nas superfícies infestadas mata ou repele percevejos, dissolvendo suas células e secando seus ovos.

A aconchegante sala de estar é o lugar ideal para percevejos fazerem ninhos. Começo o ataque ao redor da moldura da janela e nas estantes embutidas, tomando cuidado com a pintura.

CREEEEEEQUE...

Não ouço o rangido; eu sinto. A tábua atrás de mim cedendo sob algo pesado.

— Eu sei, Sammy... — Suspiro sem me virar. — Sei que parece loucura. Mas todo mundo vai me agradecer quando a gente não precisar queimar nossos colchões.

Tiro um dos fones de ouvido sem fio e olho por cima do ombro. Estou sozinha, mas, ao mesmo tempo, não estou. Porque ainda sinto a essência de alguém... pairando ali como uma neblina densa.

— Sammy?

Uma porta range no fim do corredor. Atravesso a sala de estar correndo e entro na cozinha. Vazia. Nada na sala de estar casual, na cozinha, no cantinho do café, nem mesmo na entrada da casa.

— Mãe?

Mesmo com a porta do escritório fechada, e com o veda porta, ouço Fela Kuti cantando lá dentro, o que quer dizer que ela está alegre.

Viro e paro na hora, um calafrio gelado percorrendo minha coluna. A porta do porão está entreaberta, com uma corrente de ar assoviando por ali.

Já estava assim?

Termino de abrir a porta, desconfiada, as dobradiças rangendo suavemente, e espio a escuridão sem fim lá embaixo, apertando o interruptor duas vezes. Nada.

— Olá? — chamo. Minha voz ecoa, mas só recebo o silêncio como resposta.

Fecho a porta e vou até a cozinha, incapaz de afastar a sensação de estar sendo seguida, quando surge algo na minha visão periférica se aproximando depressa.

— AHHHH! — grito, cambaleando para trás.

Buddy para no meio da cozinha, com o rabo balançando e um sorriso bobo como se dissesse: "Oi! Senti sua falta!".

Dou risada e faço carinho na cabeça dele. Estou presa aqui dentro há tempo demais. Depois de certo período sem contato com o mundo exterior, é impossível não começar a perder a cabeça.

Uma barra. Ainda. A essa altura já testei todos os cantos da casa, procurando por sinal. Buddy me segue como se estivéssemos brincando, farejando cada lugar por onde passo.

É hora de explorar. A vizinhança parece legal para caminhar, o que é uma boa, considerando que minha mãe e Alec deixaram bem claro que de jeito nenhum vou ganhar outro carro. Eles mal me deixavam ir andando sozinha até a casa da Tamara. Isso, junto com o toque de recolher às 20h30 e a inspeção obrigatória da minha bolsa... quase dava a sensação de que eu estava em uma prisão domiciliar.

— Aonde você está indo? — pergunta Sammy do topo da escada.

Prendo a corrente de Bud na coleira e coloco o tênis.

— Vou levar o Bud para dar uma volta. Ver se consigo um sinal melhor na esquina ou sei lá. Quer vir junto?

Sammy dá de ombros, descendo com passos pesados.

— Pode ser. Não acredito que o Alec ainda não voltou com a Piper. Já faz horas.

— Cara, quanto mais tempo aquela pentelha ficar fora daqui, melhor — digo, abrindo a porta com força, e levo um soco na cara.

— Mari! — grita Sammy, me segurando quando caio de bunda no chão.

Buddy late freneticamente e eu vejo pontos brancos.

— Merda! Eeeeita, você está bem? — uma voz grave vem de… algum lugar.

O cômodo está girando rápido demais para que eu localize o cara. *Espera, é um cara?*

— Mãe! — berra Sammy. — Mãe, socorro!

Ela sai correndo do escritório.

— Marigold! O que aconteceu?

— Ah, putz, foi mal! Ia bater na porta porque sua campainha tá quebrada… e… Ai, desculpa! Aqui, me deixa te ajudar.

Duas mãos ásperas seguram meu braço, tentando me levantar, mas eu me afasto.

— Cara… que porra foi essa — disparo, com a visão entrando em foco de novo.

O homem que me socou bem no olho direito não é exatamente um homem. Não deve ser muito mais velho do que eu, com olhos castanho-claros e dreads grossos na altura do pescoço. De repente me dou conta de que estou estendida na frente dele como uma vítima de homicídio e sento depressa. Tudo gira enquanto minha mãe me examina.

— Pois não? — ela pergunta, um pouco irritada.

— Ah, sim. Meu nome é Yusef Brown. Trabalho na Companhia de Gramados Brown Town. Hm, conhecemos seu marido no posto de gasolina na esquina. Ele disse que vocês estão precisando arrumar o quintal e me pediu para dar uma passada aqui.

Sua pele tem um tom de marrom rico, tipo um mocaccino. Da cor de um chocolate quente com leite de coco em um dia frio na beira da praia. Deus, espero que essas estúpidas palavras românticas dançando na minha cabeça não estejam escapando da minha boca.

Minha mãe bufa.

— Me ajuda a levantar ela, Sammy. Precisamos andar um pouco, garantir que ela não teve uma concussão.

— Por favor, deixa comigo — insiste Yusef.

— Estou bem, eu...

Vuuuuuuupt... e estou de pé, parecendo um bonequinho *bobble head*.

— Prontinho. Você tá bem? E... caramba, garota! Como você é alta!

— Valeu, senhor óbvio — resmungo.

Mas ele também é bem alto. Com certeza mais de um metro e noventa. Nem sabia que existiam garotos desse tamanho. Na Califórnia, eu era maior do que todo mundo na minha turma do segundo ano.

— Casa maneira — ele comenta, me ajudando a dar a volta na ilha da cozinha. — Quer um pouco de água? Toda vez que apanho, a primeira coisa que sempre peço é água.

— Sim. Água — gemo, sem capacidade de falar frases completas.

Minha mãe balança a cabeça.

— Deixa eu fazer uma compressa de gelo. Sammy, pega água para sua irmã.

Sammy anda pela cozinha com o rosto pálido, os pés se arrastando e sem tirar os olhos de mim. O mesmo olhar de seis meses atrás, quando ele me encontrou. Coitado, eu dei um baita susto nele. De novo.

— Estou bem, Sammy, está tudo bem.

Ele assente e me dá um copo de água com as mãos trêmulas. Yusef estica o punho para cumprimentá-lo.

— Fala aí, Sam. Yusef. Sua irmã tá bem, não esquenta, não. — Ele para de falar e dá uma piscadinha para mim. — O irmão lá da área que levou um soco meu ontem ainda tá apagado.

Sammy arregala os olhos. Yusef abre um sorriso estonteante e dá um tapinha no ombro dele.

— Tô zoando, cara! Aí, quer um pouco de chocolate? Deve estar meio derretido, mas tenho uma barrinha de Snickers e...

— NÃO! — berro.

— Solta isso! — minha mãe grita.

Yusef solta o chocolate, colocando as mãos para o alto.

— Desculpa, o Sammy é alérgico a... bom, tudo — explico. — Mas especialmente a amendoim.

— Deve ter sido por isso que meu marido te contatou. Mencionei ontem à noite que precisamos manter o mato do quintal bem curto por causa das alergias do Sammy.

— Ah. Foi mal. Juro que não tô tentando acabar com seus filhos.

Minha mãe dá uma risadinha enquanto gentilmente coloca a compressa de gelo sobre meu olho. Seguro, choramingando, incomodada com o frio.

Yusef me analisa. Com uma das mãos ainda no meu cotovelo, ele se inclina para a frente e funga.

Ele está cheirando o meu cabelo?

— Hm. Que cheiro bom — ele diz. — O que é?

— Lavanda — responde minha mãe. — Vai ajudar com o hematoma.

Ele assente e segura a compressa, trocando de lugar com ela. Perto assim, consigo dar uma boa olhada em Yusef. Ele é gato, do tipo que sabe que é gato. Eu é que sou alérgica a esse tipo de coisa.

Ouvimos uma batida à porta.

— Ah, provavelmente é meu tio querendo saber o que tô fazendo aqui.

— Eu abro — diz minha mãe, correndo até lá.

— Então, não ouvi qual é seu nome — ele diz, com um sorriso enorme.

— Marigold Anderson — respondo, indiferente.

— Marigold — ele pensa em voz alta. — Cravo-amarelo. Anual. Floresce e depois morre. Interessante.

Não sei como interpretar essa informação, então mudo de assunto:

— Você mora por aqui?

— Não muito longe. Pela Rosemary com a Sweetwater, perto da escola fundamental.

— Ei! É lá que vou começar a estudar semana que vem — Sammy entra na conversa.

— Ah, sério? Eu estudei lá também. Toma cuidado com a sra. Dutton. Aquela velhota miserável! — Ele sorri para mim. — Então, acho que você vai pro Colégio Kings?

Reviro os olhos.

— Vou, né.

— É difícil começar numa escola nova, mas pelo menos você já vai ter um amigo lá.

Quem disse que somos "amigos"?

Minha mãe volta com um coroa careca; a semelhança é chocante. O tio de Yusef dá uma olhada na cozinha — a barra de Snickers no chão, o sobrinho colocando gelo no rosto de uma garota desconhecida — e bufa.

— Rapaz, no que você se meteu agora?

— Ei, tio, essa aqui é a Marigold e aquele ali é meu parceiro Sam. Ele ri.

— Prazer em conhecer vocês. Eu sou o sr. Brown.

Minha mãe vai com o sr. Brown para o quintal, mostrando para ele a cerca viva que precisa ser aparada, e Sammy leva Buddy para o jardim para acalmá-lo, me deixando sozinha com Yusef. Ele mantém a compressa de gelo no meu rosto, com os olhos vagando das lâmpadas no teto até o chão, como se estivesse fazendo um inventário.

— Você sabe que eu consigo fazer isso sozinha, né? — resmungo.

— É, mas é bem mais divertido comigo ajudando, né? — Ele se inclina sobre meu ombro, indicando o terrário com a cabeça. — Esse jardinzinho de suculentas é muito maneiro. É a maior sempervivum que já vi. E o formato das pedras é muito... O quê? Do que você tá rindo?

— Só é engraçado ouvir um cara... Sei lá, ficar fascinado com modelos de terrário.

Ele dá de ombros.

— Pô, todo mundo gosta de alguma coisa. Onde sua mãe achou esse? Deve estar custando uma fortuna na internet.

— Eu que fiz.

— Cacete! Sério mesmo? Cheia das habilidades, Cali.

Um apelido. Algo floresce dentro do meu peito e eu arranco pela raiz.

— Então, você já trabalha com seu tio faz um tempo, né?

— Desde criança. Ele curte mais cuidar da grama, arrancar as ervas daninhas. Eu sou o jardineiro. O artista.

— Eu tinha um jardim — murmuro, surpresa por ter deixado escapar algo tão... pessoal.

— Sério? Pô, talvez a gente possa fazer um novo junto. — Ele sorri. — Você sabe que eu tenho as ferramentas certas.

Convencido, arrogante e sabe que é bonito... exatamente do que não preciso agora. Pego a compressa de gelo da mão dele.

— Hm, acho que está na sua hora.

Ele ri.

— Relaxa! Só tava zoando!

Cruzo os braços.

— Você não deveria ir ver se seu tio precisa de ajuda ou algo assim?

Yusef fica sério enquanto avalia as opções, se continua insistindo ou deixa pra lá. Ele escolhe a segunda opção, balançando a cabeça antes de passar bem perto de mim. A porta dos fundos se fecha e eu respiro fundo.

Não pensa demais, aconselho a mim mesma, apalpando meus bolsos. *Ele não vale o desgaste e... Ei, cadê meu celular?*

Se existe algo positivo de já ter tido percevejo em casa uma vez é que agora consigo literalmente encontrar uma agulha em um palheiro com precisão de milímetros. Refaço meus passos desde a entrada, pela sala de estar até a cozinha. Deve ter caído no meio da confusão, mas não tem nada no chão nem nas bancadas e mesas. Sem Wi-Fi, não consigo usar o aplicativo Find My Phone no computador, mas talvez consiga ligar para mim mesma com o celular da minha mãe. Isso se ela tiver sequer uma barra de sinal.

— Mãe! Posso pegar seu celular emprestado? — pergunto do terraço. — Não consigo achar o meu.

— Claro, querida, está no meu quarto.

Yusef olha para mim e eu volto depressa para dentro.

Não pensa demais. Você não é responsável pelos sentimentos dos outros. Apenas pelos seus.

Na escada, meu celular está esperando por mim, parado precisamente no meio do terceiro degrau, de tela para cima, como se tivesse sido deixado aqui. Coço a cabeça, fazendo um pouco de força demais com as unhas. Não estava aqui. Sei que não estava aqui, porque eu já tinha procurado. Não é possível que eu não tivesse visto aquele ponto branco enorme em uma tábua de madeira de carvalho. Alguém deve ter colocado aqui.

Sammy. Só pode ter sido ele.

Três

— Primeiro dia completo na cidade grande e você já levou uma surra.
— Cala a boca, Sammy — digo, rindo.

Sammy espirra água em mim enquanto seco a louça. Se estivéssemos na Califórnia, eu teria pulado o jantar, descido a rua até a casa da Tamara, acendido um baseado e contado tudo sobre meu encontro com o Yusef para ela. Se tivéssemos Wi-Fi, eu poderia pelo menos fazer uma chamada de vídeo.

— Pessoal, vocês sabem que temos uma lava-louça, né? — diz Alec, apontando para a máquina perto das minhas pernas.

— Ah, é. Esqueci — respondo, dando de ombros. — Nunca tivemos isso antes.

— E é bem mais divertido lavar louça juntos — explica Sammy, espirrando água de novo.

Piper nos observa da mesa de jantar, seu rosto indecifrável. Provavelmente ela está tentando encontrar algo para acabar com nossa brincadeira. É como se ela tivesse alergia à felicidade.

— Ei, ei, crianças! Cuidado com o chão! — avisa minha mãe. — Bem, eu vou deitar. Minhas costas estão me matando.

Alec contorna a mesa e massageia os ombros dela.

— Vocês vão ficar bem sem minha presença amanhã? — graceja ele, beijando a cabeça da minha mãe.

— Ficamos bem sem você hoje quando mandou um estranho para cá, que bateu na minha irmã e tentou me envenenar.

Alec e minha mãe lançam o mesmo olhar para Sammy antes de ela dar tapinhas na mão do marido.

— Vamos ficar bem, amor. Não se preocupe com a gente. Amanhã é um grande dia!

Logo que minha mãe foi aceita para a residência, Alec não ficou muito contente com a ideia de se mudar. O dinheiro andava apertado e ele estava com dificuldade de encontrar trabalho na cidade depois do meu... incidente. Mas então a Fundação Sterling conseguiu para ele uma vaga como analista financeiro em uma das firmas parceiras deles. Alec foi super a favor da mudança depois disso.

— Papai, você pode ler uma história para eu dormir? — pergunta Piper com entusiasmo.

— Que tal você ler para mim, hein? Logo vai começar o quinto ano!

Piper força um sorriso. Ela também não está animada com o começo das aulas. Pela primeira vez, temos algo em comum.

— Ah, amor, você viu meu relógio? — pergunta Alec. — Não acho em lugar nenhum.

— Olhou na bandeja do banheiro?

— Não tem nada lá. Estranho, estava comigo agorinha.

Alec leva Piper para a cama e minha mãe vai para o quarto, deixando Sammy e eu para terminarmos de limpar a cozinha. Encaro o espelho do corredor, vendo a marca do tamanho de um punho enorme na minha bochecha e minhas olheiras. Este lugar me envelheceu da noite para o dia.

— Eca, Marigold! — Sammy enruga o nariz.

— O quê?

— Você peidou! — Ele finge ânsia de vômito, cobrindo a boca.

— Não peidei, não! — Dou uma fungada e cambaleio para trás. — Argh, que droga é essa?

O fedor ardido faz parecer que moramos dentro de um banheiro químico. Com os narizes tampados, andamos em círculos até Sammy parar na frente da saída de ar que fica bem embaixo do espelho do corredor sob a escada.

— Está vindo daí.

★

Na manhã seguinte, o sr. Watson funga de uma distância segura, depois balança a cabeça.

— Não estou sentindo cheiro nenhum.

O problema não é sua falta de interesse. É o jeito que ele nem chega perto da entrada de ar que me faz tirar os olhos do café. Até Piper, balançando as pernas no banco da ilha da cozinha, bebendo ruidosamente o leite com seu cereal, parece curiosa.

— Tem certeza? — minha mãe pergunta, perplexa. — As crianças disseram que sentiram um cheiro.

— Pode ter sido algum bicho que passou por aqui.

— Então animais aleatórios dão voltinhas por aqui e peidam com frequência. — Sammy ri. — Os puns do Bud são letais, mas não assim. Fedia a coisa morta.

O sr. Watson fica tenso. É rápido, mas dá para perceber.

Minha mãe seca a mão no pano de prato.

— Deve ter vindo do porão. Será que devemos conferir?

O sr. Watson fica em silêncio por alguns segundos antes de dizer:

— Nós não entramos no porão.

Isso soa severo, até mesmo violento. Minha mãe fica boquiaberta. Ele puxa a ponta do chapéu e rapidamente se afasta.

Sammy balança a cabeça.

— É, isso deu muito certo.

CLIQUE!

Com um estalo alto, a televisão liga, no volume máximo. A imagem de um velho branco usando um terno azul, sentado diante de uma mesa de mogno, aparece devagar, o contorno inconfundível da cidade num fundo chroma-key enquanto ele grita:

— *Então eu vos digo, expulsa a perversidade do teu coração pelo bem do próximo, purga tua alma com fogo!*

— Quem é esse? — pergunta Sammy, entrando na sala.

O homem que está instalando a TV a cabo surge atrás do rack, limpando as mãos.

— É o Scott Clark — ele responde, enrolando um fio no braço. — Ele faz sermões diários na emissora local, no canal 12.

— Diários? — pergunto. — Quer dizer que ele berra assim todo dia?

O homem franze a testa.

— Vocês não são cristãos?

— Não. A gente é, er, espiritualista.

— Tipo cientologista?

— Quê? Não! A gente... só acredita em um poder maior.

Ele revira os olhos.

— Se você diz. A TV a cabo está instalada, mas a internet ainda vai demorar mais.

— *Eu vejo abundância em teu futuro. Deus sabe onde está o dinheiro e Ele quer dar a ti. Deus quer tocar tua vida! Mas Ele precisa da tua ajuda. Se ligar agora, peça de graça por SEMENTES SAGRADAS e siga as instruções, eu prometo, haverá uma unção na tua vida. Confie em mim. Eu não te enganaria.*

Apesar da retórica, me sinto tragada pelo homem com cara de esqueleto e cabelos brancos que parece estar à beira da morte, gritando com o último fôlego de seus pulmões. O pescoço dele pulsa, vermelho; a pele é pálida; os olhos, esbugalhados; as veias azuis como heras venenosas nas têmporas. É como um acidente de carro que você não consegue parar de olhar.

— Todo mundo em Cedarville assiste — acrescenta o homem. — Ele é um profeta poderoso por aqui.

BIP BIP

8H05 ALARME: HORA DA PÍLULA!

— *Em nome de Jesus, tu serás libertado das drogas, das dívidas, das perversidades e do pecado...*

No fim da tarde, tudo já está desencaixotado, e a casa começa a parecer habitada de verdade. Fico parada em frente à saída de ar mais algumas vezes, fungando. Nada.

Talvez fosse mesmo só... alguma coisa... passando por aqui.

DING DING DING

Passos fortes de botas se espalham por todos os cantos da casa, descendo a escada e saindo pela porta. O sr. Watson não se dá ao trabalho de se despedir desta vez.

Nos reunimos em volta da mesa de jantar, devorando um prato de raízes assadas e salada. Alec faz queijo quente e batata frita para Piper.

— Mãe, você pode comprar mais leite de aveia? — Sammy pede enquanto mastiga. — Acabou.

— O quê? Já? O Alec comprou ontem.

Sammy ri.

— Bom, não sou o único na casa tomando.

— Eu não bebo esse troço nojento — declara Piper.

Talvez seja por isso que ela é tão pálida: falta de nutrientes. Acho que nunca a vi comer nem aquelas balinhas de vitaminas.

Ela me pega encarando, estreita os olhos e tira a casca do seu pão cortado em triângulo.

— Eu vi alguém ontem à noite — ela fala, concentrada no prato.

Alec rouba uma batata.

— Quem?

— Não sei. Estava no corredor.

— Fazendo o quê? — ele pergunta.

Ela dá de ombros.

— Só estava parada.

— Era a Marigold?

Estreito os olhos.

— Por que você automaticamente imaginou que fosse eu?

Alec não se dá ao trabalho de olhar para mim.

— Foi só uma pergunta.

Sim, só uma pergunta *capciosa*, ele quer dizer. Olho para minha mãe, que balança a cabeça para mim, torcendo para evitar um confronto.

— Não era a Marigold, era... outra pessoa. Ela disse que já morou aqui.

Alec sorri e dá uma piscadinha para minha mãe.

— Ah, é mesmo? Ela é uma nova amiga especial?

Piper fica quieta e constrói uma pequena fortaleza com suas batatas fritas, como se não tivesse mencionado uma pessoa estranha andando pelos corredores enquanto dormimos.

Você já acordou na cama e sentiu que tinha alguém... ali?

Enquanto estou aninhada à parede, meus olhos abrem de repente, minha pele formigando ao som de vozes sussurrando ao meu redor, distantes e abafadas. *Tem alguém na frente da minha cama*, meus sentidos berram. De pé ali, me vendo sonhar. Sento depressa, com o coração acelerado. Estou sozinha. Minhas cobertas estão no chão, o quarto está congelando, as vozes silenciam...

E minha porta está escancarada.

No corredor, todas as outras portas estão fechadas. Está quieto, a casa ainda dorme. Mas tem uma luz acesa no andar de baixo.

Buddy trota de um lado para outro entre a cozinha e a sala de estar, com o nariz no chão como um cão de caça.

— Como você saiu? — pergunto antes de um brilho chamar minha atenção.

O copo de cristal está no balcão de novo.

Pego o copo, olhando para o seu lugar na prateleira e para o interior ainda úmido de água turva. Ou talvez... leite.

— Estranho — murmuro.

CREEEEEEEQUE

Buddy estaca, o rabo esticado.

— Não é nada, Bud, calma — digo, lavando o copo antes de guardá-lo.

Casa velha é cheia de barulhos mesmo. Meu pé tamborila no chão. Descalça, sinto perfeitamente o desnível completo do assoalho, com as tábuas inclinadas, como se a casa quisesse mandar o que está dentro para a rua. O frio envolve minhas pernas descobertas. Confiro a hora: 3h19.

— Bud, vamos — ordeno e vou para a escada, mas sou atacada por um fedor tão forte que engasgo.

É repugnante. Um animal se decompondo, um corpo apodrecido.

CREEEEEEEEEQUE

Desta vez, o barulho é claro. Nítido. E perto. Como se estivesse bem ao meu lado.

Como se estivesse vindo do armário no corredor.

Um calafrio envolve meu braço, o medo fazendo meu coração acelerar.

CREQUE

— Merda — falo, e saio correndo de volta para o meu quarto, com Buddy logo atrás.

Quatro

— Conseguiu?

Com um bocejo, ergo meu celular como uma espada, parada na esquina da Division com a Maple. Sammy segura a guia enquanto Buddy fareja os canteiros de um jardim malcuidado.

Três barras, e várias mensagens de Tamara chegam.

— O suficiente para ligar para o papai — respondo, aliviada.

Sammy abre um sorriso enorme.

— Liga!

Aperto o botão e coloco no viva-voz. A ligação está cheia de estática, mas assim que ele atende...

— Finalmente! Achei que tivessem esquecido do seu bom e velho pai.

— Oi, pai! — falamos juntos.

— Oi, oi! Por que parece que vocês estão embaixo d'água?

— Não tem sinal na casa.

— Nem internet — acrescenta Sammy.

— De volta à Idade da Pedra. Está bem, eu tenho uma reunião em quinze minutos, mas me contem tudo!

Nós o atualizamos sobre nossa nova casa e sobre os vizinhos nada agradáveis. Meu pai mora em Los Angeles, mas está trabalhando em um projeto longo no Japão. Ele é arquiteto autônomo, projeta condomínios e prédios comerciais.

— Já ouvi falar de Cedarville — ele diz. — A maioria das casas daí foi reavida durante a crise financeira, as pessoas deixaram a cidade aos montes.

Bem horrível, mas é interessante o que a Fundação Sterling está tentando fazer. Renomear a cidade, comprar todas as propriedades e desenvolver a região. Algumas dessas casas foram construídas lá no começo dos anos 1900. Uma pena que a maioria delas tenha sido queimada nas revoltas.

— Revoltas?

— Isso. Eu conto tudo para vocês mais tarde, mas agora, galerinha, preciso ir. Mandem oi para sua mãe e para o Alec por mim, está bem? Amo vocês!

— Também te amamos, pai!

— Ah, espera. Marigold, me tira do viva-voz um segundo, por favor?

Eu lanço um olhar para Sammy e me afasto alguns passos.

— Sim, pai, pode falar — digo, me preparando.

— Está tudo bem? — ele pergunta com voz de quem "está falando muito sério".

— Sim, está tudo bem.

— Certo. Lembra o que conversamos: vamos dar uma chance para esse plano... e depois veremos. Mas você precisa manter sua parte do acordo. Sem recaídas. Um erro já foi mais que o suficiente.

— *Eu sei*, pai. Não precisa me lembrar.

Meu pai grunhe.

— Eu faço isso porque te amo, filha.

Ele desliga e eu pesquiso "Cedarville" no Google. Não sei por que não fiz isso antes. Envolvida na perspectiva de deixar tudo para trás, nem ao menos considerei o buraco em que poderia estar me metendo.

— O que você está fazendo agora? — pergunta Sammy.

— Uma pesquisa — sussurro. — Cara, não é estranho a gente estar no meio da cidade e ter um sinal tão ruim?

Sammy dá de ombros enquanto um sorriso cresce em seu rosto.

— Ei — ele diz, acenando com a cabeça para trás. — Vamos dar uma olhada.

Sigo o que ele está indicando, a casa da esquina, com tinta branca descascando na madeira vermelha. Uma cortina rasgada acena para nós de um janelão quebrado.

— Seu lunático! SEM CHANCE de eu entrar ali!

— Mas é uma casa vazia. Que nem as que o papai planejava.

— Aquelas eram novinhas em folha. Essa está abandonada, cheia de lixo de outras pessoas.

— Exatamente por isso a gente deveria conferir! Vai ser tipo uma exploração. Por favor! Eu só quero ver como é por dentro! Você não está nem um pouquinho curiosa? Com certeza vai poder tirar umas fotos legais.

Teoricamente, eu deveria dar um bom exemplo como irmã mais velha e dizer "não, é perigoso demais". Mas estou curiosa pra caramba. Quem morava ali? E por que foram embora sem levar nada? Para que a pressa?

Prendo a respiração ao encarar a porta com tapumes.

Provavelmente tem milhões de percevejos ali...

Sammy analisa minha reação.

— Assim que a gente sair de lá, queimamos nossas roupas, prometo.

Eu concordo.

— Além disso, banhos quentes e uma varredura total.

— Feito!

Sammy prende Bud na base de uma caixa de correio quebrada na entrada da propriedade. Atravessamos o jardim cheio de ervas daninhas que batem na altura do quadril, com abelhas e mosquitos disputando território. Perto da varanda, tropeço em um degrau escondido.

— Toma cuidado — aviso Sammy ao subir.

Estou começando a pensar duas vezes, mas de jeito nenhum vou deixar que ele entre sem mim. Um baseadinho tornaria essa aventura um pouco mais suportável. Sammy espia pela janela quebrada enquanto eu analiso as casas da vizinhança. Faz um silêncio estranho quando se mora em um quarteirão vazio. Não é a mesma sensação de uma cabana na floresta. É mais... inquietante, porque você sabe que deveria ter gente por perto. Quase dá para sentir os vestígios da presença das pessoas. Mas não tem ninguém. Estamos isolados.

A porta não passa de um compensado de madeira velho, empenado e desgastado. Sammy a empurra com o ombro, e ela solta um suspiro e abre. As janelas quebradas deixam passar luz suficiente apenas para iluminar a sala de estar, coberta de cinza vulcânica. Ou é o que parece, considerando a camada grossa de poeira.

— Uau — sussurra Sammy. — É como se eles só tivessem deixado... tudo.

Nos dividimos, andando por entre móveis abandonados, lascas de tinta caídas, louças quebradas, abajures rasgados, uma mesa só com duas pernas, estantes vazias e uma velha televisão de tubo com caixa de madeira e a tela quebrada.

— Cara, isso é demais — digo.

Pegando meu celular, faço um enquadramento e tiro uma foto perfeita. Ninguém vê esse tipo de televisão em décadas.

Na escada, cada degrau está coberto de lixo bloqueando o caminho até lá em cima: sapatos esburacados, um colchão, ursinhos de pelúcia podres e pneus.

Sammy tentar abrir uma porta trancada perto da escada. Esfrego os braços para afastar o calafrio enquanto entramos mais e mais na casa.

Este lugar é... familiar.

No meio da sala de estar, um sofá vermelho está tombado, meio queimado, coberto por mofo.

FATO: Ovos de percevejos ficam escondidos em fendas e fissuras do seu sofá.

— Sammy, não encosta em nada! — grito.

Sammy leva um susto.

— Ai! Não tô encostando! Credo.

— Você está fungando? É sua alergia? É melhor a gente ir embora.

Sammy passa por cima de algumas tábuas quebradas para conferir um espelho caído.

— Cara, dá para relaxar? Esse lugar é incrível!

Meu pé esmaga alguma coisa. Biscoitos. Migalhas de biscoitos frescos. Sigo a trilha deles até o próximo cômodo. Raios de sol brilhantes explodem da cozinha aberta para a sala de jantar estreita onde há uma lareira de tijolos. No canto tem um velho saco de dormir verde, coberto de poeira.

Sammy chega de fininho atrás de mim.

— Uma ocupação — murmuro, cutucando uma lata de sopa aberta com a ponta do tênis.

— O que isso significa?

— Alguém, tipo uma pessoa que não tem onde morar, estava ficando aqui — explico. — Como acampar em uma casa que não é sua.

— Uma pessoa estava morando aqui... desse jeito? Por quê?

Dou de ombros.

— Se você não tem mais nenhum lugar para onde ir, por que não se abrigar em uma casa vazia?

Sammy olha em volta.

— Ei, esse lugar meio que lembra nossa casa.

Tem um pedaço de madeira chamuscado no meio da lareira preta de fuligem, a cornija empoeirada esculpida com um padrão floral intricado e uma espécie de brasão de família.

Tiro outra foto, testando um novo filtro, quando um estalo acima de nós me faz virar em um segundo.

— O que foi isso? — arfa Sammy.

Passos. Silenciosos, vindo do andar de cima. Tem alguém na casa! O saco de dormir, as latas abertas... Merda, eu deveria ter percebido.

Puxo Sammy para trás de mim, procurando alguma coisa no cômodo que possa servir de arma. Um taco, uma pedra, uma garrafa de vidro que eu possa quebrar, qualquer coisa. Sammy agarra a parte de trás da minha camiseta.

Outro rangido, um passo esmagando um caco de vidro. Bem mais perto desta vez. Com o coração disparado, dou outro passo para trás, nos escondendo na parede da cozinha. Cadeiras quebradas e ferragens velhas barram a porta dos fundos. Sem um caminho livre até a porta da frente, nunca vamos conseguir sair antes que quem quer que seja chegue ao pé da escada.

— Mari — choraminga Sammy.

Coloco o dedo nos lábios e aponto para a janela quebrada da cozinha. Posso empurrar Sammy por ali, dar uma chance para ele fugir e pedir ajuda. Sammy balança a cabeça, mas insisto em silêncio. Ele implora de novo enquanto coloco cuidadosamente meu casaco de moletom por cima dos vidros quebrados para que ele não se machuque. E, no momento em que estou prestes a erguer meu irmão, Piper aparece na cozinha.

— MERDA! — deixo escapar. — Piper!

— Você falou uma palavra feia — grita Piper, apontando para mim.

— Que porra você estava fazendo lá em cima?!

— Eu não estava lá em ci...

— Cara, você tem dez anos. — Sammy ri. — Na minha época, eu falava uns palavrões por aí sem nem pensar.

Piper estreita os olhos.

— Não devemos falar palavrão. A vovó diz que as pessoas que falam palavrão são estúpidas.

Sammy revira os olhos.

— Não tô nem aí.

— Isso não teve graça, Piper! Você deu um susto danado na gente — disparo.

— É — acrescenta Sammy. — E por que não faz barulho que nem uma pessoa normal quando anda, em vez de ficar se esgueirando que nem um gato?

— Achei que você fosse alérgico a gatos — ela responde.

— Rá, agora ela te pegou. — Dou uma risada. — Mas, sério, o que você está fazendo aqui?

Piper tem dificuldade de pensar em uma resposta, então só faz cara feia, com as bochechas cheias de ar.

— *Vocês* não deveriam estar aqui.

— Ah, foi sua *vovó* que te disse isso?

Piper arqueja, ficando séria, e alterna o olhar entre Sammy e mim, com os olhos marejados, depois sai correndo. Sammy joga a cabeça para trás e assovia.

— Cara, pegou pesado.
— Eu sei — resmungo. — Foi golpe baixo, mas estou cansada das palhaçadas dela.
— Você sabe que a queridinha do papai vai dedurar a gente, né?
Suspiro.
— É, eu sei.

Piper passa o resto da tarde sentada nos degraus da varanda, esperando Alec chegar em casa. Os pedreiros não estão nem aí, passando ao redor dela como água por pedras, carregando mais materiais de construção, correndo contra algum relógio imaginário.

Minha mãe está na cozinha fazendo nossa comida favorita: hambúrgueres de feijão preto com batata-doce fatiada e abobrinha frita. Ela comia carne antes de Sammy nascer, mas mudou completamente quando descobrimos que ele é alérgico ao mundo. Aí estudou nutrição e aprendeu a fazer de tudo, desde massa de couve-flor até manteiga vegana.

— Na sexta-feira devemos estar com internet — ela diz, pegando na geladeira um prato de aperitivos e legumes com húmus de alho e o colocando no balcão.

— Melhor notícia que ouvi a semana inteira — resmungo.

— E é claro que a Irma está me pressionando — ela diz, mexendo no celular. — Eu juro, essa mulher já me ligou umas cinquenta vezes. Me chamando pra cerimônia no distrito escolar, reunião de conselho, depois baile beneficente para começar a temporada. Eu não escrevi nem dez palavras daquele artigo do *New York Times* que é para sexta. Com a mudança, os prazos e todos esses pedreiros... Ei, vocês viram o descascador de vegetais?

— Não.

— Hm. Tenho certeza que guardei na gaveta. Parece que estou ficando doida, fico colocando as coisas no lugar errado.

Olho para a varanda, onde Piper continua sentada nos degraus, claramente ouvindo pela porta de tela.

Nojentinha.
Vou até lá para fechar a porta da frente e vejo o sr. Watson na sala, guardando algumas ferramentas. É só quando ele move a escada apoiada na parede que percebo os entalhes intricados na lareira recém-envernizada.

— Oi, sr. Watson — digo, me sentindo atraída para o desenho na madeira.

Ele olha para cima e me cumprimenta com um gesto de cabeça, continuando a embrulhar um serrote.

Passo o dedo pelo brasão.

Igual ao da outra casa...

Se esta casa estava em uma situação parecida com a da casa da esquina, teria sido mais fácil demolir e começar do zero. Mas não fizeram isso; ela foi restaurada. Quase como se quisessem que continuasse igual.

— Sr. Watson, você trabalhou em todas as casas deste bairro?

Ele balança a cabeça.

— Não. É a primeira vez que venho para cá desde que era garoto.

— Por que decidiram reformar este lugar em vez de demolir?

Ele toma um gole de água, evitando meu olhar.

— Sei lá. Eu assumi no lugar do Smith, que veio depois do Davis, que trocou todos os canos que foram roubados.

— Roubados?

— É, o povo gosta de roubar material de construção, vender em ferro-velho. Dá para ganhar um bom dinheiro com canos de cobre. Davis trocou tudo por plástico.

— Então, três empresas diferentes foram contratadas para trabalhar nesta casa no último ano?

— Nos últimos quatro meses, na verdade. Em um ano foi bem mais.

— Por quê?

Ele hesita, aí dá de ombros e volta ao trabalho.

Uma caldeira nova e canos de plástico significam temperatura de água perfeita para um bom banho quente.

Enquanto o vapor sobe em espirais, embaçando os espelhos do banheiro, desembaraço o cabelo, examinando o inchaço sob o olho. Talvez possa cobrir com maquiagem, aquela mais grossa que eu usava quando as espinhas deixavam crateras no meu rosto.

A última vez que lavei o cabelo foi com a água da Califórnia, e o penteado sobreviveu à mudança. Mas não dá para saber como vai ser aqui. Vou precisar testar alguns antes do início das aulas para não acabar sendo motivo de piadas bestas. Já vai ser ruim o suficiente chegar lá, uma completa desconhecida, no meio do penúltimo ano. Também fico morrendo de raiva de mim mesma por me perguntar se o Yusef vai estar em alguma das minhas aulas. Não deveria me preocupar com garotos enquanto estou no meu processo de cura. Garotos não passam de distrações.

Mesmo assim, ele é bonito de se olhar.

Abro o registro sobre a torneira da banheira. O chuveiro gorgoleja e engasga antes de cuspir a água em um fluxo estável. Entro na banheira, fechando a cortina com a imagem de um girassol enorme. Minha mãe escolheu decorar a maior parte da casa com tons vibrantes de amarelo, azul e laranja, para nos lembrar dos dias ensolarados e quentes do passado. Meu quarto vai continuar completamente branco, claro o suficiente para que eu possa identificar a presença de percevejos.

A cascata de água quente embebedando meu cabelo é celestial no meu couro cabeludo. Aquela sensação de "ahhhhh" é sempre uma delícia. Aproveito a massagem natural respirando profundamente algumas vezes, mas assim que jogo a cabeça para trás e fecho os olhos, a água para.

— Mas que porra...?

A torneira do chuveiro está fechada e a água corre pela torneira da banheira, caindo nos meus calcanhares. Giro para o outro lado de novo e dou início ao meu sistema: lavar duas vezes com shampoo de menta sem sulfato, quinze minutos de pausa com o condicionador, depois desembaraçar com um pente de dentes largos e então enxaguar com água fria. Estou com espuma até os cotovelos quando o chuveiro desliga de novo e um vento gelado passa pelas minhas costas, me fazendo estremecer. Estranho. Não tinha corrente de ar nenhuma aqui. Ligo o registro mais uma vez, tremendo.

Só me deixa terminar essa parte...

Ele fica ligado, me dando tempo suficiente para enxaguar o shampoo das raízes até as pontas. Coloco a cabeça sob a água corrente e respiro fundo novamente, desejando que aquilo fosse a água do oceano, e não água encanada de primeira de Cedarville.

Será que vou ver a praia de novo? Eu sequer quero isso?

Abro um olho para pegar o condicionador e vejo uma sombra na cortina, dedos trêmulos se esticando para mexer na torneira do chuveiro.

— AHHHHH!

Recuo, batendo a cabeça na parede de azulejos, e escorrego, arfando antes de cair de bunda. Aiii! A água bate no meu rosto, entrando no nariz e na boca, até que eu engatinhe e feche a torneira.

Abro a cortina com tudo, o coração disparado. Ninguém. O banheiro está vazio. Mas a porta está escancarada, ligeiramente balançando.

Em segundos, pulo para fora da banheira, me enrolo na toalha e vou para o corredor.

Sammy está de costas para mim, indo para o seu quarto.

— Ei!

Ele vira, carregando vários lanchinhos e mordendo uma maçã, como se fosse um porco prestes a ser assado na churrasqueira.

— Isso não foi engraçado, Sammy! Você me deu um puta susto.

— Hã?

— Não vem com "hã" para cima de mim. Essa brincadeira foi bem babaquinha.

Ele coloca dois pacotes de pipoca no chão e tira a maçã da boca para falar:

— Brincadeira? Olha para a minha cara, parece que eu tenho tempo para brincadeiras?

Espuma escorre do meu cabelo para o carpete. Meu coração rufando.

— ALGUÉM estava agora mesmo no banheiro. ALGUÉM ficava fechando a droga da água.

— Eca. Por que eu estaria no banheiro com você *pelada*? Isso é nojento em mil níveis diferentes.

— Sammy, estou falando sério!

Ele revira os olhos.

— Tá, então, como esse *alguém* era?

— Eu não sei! Estava de olhos fechados.

— Você viu alguém de olhos fechados?

— É... difícil explicar, Sammy — digo com um suspiro, percebendo que estava prendendo a respiração.

Coloco a mão no peito, tentando aliviar a pressão nos meus pulmões. Sammy para com o sarcasmo e deixa o restante da comida de lado, me levando ao meu quarto enquanto aperto a toalha com força e coloco a outra mão ao redor da boca e do nariz, para acalmar a respiração. Sento na cama, pingo óleo essencial na palma da mão e baixo a cabeça entre as pernas, respirando fundo a essência de capim-limão.

Sammy me entrega minha bombinha de asma, balançando a cabeça.

— Tem certeza que não deixou cair shampoo no olho e se assustou?

Dou duas inaladas na bombinha, deixando o vapor descer pela minha garganta. Para ser sincera, não tinha pensado nisso. Mas, mesmo se o registro tivesse fechado sozinho... eu sei que não estava sozinha naquele banheiro.

Droga, como eu queria não ter fumado aquele último baseado.

— Não. Sammy, tinha alguém lá. Tinha uma mão...

— Bom, não era eu.

O pensamento nos ocorre separadamente e viramos para a porta aberta do quarto de Piper.

Ela nos encara da beira da cama, com as pernas balançando. Não diz uma palavra, mas alguma coisa deixa bem claro que ela não está nem um pouco curiosa com o que está acontecendo.

Ela já sabe.

Cinco

O rosto radiante de Tamara surge na tela do meu MacBook depois do terceiro toque.

— Cara! Finalmente!

— Ei, oi — digo, fechando a porta do quarto. — E aí? O sinal aqui ainda é uma bela merda, mas pelo menos consigo me comunicar com o mundo lá fora. Parece que faz anos que não te vejo!

— Cara, faz décadas!

— Séculos.

— Milênios.

— Eras!

Rimos, e percebo uma joia prateada brilhando na sua narina direita. Um piercing novo? Por que ela esperou eu ir embora para fazer? Será que ela foi com outra pessoa? Outra amiga? Coço a dobra do cotovelo e dou uma olhada no local.

FATO: As picadas de percevejos formam calombos vermelhos que coçam, normalmente nos braços e ombros. A maioria das picadas de percevejos não dói na hora, mas depois se torna um inchaço e causa coceira.

— Meu Deus, seu quarto é enorme! — diz Tamara, olhando além de mim. — É tipo umas três vezes maior que o antigo. Agora vocês são ricos ou coisa assim? Achei que escritores fossem duros.

— Cala a boca — falo, jogando pipoca na tela.

— Tá, e como é o resto da casa?

— É bonita, acho, mas meeeeeeio bizarra. Parece que estou dormindo na cama de outra pessoa e usando os lençóis dela, a privada ainda quente como se tivessem acabado de cagar. E juro, de noite, consigo ouvir as coisas se mexendo.

Ela ri.

— Tem certeza que não é sua família ou o Bud?

— Não mesmo. Até o Buddy anda meio aflito. E, para piorar, estamos cercados por mil casas velhas e decrépitas. Ah, é, antes que eu esqueça, meu pai disse que você pode visitar a gente em Los Angeles nas férias de Natal.

— Hm, é. Vou ter que ver — ela diz, evitando meu olhar enquanto olha para o telefone. — Você sabe que minha família inteira vem para cá nessa época, então... sabe como é.

Tamara tem aproximadamente um bilhão de primos, tias e tios. Eu sinto falta da sua casa acolhedora, do arroz com feijão da mãe dela e do creme de milho mexicano. Morando tão perto uma da outra, éramos mais família do que melhores amigas. Mas ao menos achei que ela fosse conseguir tirar alguns dias das férias. Ela sabe que não posso voltar para Carmel... talvez nunca mais.

— Enfim, então o que mais está rolando? E que porra aconteceu com o seu rosto?

Faço o resumo da última semana para ela, inclusive do soco de Yusef.

— Cara, ele estava se jogando muito pra cima de você! Literalmente! Quer dizer, ele falou de *jardinagem*, isso é quase uma preliminar. Melhor do que o cafona do David.

— NÃO FALA o nome dele.

Tamara fica atônita.

— Desculpa. Força do hábito.

O ventilador de teto girando faz um ruído, enfatizando o silêncio constrangedor. Limpo a garganta e mudo de assunto.

— E, claro, a Piper continua irritante como sempre.

— Essa é a função das irmãs mais novas, bobinha. Mas o que vai fazer sobre o seu... er... outro problema?

Abaixo o volume do computador e me inclino para a frente.

— Está falando da falta de erva? Não sei. Mas pelo que li, drogas definitivamente chegam bem nessa cidade, então estou comprometida a encontrar um contato na escola.

— Talvez seu novo namorado possa te ajudar — ela provoca.

Aponto para o inchaço no meu rosto.

— Cara, isso não é a melhor forma de começar um romance.

— Você vai ter uma história engraçada para compartilhar no Instagram quando fizer um ano de namoro.

— Prefiro me arriscar com estranhos.

Tamara suspira.

— Só... toma cuidado, Mari. Não vai ser pega de novo.

— Eu não fui pega, Tamara — retruco, com rispidez. — Eu fui *envenenada*.

— Hm, é. Claro, desculpa. Ei! Quer saber... por que você mesma não planta?

Inclino a cabeça.

— Cara, você está chapada agora?

— Não, sério, eu estava vendo um vídeo no YouTube sobre pessoas que plantam maconha e transformaram o quintal em jardins do bem e do mal. Você podia ser sua própria fornecedora! Daí não ia precisar se preocupar em comprar de um estranho.

— Cara, não posso plantar maconha no quintal. Minha mãe me mataria!

— Quem falou em plantar no *seu* quintal? — Ela abre um sorriso malicioso. — Você disse que está cercada por casas vazias. Escolhe uma.

Por um momento, fico chocada com a genialidade dessa ideia.

— Eu não posso... ou... Bom, eu precisaria dos materiais certos...

— Rá! E parece que você conhece o cara certo para te ajudar nisso.

Engulo em seco, incapaz de continuar contendo o pensamento.

— E... você o viu? — pergunto, relutante. — O cafona?

Tamara mordisca o lábio, fazendo uma trança em seu lustroso cabelo preto.

— Só na internet. Os treinos de atletismo começam essa semana.
— Quê! Deixaram *ele* voltar para a equipe?
— Bom, hm... ele chegou às regionais ano passado.
— Eu também! E sou duas vezes melhor que aquele escroto!
Ela balança a cabeça.
— Por que você não entra para a equipe daí? Você é rápida pra caralho, eles com certeza vão te deixar entrar.
Hesito.
— Nhé.
Ela ri.
— Tá. Então o que você vai fazer?
Nada. Absolutamente nada. Depois dos últimos meses, tudo que quero é liberdade. Não estou dizendo que quero curtir uma festa louca, fumar até não poder mais. Só não quero ficar sob a vigilância dos meus pais vinte e quatro horas por dia, sete dias por semana. Por isso, quanto mais tranquila eu parecer, mais tranquilos eles ficam, e mais liberdade eu ganho.

A porta do quarto faz um barulho e lentamente se entreabre. Tamara franze a testa, se inclinando para olhar atrás de mim.
— Ah, Mari...
— É, eu sei. As portas aqui abrem sozinhas o tempo todo. O empreiteiro disse que são só as "fechaduras antigas".
— Hm, bendito Caça-Fantasmas, Batman. Isso não é normal.
Suspiro.
— Eu sei.

— Piper, você está bem? — minha mãe pergunta. — Está parecendo um pouco... cansada.

Com uma pontada de preocupação, minha mãe a observa brincando com o cereal.

— Estou bem — ela dispara.

Piper parece mesmo cansada. Nunca vi uma garota de dez anos

com olheiras. Ela também parece mais pálida e um pouco mais magra do que me lembro. Não que eu preste muita atenção nela.

Enquanto coloco o tênis, meu celular vibra na bancada.

— É o papai! — diz Sammy, e atende. — Oi, pai!

— Oi, pai! — digo. — Você está no viva-voz.

— Oiii! Tentei pegar vocês antes de saírem para o primeiro dia de aula.

— A mamãe também está aqui! — Sammy interrompe, com entusiasmo, empurrando minha mãe para mais perto do celular.

— Ah! Oi, Raq — meu pai fala. — Como está nossa prole?

— Quando não estão devorando tudo que tem na geladeira, você quer dizer, né? Eles estão bem — ela responde, fazendo cócegas na costela de Sammy.

— Parece que puxaram a você.

Alec entra na cozinha com sua bolsa de academia e dá um beijo na cabeça de Piper.

— Quem é? — ele pergunta.

— Chay — diz minha mãe. — Ligando do Japão.

— Ah! Oi, irmão! Como você está?

— Alec! Estou bem! Só comendo meu peso em sushi. Como está o novo emprego?

Queria ficar irritada pelo fato de meu pai e Alec serem amigos, mas... na verdade, até que é legal. Sem estranhezas ou tensão, que eu consiga perceber, mas uma vez perguntei isso para ele durante uma partida de xadrez.

"Ei, pai, por que você está tentando ser legal com aquele babaca que está roubando sua esposa e seus filhos?"

E então meu pai riu. "Eu amo sua mãe, quero que ela seja feliz. A gente não era feliz junto e ninguém merece um amor de meio período com um cara que vive viajando o mundo inteiro. Então, se esse cara faz ela feliz, quero que ele saiba que, para mim, estamos numa boa."

A testa de Sammy fica ainda mais enrugada vendo Alec falar. Ele não está nada animado.

— Ah, Alec, você recebeu minha mensagem? — pergunta meu pai.

— Recebi!! Ia entregar agora. Já que está na linha, espera aí.
— Que isso, cara, não precisa. Falo com vocês mais tarde.
Meu pai se despede enquanto Alec vai depressa até o corredor.
— Sobre o que vocês estavam falando? — minha mãe pergunta.
Alec abre o armário e retira uma caixa de tênis vermelha da prateleira mais alta, então volta para a cozinha sorrindo e me entrega o pacote.
— Aqui está! Seu pai me pediu para fazer uma surpresa para você!
Encaro a caixa, atônita. O rosto da minha mãe se ilumina.
— O que é isso?
— Tênis novos — ele responde, com um sorriso enorme. — Para correr! Ele achou que você fosse precisar.
Ah, não.
Os pensamentos estão girando na minha mente e eu umedeço os lábios.
— Ah, valeu, mas... não vou entrar na equipe de atletismo.
Alec fica sério.
— O quê?
— Você pode devolver, se quiser. Tenho certeza que foi caro.
A sala inteira congela ao meu redor. Muitos olhares questionadores. Pego minha mochila depressa, me espremendo para passar por Alec, e vou em direção à porta.
— Mari — minha mãe chama, me seguindo, com a voz mais baixa.
— Você não quer correr?
— Eu... Esse ano só quero me concentrar em melhorar. Não preciso de distrações.
Minha mãe abre a boca, mas rapidamente eu a interrompo:
— Enfim, preciso ir, não quero me atrasar!

Sabe qual a primeira coisa que notei sobre o Colégio Kings? É uma escola velha. Velha nível mesa acoplada à cadeira e lousa de giz. Armários cor de fígado; a maioria dos livros está sem capa; a sala de informática é da era dos dinossauros. Não tem muita madeira para me preocupar, então pelo menos não serei uma completa esquisita inspecionando meu assento todo dia.

A segunda coisa que chamou minha atenção foi: os alunos. De primeira, parece uma escola só para garotas. Não que eu esteja procurando garotos, mas praticamente dá para sentir o estrogênio permeando o ar. Até a hora do almoço, não contei mais do que seis garotos ao todo. Yusef é um deles, cercado por um grupo de fãs, que disputam uma espécie de concurso de beleza valendo a atenção dele. Mantenho distância e fico de cabeça baixa.

A terceira coisa que percebi: o cheiro. Não chegava a ser um fedor, mas um cheiro bolorento que lembrava um asilo. E, ainda assim, passei o dia inteiro farejando o ar dos corredores desconhecidos, das salas de aula, do ginásio mal iluminado. Fazer isso me manteve ocupada o suficiente para ignorar alguns resmungos por onde eu passava. "Essa é a garota nova que mora na Maple Street..." "O que aconteceu com a cara dela?"

Mas eu não estava cheirando a escola por nostalgia. Estava fazendo isso em busca de... algo específico.

Logo depois da última aula, com o nariz cheio de poeira, detecto, bem fraco, o cheiro que procuro. Uma garota com tranças longas e uma jaqueta jeans larga, envolvida naquele familiar aroma doce e pungente misturado com fumaça.

Exatamente o tipo de fumaça que eu estava procurando.

Ela está andando pelo corredor com fones de ouvido, e eu a sigo até acabar em um banheiro estreito com duas cabines. *Merda*.

— Ah, ei — digo ao parar na pia, lavando as mãos sem jeito e percebendo que não tenho um plano.

— Eiiiii — ela diz, pingando umas gotas nos cantos dos olhos.

O cheiro é ainda mais forte quando a mochila dela está aberta.

Eu sou horrível com a coisa toda de fazer amizade com estranhos, então deixo escapar a primeira coisa que me passa pela cabeça:

— Hm, você tem absorvente?

Ela ri.

— Amiga, isso foi fraco demais. Precisa melhorar. — Ela me encara. — Sabia que elefantas ficam grávidas por dois anos e basicamente dão à luz pela bunda? Imagina carregar um monte de bosta por dois anos inteiros. — Ela para e sorri. — Viu? É assim que se começa uma conversa. Ah, meu nome é Erika.

Aliviada, eu sorrio.

— Marigold.

— Eu sei — diz ela com uma risada. — Não tem ninguém nesse colégio que não saiba seu nome.

— Eu estou cumprindo certinho o clichê da garota nova na cidade, não estou?

— Sim. Você é uma nova competidora.

— Competidora?

— Se não notou, a população da escola é noventa e nove por cento vagina.

— Que bom que não foi só minha imaginação. Você não se sente ameaçada?

Ela abre um sorriso largo.

— Não jogamos no mesmo time, gatinha.

Voltamos para o corredor, e me sinto confortável com o cheiro familiar dela. Confortável o suficiente para pedir uma tragada. Mas... ouço a voz de Tamara na minha cabeça, me mandando ter cuidado. Erika ainda é uma estranha e, se essa mudança me ensinou algo, foi a ir devagar com desconhecidos.

Com o fim do dia, fico bastante orgulhosa de mim mesma por sobreviver ilesa e fazer pelo menos uma amiga nova. Isso até ouvir uma voz familiar me chamar.

— Cali, oi!

Ah, não...

Yusef corre na minha direção, sorrindo, e o corredor inteiro para. A atenção de todas as garotas solteiras se volta para nós. Erika ergue a sobrancelha.

— Bom, essa é minha deixa. — Ela dá uma risadinha. — A gente se fala depois.

Eu me contorço quando ela se afasta, me apressando em ajeitar a mochila e pegar meus fones. Uma garota passa trombando no meu ombro, com cara de brava.

— Sério?

Quantos anos a gente tem, doze?

Yusef para atrás de mim quando fecho meu armário com força.

— Oi — murmuro, indo depressa para a porta do colégio, mas ele me segue.

— E aí? Não te vi o dia inteiro!

— É uma escola bem grande — resmungo, evitando seu olhar.

— Poxa, garota — ele diz, circulando com o dedo o inchaço no meu olho. — Você se machuca fácil.

Lanço um olhar bem feio para ele.

— Isso não é naaaaada engraçado.

— Bom, pelo menos você chegou na escola com cara de durona.

— Ou com cara de quem levou uma surra.

Ele ri.

— Eu deixaria as pessoas acreditarem no contrário e a dúvida ficaria no ar. E então? Tá gostando?

Passamos pelas portas com a população inteira do Colégio Kings nos observando.

— É uma escola. O que tem para gostar? — pergunto, descendo dois degraus por vez.

— Boa — ele ri. — Vou andando contigo até sua casa. Podemos comparar nossos horários.

Paro de repente e encaro Yusef, retrucando, baixinho:

— Cara, sem chance!

— O quê?

— Você quer que eu apanhe de verdade?

— Do que você tá falando, garota?

Olho para trás, sentindo os sussurros. As panelinhas de garotas reunidas nos degraus de entrada, murmurando umas com as outras, me lançando olhares gélidos.

— Só... fica longe de mim, Yusef. Sério.
Yusef me encara, pasmo.
— Hm. Tá bom.
Então eu me afasto depressa. Com uma pontada de culpa ameaçando me alcançar.

— E tem um clube de ciência. E um de ficção científica. E um de programação! — Sammy fala rápido enquanto come um prato de espetinhos de cenouras, com a mochila ainda nas costas.
— Viu? Falei que você ia gostar daqui — diz minha mãe, deslizando uma cumbuca de mingau de aveia pela bancada, o lanche favorito dele. — E como foi seu primeiro dia, Piper?
Piper não tira os olhos do biscoito ultraprocessado, comendo em silêncio.
— Ceeerto! E você, minha outra protegida?
Dou de ombros.
— Sobrevivi.
— Deve ser... diferente — minha mãe diz. — Depois dos últimos meses estudando em casa.
— Pois é — murmuro, jogando um punhado de uvas na boca. — Eles não aceitam cartão na cantina, então vou precisar de dinheiro.
Minha mãe me encara por um momento, as engrenagens do cérebro girando.
— Vou... mandar um cheque para a escola.
— Sério? Vou só comprar comida. Não confia em mim nem para fazer isso?
Minha mãe vira depressa, colocando a chaleira no fogão.
— Só é mais fácil desse jeito. Certo?
Ela ainda não confia em mim com dinheiro. Acho que não posso culpá-la.
— Vou sair para dar uma corrida — anuncio por entre os dentes.
Amarro os cadarços do tênis na varanda e alongo as pernas. Correr libera toxinas dos órgãos através do suor. Não é uma competição de

atletismo, mas é uma substituição válida. E espero pelo menos conter um pouco do desejo de maconha que fica perturbando minha língua.

Atravessando a Sweetwater, o outro lado da Maple Street é idílico comparado com o nosso. Pelo menos parece vivo. Velhos molhando gramados quase mortos, mulheres nas varandas, crianças brincando nas garagens, o cheiro de carvão queimando no ar, uma tarde casual. Mas, enquanto corro por ali, todo o devaneio é interrompido, se apagando como uma televisão desligada da tomada com um puxão.

Os olhares atravessam minha pele e penetram na minha corrente sanguínea. Isso me lembra o dia depois que fui presa. Como a escola inteira parou para me ver limpando meu armário, acompanhada por uma escolta da polícia. Megan O'Connell ameaçou bombardear a escola e só foi mandada para a enfermaria.

Aumento o volume da música e corro mais ainda, tentando queimar todos os pensamentos — as garotas da escola, o rosto de Yusef, a imagem daquela mão no chuveiro — do meu lobo frontal. Foi só minha imaginação, continuo dizendo para mim mesma sem parar. A exaustão e o novo ambiente estão pregando peças em mim. Não tinha mão nenhuma.

Mas... a pele era escura e chamuscada como plástico queimado, as unhas pretas com terra...

Como eu poderia inventar algo assim? Se ainda estivesse usando oxi, poderia colocar a culpa em alguma viagem doida. Cara, um baseadinho agora seria ótimo. Sei que prometi para o meu pai, mas é a única coisa que me ajuda com a minha ansiedade. Cercada por casas macilentas, sem sinal de celular, com um padrasto babaca e estranhos se esgueirando no banheiro... ele não pode mesmo esperar que eu me saía bem nessas condições. A maconha pelo menos acabaria com o nervosismo e me faria ser uma humana funcional.

Minha corrida suave ganha velocidade, os músculos não estão aquecidos o suficiente, mas eu forço a barra... sem parar de pensar em um baseado.

Algo está tentando entrar no meu quarto.

Está arranhando minha porta, frenética e desesperadamente. Faminto. Estou familiarizada com esse tipo de fome.

Tudo bem tudo bem tudo bem eu só preciso conseguir abrir a porta da minha mãe, aí posso pegar aqueles sessenta dólares que vi ontem, aí... vamos! Abra!

Eu me remexo e abro os olhos no escuro, os lábios secos, a boca sedenta. Sento na cama, apertando as mãos para não tremer. A porta balança de novo com violência. Agora totalmente desperta, eu me arrasto mais para o pé da cama.

Buddy está abaixado, com a bunda para cima, arranhando a soleira da porta.

— Aff! Bud! Você está acabando comigo!

10H NOVO ALARME: COMPRAR NOVOS BRINQUEDOS DE MORDER PARA BUDDY OU VOU ACABAR LARGANDO ESSE CACHORRO NA BEIRA DA ESTRADA.

Buddy arranha com mais força, choramingando, olhando para mim como se dissesse: "Você vai mesmo só ficar sentada aí?"

— Buddy! Para. Não tem...

Mas então lembro da amiga que Piper mencionou... e daquela mão no chuveiro. A porta faz um estalo alto quando eu abro uma fresta, espiando o corredor escuro. Buddy enfia o focinho entre minhas pernas e foge depressa, correndo pela escada.

— Buddy — murmuro alto, tentando não acordar a casa inteira.

Mas tem uma luz acesa lá embaixo.

Achei que tinha desligado tudo.

Vou atrás dele na ponta dos pés, seguindo a claridade na cozinha. Vazia. Assim como a sala. Minha mãe, tão ecológica, jamais teria deixado a luz acesa desse jeito. Deve ter sido o Alec.

O copo está de novo no balcão.

Buddy anda de um lado para outro diante da porta do porão, farejando e cutucando a fresta perto do chão com o focinho. O relógio no micro-ondas mostra 3h19.

Será que um dia vou ter uma noite boa de sono nesta casa?
Quem estou querendo enganar? Eu não tenho uma noite boa de sono há mais de um ano.

Bocejando, pego um pouco de água. As janelas que dão para o quintal são como um vácuo de escuridão, com uma corrente de ar assoviando pelas rachaduras. Do lado de fora, algo está me encarando. Ou alguém. Não posso ver, mas sinto. Esperando...

Por que essa casa é sempre fria pra caramba?
Buddy vira, lançando o clássico olhar pidão para mim com um choramingo.

— Esquece! Eu não vou descer nesse porão maldito no meio da noite.

Buddy abaixa o rabo, chorando de novo.

— Ai, Bud, não tem nada lá embaixo, olha!

Puxo a porta do porão com força e quase bato de cara nela. Trancada. Trancada? Não estava trancada no outro dia. A maçaneta de cobre é velha, os parafusos soltos, a fechadura antiga. Puxo de novo. Está mesmo trancada, mas parece que pelo lado de dentro.

Como isso é possível?

— Alec deve... ter a chave ou algo assim — falo para Buddy, soltando a maçaneta.

É nessa hora que sinto o cheiro de novo. Uma mistura de fedor e... morte. Está mais forte agora, como uma nuvem pairando no meu rosto.

CREEEEEQUE

Eu estou ficando maluca, ou alguma coisa... acabou de se mexer atrás da porta?

Dou dois passos para trás, prestando atenção no silêncio.

Um BLAM alto acerta a porta, fazendo o batente tremer. Um ganido escapa de meus lábios e Bud choraminga. Alguma coisa definitivamente sacodiu aquela porta. Mas isso não faz sentido, porque não tem nada ali embaixo.

É uma corrente de ar. Provavelmente tem alguma janela aberta...
— Bud, vamos — disparo, sem tirar os olhos da porta. — Já passou da hora de você dormir.

Seguro a coleira dele e vou para a escada, mas no primeiro degrau...

— AHHH!

Piper está no topo da escada com seu pijama rosa, olhando para mim, o rosto coberto pelas sombras.

— Mas que merda, Piper! O que você está fazendo?

Ela fica ali parada por vários segundos em silêncio. Apenas encarando, sem se mexer. Dou um passo na escada e uma sombra grande atrás dela parece se mover. Meu corpo fica tenso.

— Piper?

Um barulho longo e impossível ecoa de sua boca, como metal sendo esmigalhado. Perfurante e amedrontador. Então ela salta e vem flutuando, até me atingir no peito com os pés, me jogando na porta da frente. Minha cabeça bate na madeira e por um breve momento vejo estrelas antes de deslizar para o chão, com Piper em cima de mim. Os olhos dela são buracos pretos, veias sangrentas escorrendo das órbitas como raízes arrancadas. Sangue preto escorrendo da boca. Tento gritar, me mexer, mas estou paralisada.

Suas mãozinhas apertam meu pescoço, os dedões pressionando minha laringe. Ela é forte e seus dedos estão gelados. Eu me esforço, mas sou incapaz de mexer as pernas, os braços ou qualquer coisa. A sala fica mais escura enquanto meus lábios se agitam como os de um peixe sem conseguir respirar.

E então desperto, arfando e suando, as mãos erguidas, agarrando o vazio. Buddy olha para mim, aconchegado ao pé da cama, irritado por eu ter atrapalhado seu sono.

Sonho. Foi só um sonho.

Com o coração acelerado, pulo da cama e tranco a porta, conferindo o bolso escondido da minha mochila. O lugar onde guardava meu estoque.

Vazio. Sabia que estaria, mas esperava por um milagre.

Deus, eu preciso de um baseado.

Meu joelho trêmulo sacode o banco de metal da cozinha enquanto encaro a porta do porão. Está trancada. Assim como na noite passada. Normalmente, percevejos são as estrelas dos meus pesadelos. E se aquilo não tiver sido um sonho?

Para. Você parece louca!

— Bom. Qual é o nome da "amiga" dela? — minha mãe pergunta.

— Dona Dulce — diz Alec, colocando umas framboesas na boca. — É fofo. Piper diz que é uma velhinha negra que gosta de fazer tortas de maçã.

Preciso fumar preciso fumar preciso fumar.

Minha mãe corta bananas para nossas vitaminas matinais, com uma ruga de preocupação acima da sobrancelha.

— Alec, ela tem dez anos. Não está um pouco... velha para ter amigos imaginários?

Um baseado, uma balinha, um bong, uma tragada. Qualquer coisa. Tudo. Preciso de maconha maconha maconha maconha.

Alec fica tenso, se apressando em defender Piper.

— Com todas as mudanças recentes... casamento, casa nova, escola nova... Eu já esperava que ela fosse arrumar alguma forma de lidar com tudo isso. Piper já teve amigos imaginários antes, quando minha mãe morreu.

— Sim, mas... talvez a gente devesse levar ela para conversar com alguém. Eu concordo que aconteceram várias mudanças, mas considerando que Piper era tão próxima da falecida avó...

maconha maconha maconha

Alec bate a xícara de café na mesa com força e sai andando.

— Claro — ele resmunga. — Podemos mandá-la para o mesmo lugar que a Marigold vai.

A força que faço para não reagir é intensa. Só me afasto da ilha da cozinha. Estou perdendo o controle. E, se eu perder o controle, eles vão ver, eles vão saber... e não podem saber, ou vou voltar para o confinamento. Meu terrário está no parapeito da janela, de frente para o quintal, onde o sol bate com menos força. Eu tinha vários, cobrindo todas as superfícies possíveis da nossa casa. Toda janela, mesa e bancada do banheiro tinha um pedaço do paraíso criado por mim. Agora, este é o único que sobreviveu... bem, a mim, e estou me agarrando a ele como se fosse um bote salva-vidas.

"Você pode fazer de novo", sugeriu meu guru depois que limpei o vidro e a terra.

Talvez. Talvez eu possa fazer um tipo completamente novo de jardim.

Nos fundos do quintal, enfio a pá no chão e tiro um pouco de terra, esfregando-a entre os dedos. O solo é úmido, com um pouco de argila e pedras. Mesmo se Tamara me enviasse as sementes amanhã, não temos o clima da Califórnia. Eu levaria pelo menos oito semanas até conseguir colher, mas uma frente fria precoce poderia matar todas as mudas em uma manhã.

Também vou precisar de substrato, fertilizante, mangueira para rega, vasos e canteiros elevados de 2,40 por 1,20 para colocar o plano em ação. Provavelmente eu conseguiria encontrar tábuas velhas e pregos nas casas vizinhas, mas isso só ajudaria até certo ponto. Se soubesse que voltaria à jardinagem tão rápido, nunca teria dado todas as minhas coisas para a mãe da Tamara. Vou precisar de ferramentas, mas não posso gastar dinheiro enquanto minha mãe estiver controlando cada moeda. Também preciso de um tempo longe de Sammy e da abelhuda da Piper.

... todos os últimos domingos do mês.

Pego minha bolsa e corro para a porta antes de alguém resolver vir comigo.

— Vou dar uma passada na biblioteca!

A Biblioteca Maplewood fica em frente à escola de ensino fundamental I, a alguns quarteirões da nossa casa. É um prédio antigo, de tijolos vermelhos, letras de metal enferrujado na placa e porta embaçada de vidro cheia de rachaduras. Na entrada tem um mural de anúncios com vários folhetos de lojas, convocações para reuniões que já passaram e protestos programados. Um cartão da Companhia de Gramados

Brown Town está preso no canto superior direito. Embaixo, um panfleto do clube de jardinagem que Irma havia mencionado.

— Oi! Você veio para o clube de jardinagem?

Uma mulher, usando uma blusa azul-clara, assim como seus olhos, e uma calça jeans gasta, sorri para mim.

— Hm... sim.

— Ótimo. Bem-vinda! Estamos prestes a começar.

A reunião acontece em uma sala de conferências perto da seção de história. Não tem muita gente. Algumas senhorinhas, quatro universitários e três velhinhos negros. Na frente da sala, arrumando tudo, está Yusef.

Nossos olhares se encontram, e ele me cumprimenta com um aceno de cabeça hesitante. Ele nunca mais tentou falar comigo, e eu, toda sem jeito, evito contato visual só para impedir que as garotas me ataquem. Até me vesti de um jeito mais informal e tentei ao máximo não chamar atenção para evitar briga. Essa mudança deveria ser um novo começo.

Mudar é bom. Mudar é necessário. Mudar é preciso.

Sento em uma fileira vazia no meio, perto de umas das vovozinhas. Tudo bem, é, eu sei, a opção mais simples seria pedir um contato para Erika, mas, como eu disse, não conheço a Erika. Não posso arriscar. Mais um deslize e vou ser mandada para reabilitação como se tivesse um vício de verdade ou qualquer coisa assim, o que não é o caso. Então, momentos de desespero pedem ações desesperadas.

A mulher que me cumprimentou para no centro da roda.

— Oi, pessoal! Temos uma nova amiga hoje, então oi! Meu nome é Laura Floresta. Sim, esse é mesmo o meu nome, e sim, eu amo tudo relacionado a florestas. Bem-vindos ao nosso clube de jardinagem.

Laura comenta sobre as novidades nos projetos em andamento, as tendências em jardinagem e as viagens programadas para uma fazenda nos subúrbios.

— Também fico feliz em anunciar que estamos *quase* conseguindo a aprovação para uma casa na Maple Street, onde vamos ter a sede da nossa iniciativa sem fins lucrativos de embelezamento da cidade, com uma doação generosa da Fundação Sterling. A restauração vai começar em novembro.

Nossa, a Fundação Sterling está em todas.

— E acho que é isso. Como sempre, as ferramentas estão no galpão.

Um galpão de ferramentas... perfeito.

— Vamos sair em quinze minutos. A divisão de caronas está no mural. A gente se vê lá!

A turma é dispensada e as pessoas se reúnem no mural. Viro para a mulher negra ao meu lado usando uma linda peruca ruiva e de sorriso reluzente.

— Hm, com licença. Onde fica o galpão?

— Lá fora, no estacionamento.

Lentamente, saio da sala de costas, arrastando os pés e tentando não chamar atenção. Assim que chego ao lado de fora, contorno depressa o prédio até o galpão que fica em uma colina relvada na beira de um estacionamento caindo aos pedaços. O cadeado está pendurado, aberto, então abro a porta e fico ali parada, maravilhada. As ferramentas são lindas. Ancinhos novos em folha, enxadas, tesouras de jardinagem, pás de todos os tamanhos. Até mesmo um cortador de grama.

— Perfeito — murmuro.

— Então, hm, espero que não se importe de colar comigo.

Yusef está parado atrás de mim, balançando a chave da sua caminhonete enquanto as pessoas da reunião se enfiam nos carros umas das outras.

— Todos os outros carros estão cheios — ele explica. — Não estávamos esperando ninguém novo hoje.

— Colar com você... onde? — pergunto.

— No projeto de hoje. Vamos plantar umas árvores na rodovia.

— Ah, olha... desculpa. Fica para a próxima.

Yusef franze a testa e fala, a voz ficando séria:

— Ó, é assim que funciona, Cali: você participa dos trabalhos voluntários e pode usar de graça todas as ferramentas, adubos e substratos que quiser. Então, vem ou não?

Avalio minhas opções e suspiro.

— Os bancos do seu carro são de couro?

FATO: Percevejos preferem tecido a couro.

Dirigimos por alguns minutos em silêncio, e mais uma vez estou desejando que o álcool fosse a minha onda para não precisar aguentar tanta merda. Odeio ressacas e cerveja parece xixi espumoso.

Mas não me importo de dar uma volta de carro, porque isso me dá a chance de realmente observar a área ao redor: o lixo nos terrenos baldios, as igrejas velhas caindo aos pedaços, destroços de alicerces aparecendo entre a grama alta. Por um momento muito breve, esqueço que não estou de férias, que *moro* aqui de verdade, em uma cidade totalmente diferente, a quilômetros de distância de tudo e todos que conheço, entre os escombros de... o quê? Nem sei ao certo. É como se uma bomba tivesse explodido aqui e ninguém nunca tivesse ficado sabendo.

— Parece que você decidiu fazer aquele jardim, afinal de contas — diz Yusef.

— Ah, sim — admito, coçando o braço por hábito.

— Bom, minha oferta tá de pé. Vai precisar de um bom cultivador para cuidar daquele quintal. Não tem no galpão, mas pode pegar o meu emprestado.

Estou prestes a dispensá-lo quando me dou conta: eu preciso dele. Yusef sabe como trabalhar com a terra daqui. Provavelmente é a melhor fonte de informação que posso desejar depois do Google.

— É, isso seria legal. Valeu. E eu, er, foi mal que a situação seja... estranha e tal na escola. É só que eu sou nova e não quero arranjar problema, sabe?

Ele segue a caravana de carros pela rodovia.

— É, acho que tô ligado do que você tá falando.

Dou uma risada.

— Você *acha* que setenta e cinco por cento das garotas da nossa escola querem sair com você? Quanta humildade.

Ele abre um sorriso malicioso, aumentando o volume da música.

— Não é tão maneiro quanto parece.

Mais perto do centro da cidade, paramos num estádio, atrás de uma caminhonete grande com oito mudas de árvore na caçamba. O clube de jardinagem começa a descarregar as sacas de substrato e as ferramentas. Aqui, ao lado da rodovia, estamos perto daqueles blocos de cimento cinza enormes que vi logo que chegamos em Cedarville.

— Ei, o que são aqueles prédios ali? — pergunto para Yusef. — Eles são, tipo, enormes mesmo! São fábricas?

Yusef segue meu olhar e o seu sorriso some, a mandíbula se contraindo.

— São presídios — ele diz, com severidade.

— TODOS eles?

Ele pega uma pá na caçamba da caminhonete e se afasta, irritado.

— Aham.

O clube de jardinagem passa a tarde cavando buracos fundos e plantando as novas árvores ao longo da saída da rodovia, o que deixa o lugar mais bonito na hora. E até que fazer algo útil é bacana, ser um membro produtivo da sociedade em vez de uma vacilona, que é como me sinto, como a decepção dos meus pais me faz sentir. Eles não falam nada, mas eu sei. Está escrito no rosto deles.

Yusef fica em silêncio, se mantendo de costas para os presídios enquanto trabalha. Ele tira o casaco e... eita. O cara é todo definido por baixo da regata.

Para de olhar descaradamente, sua besta!

Quando terminamos, ele lança um sorriso cansado para mim.

— Pronta para ir para casa?

O quarteirão arborizado de Yusef é quase idêntico ao nosso, só que as casas não são relíquias abandonadas, e sim cheias de vida e de paz, as varandas convidando para tomar um chá gelado de hortelã fresca. A calma, no entanto, é interrompida pela voz estranha do reverendo, saindo estridente pelas janelas.

— *E eu digo para ti: sejas diligente com os pecadores vestidos como anjos. Pois eles te levarão para o caminho errado.*

Yusef mora no meio da quadra, numa casa colonial térrea marrom, com um jardim lustroso de gramado perfeito na frente e um pássaro sobre a caixa de correio. Reconheço a caminhonete do sr. Brown na garagem, secando depois de ter sido lavada.

— Essa é a garota nova? — O sr. Brown surge das sombras, secando as mãos. — Bem que te reconheci.

— Oi, sr. Brown.

— Pode ir entrando. Quer um refrigerante?

A parte de dentro da casa é uma viagem doce e acolhedora ao passado. Uma jarra cheia de balinhas de morango e de menta nos recepciona na porta. Fotos em molduras de latão dourado estão penduradas no papel de parede do corredor. Um sofá amarelo-canário e uma poltrona verde-pavão ficam de frente para a televisão antiga, onde consigo ver o topo de uma careca negra enquanto a voz de Scott Clark berra...

— *Tu tens fé? Tu tens a cura? Confia na Igreja de Jesus Cristo...*

— Quem está aí? — pergunta uma voz rouca.

A princípio, penso que o senhor está falando com Clark, mas ele vira a poltrona em minha direção.

— Vovô, essa é a Marigold — diz Yusef. — A família dela acabou de se mudar pra Maple.

O velho me olha de cima a baixo.

— Maple Street, hein? Hunf.

O sr. Brown sai da cozinha com duas latas de *ginger ale*.

— Aqui está. Pode sentar.

O sofá parece ser do começo dos anos oitenta: tecido gasto com estampa floral apagada. Minha garganta aperta e coço o braço.

— Ah, não, valeu. Estou bem em pé.

— Não acaba com o meu refrigerante! — grita o avô com uma tosse seca.

— Relaxa, vovô! Tem bastante.

— Obrigada — digo, abrindo um pequeno sorriso e balançando a cabeça para o velho.

Ele grunhe e volta ao seu programa.

— *Ouça o testemunho de um dos filhos leais de Deus...*

Na tela, surge a imagem de uma mulher negra falando com a câmera, parecendo estar em uma daquelas megaigrejas com centenas de pessoas ao redor.

— *Eu tinha uma dívida de quarenta mil dólares. Estava dura, sem ninguém para me ajudar. Então, um dia, liguei e plantei minhas SEMENTES SAGRADAS do jeito que o Pastor Clark falou. Três semanas depois elas começaram a crescer; de repente, eu tinha quarenta mil dólares na minha conta e, Deus todo-poderoso, eu estava salva!*

A multidão aplaude antes de a câmera voltar para o Scott Clark em sua mesa.

— *Está vendo, meu filho? DEUS pode mover montanhas! Ele cumpre o que promete! Afaste teus pecados e coloque toda a tua confiança Nele e nos profetas Dele. Eu não te enganaria. Confia em mim.*

O sr. Brown ri, voltando para cozinha.

— Melhor começar a fazer o jantar antes que ele comece a gritar sobre isso também.

Dou uma risadinha e sussurro para Yusef:

— Qual é a desse esquisitão?

— Quem? O vovô?

— Não! Esse cara, Scott Clark.

Yusef encara a televisão e fica tenso.

— Ah, ele e essas "Sementes Sagradas".

— É, qual é a dele?

Ele suspira.

— Então, funciona assim: você liga pra central de atendimento do Scott Clark e faz um pedido. Eles te mandam um envelope com um monte de sementes e uma carta que explica especificamente como plantar e regar. Tem até umas preces que você precisa fazer para as sementes. Em troca, você manda o envelope de volta com sua doação "abençoada". Quanto maior a doação, maior a bênção. Se suas sementes não crescerem, você não está orando e pagando o suficiente.

Começo a rir.

— Espera, ninguém cai nessa, né?

Ele balança a cabeça.

— Nem te conto quantos jardins eu preparei pro povo plantar essas sementes.

— Uau, o cara é tipo um gênio do mal! E o que são? Feijões mágicos que vão crescer até o céu?

— Agora sim você tá fazendo as perguntas certas, Cali — ele diz, sorrindo. — Ninguém sabe. Você planta e elas dão umas mudinhas, mas depois morrem logo. Não é nenhuma surpresa, porque nada cresce por aqui, só ervas daninhas. O solo não aceita.

— Então como você faz suas coisas crescerem, sr. jardineiro?

— Se der à terra a medida certa de amor e carinho, trabalhar bem o solo e colocar adubo e fertilizantes, você consegue fazer qualquer coisa. Mas essas sementes? Nem Deus em pessoa faz elas crescerem. Pode acreditar, a gente tentou. Não sou a terceira geração de um negócio de jardinagem porque queremos. — Yusef indica o avô com a cabeça, revirando os olhos. — Vem. Por aqui.

Enquanto ele me leva por um corredor estreito, ouço a música ecoando pelas paredes, alta o suficiente para fazer tremerem as fotos de família em preto e branco emolduradas. Ele abre a primeira porta à direita e a música explode no meu rosto.

— Nossa, para que economizar energia, né?

— Foi mal — ele ri, abaixando o volume enquanto observo o quarto espaçoso: as camisas de times de futebol americano penduradas nas paredes azuis, a pilha de caixas de tênis, o computador com três monitores, a caixa de som gigante no chão e a mesa tunada de DJ.

— Uau, você é DJ? Cara, quantos empregos você tem?

— Era do meu pai. Ele que era DJ, eu tô... praticando, tentando assumir outro negócio da família.

É a primeira vez que ele fala do pai. Percebo seu desconforto e deixo pra lá.

— Então. Qual é seu nome artístico?

— Ainda não pensei em nada. Mas dá uma olhada nesse set que tô montando. Encontrei essa música maneira na coleção do meu pai. —

Ele aperta alguns botões e a música toca. — É de um grupo de rap antigo chamando Crucial Conflict, que tinha uma música chamada "Hay" com uma batida foda! Escuta só!

Ele aumenta o volume de novo.

The hay got me goin' through a stage and I just can't get enough
Smokin' every day, I got some hay and you know I'm finna roll it up.

Maconha. "Hay" é uma gíria para maconha, e a música fala em fumar todo dia. Fico com água na boca.

— Então, hm, você fuma?

Ele faz careta.

— Nah. Não uso essa merda!

— Claro! Claro! Óbvio que não — falo, recuando.

Ele não devolve a pergunta, então deve ter presumido que eu também não fumo. Minhas pernas roçam no estrado de um beliche desarrumado contra a parede, com os lençóis caídos no chão. Camas de madeira, um verdadeiro banquete capaz de servir um milhão de percevejos.

FATO: Embora percevejos não tenham asas, eles podem pular pequenas distâncias, pegando carona para a próxima casa em que se instalar.

Engulo em seco e me afasto, com a pele em chamas. Está tudo bem, fica tranquila, fica tranquila. Não surta. Você pode lavar as roupas quando...

PRECISO SAIR DAQUI AGORA!

— Hm, então, preciso ir logo para casa...

— Ah, claro! Por aqui!

A porta no fim do corredor nos leva de volta à garagem e a uma parede enorme cheia de ferramentas. São das melhores que já vi.

— Beleza. Vamos ver o que temos aqui.

Yusef procura pelas prateleiras e vou lá para fora, admirando as roseiras que ladeiam a garagem. Do outro lado da rua, uma mulher está parada na varanda, me encarando, resoluta. Eu recuo, voltando para dentro.

— Ei, quando começa a esfriar por aqui? — pergunto.

— Final de setembro.

— Isso é... daqui a pouco — murmuro, fazendo um cálculo rápido de cabeça.

O último artigo que li dizia que o estágio vegetativo das sementes de cannabis pode levar três ou quatro semanas para florescer, e esse estágio, por sua vez, pode levar mais cinco semanas. Com as ferramentas que tenho, talvez só consiga colher lá para novembro.

— Bom, com toda essa parada de aquecimento global, às vezes demora mais. Ano passado, a temperatura só caiu para uns vinte graus no final de outubro. Geada só no dia de Ação de Graças. Então relaxa, Cali, você não vai morrer congelada por enquanto. Mas é melhor comprar um casaco bom logo.

Estou gostando do apelido. Só porque me lembra da Califórnia, da minha casa. Olho para o jardim verdejante dele. A mulher ainda está encarando, e agora fala ao telefone.

— Achei que tinha dito que nada crescia por aqui além de ervas daninhas? — pergunto, indo até as roseiras.

Yusef sorri.

— Eu te disse, é preciso dar um pouco mais de carinho para a terra se quiser que algo cresça.

Ele dá tapinhas em um saco marcado como "fertilizante" ao seu lado. Umedeço os lábios.

— Você tem mais?

Seis

O quarto está todo escuro quando abro os olhos. Estou acordada... mas não totalmente. Tudo é um borrão confuso. Minha pele pinica, os nervos batendo contra os ossos. Pisco e percebo que é só isso que consigo fazer. Braços, pernas, mãos... nada se mexe como deveria. Estou presa. Presa. Presa?

O que está acontecendo?

A porta se entreabre lentamente, as dobradiças ressoando de um jeito misterioso. Tento virar para o lado, mas continuo paralisada. Tento falar, mas qualquer esforço me causa dor física. Quem está ali?

Alguém. Tem uma silhueta difusa nas sombras. Um corpo alto. Mãe? Alec? Quem é?

Meu corpo lateja como se eu tivesse pinçado um nervo, mãos invisíveis me afundam no colchão. Buddy está sentado, choramingando de olho na porta. Então baixa a cabeça e solta um rosnado baixo.

Minha boca está seca de tanto tentar falar, os punhos cerrados com força, apertando os lençóis.

A sombra se mexe. Não consigo mais vê-la. Para onde foi?

Não vá embora, me ajude. Por favor. Não consigo me mexer.

Saliva se empoça no fundo da minha garganta. Estou engasgando, me afogando, morrendo.

Tem alguma coisa se arrastando por cima de mim, percevejos, tira isso de mim! Tira isso de mim!

Com tudo de mim, faço força, me empurrando de dentro para fora.

Minha coluna estala, os músculos do pescoço se contraindo quando solto o ar trêmulo.

Buddy ergue a cabeça e vira quando eu levanto, arfando.

Que porra foi essa?

Ofegante, olho para o corredor, com os olhos já acostumados à escuridão. A sombra sumiu. Mas sei que vi algo. Ou alguém.

Buddy fareja no escuro quando deixo a luz da geladeira iluminar a cozinha. Minha pele está dolorida, minhas mãos formigando enquanto pego um copo de água.

De novo, 3h19. O silêncio é ensurdecedor. Mortal.

Mas não é um silêncio completo. Os canos ainda zunem, a madeira ainda sussurra... mas, em algum lugar ao longe, ouço um rosnado, uma vibração.

Está vindo lá de fora?

Nossa rua é uma cidade fantasma, quieta, erma. Moramos praticamente em uma ilha deserta. Então, quando espio pela janela da porta da frente, quase penso que ainda estou sonhando. Porque tem uma caminhonete parada do outro lado da rua, com os faróis acesos, motor ligado, uma sombra na frente do volante.

— Que merda é essa? — murmuro. Quem está ali?

Abro a cortina enquanto seguro a maçaneta. O motorista deve ter visto, porque a caminhonete rapidamente recua, faz o retorno e vai embora cantando pneu.

— O quê?! Sem chance!

A reação de Tamara é uma surpresa constrangedora. Coloco meu computador em outra posição.

— Como assim? Isso foi ideia sua!

— Eu estava querendo dizer que *você* podia tentar encontrar sementes aí, em Cedarville. Cara, você tem ideia do problema que um negócio desse tipo pode dar pra mim? Não tem como comprar pela internet, sei lá?

— Meus pais estão de olho no meu cartão de crédito e em cada dólar que eu gasto. Eu nunca conseguiria me explicar.

Tamara revira os olhos.

— Ah, e *eu* conseguiria?

É raro brigarmos — no máximo evitamos confronto e deixamos a tensão passar. Tudo bem, talvez pedir para ela cometer um crime federal tenha sido um pouco fora do tom, mas... não justifica essa irritação toda.

— Mas nem é nada de mais!

— É sim! E por que a pressa?

Ah, nada, são só alguns sonhos malucos e psicopatas na porta da minha casa à noite atrapalhando meu sono. Bobagem.

A porta estala, se entreabrindo. Eu já me acostumei com a bizarrice... até que ela bate com força.

— Merda! O que foi isso? — Tamara arfa, se esticando para ver além de mim.

Buddy pula e rosna, o pelo eriçado. Fico olhando para ele e para a porta.

— Eu... Eu não sei — balbucio. — Espera.

O corredor está em silêncio, como é de esperar às duas da madrugada. Todas as portas dos quartos estão fechadas e não sinto nenhuma corrente de ar. Mexo na maçaneta, conferindo o trinco. Abrir sozinha é uma coisa, mas bater com força... não faz sentido.

Buddy fareja, trotando em círculos, cheirando algo e indo até o banheiro. O fedor está de volta, aquele da cozinha, mas não tão forte. Está subindo para cá?

Argh! Não tenho tempo para isso!

Tenho outras prioridades; maconha, por exemplo.

— Tudo bem? — Tamara pergunta.

— Hm, sim — respondo, fechando a porta. — Enfim, o que você acha?

— Não sei, Mari. Eu posso me ferrar muito.

— Não estou pedindo para você me mandar um pacote de baseados. Só umas sementes! Finge que são girassóis ou tulipas se isso fizer você se sentir melhor. — Sou direta. — Tamara, eu preciso disso. É melhor do que qualquer alternativa. Você quer mesmo que eu tenha uma recaída? Depois de tudo o que aconteceu?

Tamara respira bem fundo.

Tudo bem, sei que é bem babaca da minha parte fazer minha melhor amiga se sentir culpada assim, mas momentos de desespero pedem ações desesperadas.

— Está bem. Para onde eu mando?

Dou o endereço da biblioteca para ela.

— Feliz aniversário, amor!

Alec entra no escritório da minha mãe com um buquê enorme de rosas amarelas.

— Ah, obrigada — ela diz, beijando-o. — Minhas favoritas! São lindas.

Ele a abraça.

— Não tão lindas quanto você.

Quero vomitar meu guacamole, mas, sinceramente, é legal ver minha mãe apaixonada depois de dois anos solteira. Por mais que eu o ame, meu pai definitivamente não era o marido do ano. Passava meses fora, e alguns diriam que ele amava o trabalho um pouco mais do que ficar preso com a esposa e os filhos. O divórcio não foi feio; eles já eram amigos antes e funcionavam melhor assim, então a ausência dele não me incomodava muito. Àquela altura, eu estava acostumada a falar com ele por videochamadas em viagens. Além do mais, eu tinha os Perc para me fazer companhia. Não me passou pela cabeça até bem mais tarde que a única pessoa que realmente sentiu que tinha perdido algo... foi Sammy.

Piper entra na cozinha carregando sua lancheira de My Little Pony. Ela olha feio para minha mãe e Alec no escritório, hesita e depois, surpreendentemente, resiste à vontade de interromper o festival de amor deles. Em vez disso, segue a passos duros e deixa a lancheira aberta na bancada.

— Vai fugir? — brinco.

Ela estreita os olhos para mim antes de abrir a geladeira.

— Está pronta? A reserva é para daqui a vinte minutos — Alec diz para minha mãe.

Piper continua colocando biscoitos, salgadinhos, fatias de pepino, caixas de suco e salgadinhos na lancheira, tudo bem certinho e ordenado. Então, pega duas xícaras e pires no armário.

Minha mãe ri.

— Eu te falei, não precisava vir para casa. Eu te encontraria lá.

— Não. Num encontro de verdade, eu busco minha garota em casa!

— *Eu não tinha casa, fumava craque. Fui um drogado por dez anos. Rezei por um milagre. Foi aí que liguei para o reverendo Clark e pedi as Sementes Sagradas DE GRAÇA. Plantei na frente de uma casa em que queria morar e é como se elas tivessem crescido da noite para o dia, tão altas! Duas semanas depois, a escritura da casa estava nas minhas mãos e nunca mais toquei naquele doce do diabo! Bendito seja Deus.*

— Cara, desliga isso! — digo.

Sammy, sentado no sofá, encara fixamente a televisão.

— Você perdeu! Um homem acabou de levantar da cadeira de rodas e começou a dançar break. As sementes curaram o cara!

Minha mãe está rindo quando eles saem do escritório. Está com um coque alto, seu vestido vermelho favorito e saltos.

— Mari, obrigada por cuidar das crianças essa noite. Vai ter um extra na sua mesada essa semana.

— Que maravilha — faço um gracejo. — Posso comprar um biscoito na escola.

— Espertinha — ela diz, se esforçando para não sorrir, então percebe a precisão de Piper em ajeitar a lancheira. — Piper, o que você está fazendo, querida? Aonde vai com minhas melhores xícaras?

Ela para e os encara, dizendo, toda séria:

— Vou tomar chá com a dona Dulce.

— Ahhhh — minha mãe diz, assentindo e piscando para Alec. — Claro. Bom, quer mais lanchinhos para o chá? Eu fiz homus mais cedo.

— Não — ela responde, brava. — A dona Dulce não gosta de comida de passarinho.

Minha mãe fica atônita enquanto Piper fecha a lancheira com força e sai, equilibrando as xícaras nas mãos.

Viramos para Alec, esperando uma explicação.

— Ah, desculpa — ele fala, rindo. — Ela é bem específica com o menu da hora do chá.

Se nossa casa é o número 214 da Maple Street, e a casa da esquina é a 218, isso significa que a casa ao lado é a 216 e a do outro lado da rua deve ser a 217. Então a que fica do lado oposto àquela na esquina deve ser a 219.

A casa 219 da Maple Street é a única do nosso quarteirão que parece ter um telhado decente, que não vai ceder se for acertado por uma pedra, um quintal isolado nos fundos, escondido por árvores altas, e a maioria das janelas ainda intacta. A esquina tem acesso por vários lugares, então é fácil de entrar e sair sem ser vista.

Carregando minhas novas ferramentas, eu me esgueiro pelos arbustos densos, pulando a cerca quebrada até chegar à porta dos fundos, que está entreaberta. Entro na cozinha destruída e fico escutando.

— Olá? — grito, porque aprendi minha lição naquele dia com o Sammy. — Oláááá?

Silêncio. O cômodo está cheio de lascas de reboco e coberto por lama seca. As portas dos armários estão caindo das dobradiças enferrujadas, há uma pia de ferro no chão, as paredes verde-limão estão todas mofadas. Está quente, úmido, sem nenhuma circulação de ar. A luz do sol entra pelo vidro e cria um efeito estufa.

Bem do que eu precisava.

Sem tempo a perder, arrasto meus suprimentos para dentro.

Todo artigo que li na internet sobre como cultivar cannabis mandava usar vasos, para ter um ambiente mais controlado. Fiz alguns recipientes com duas garrafas PET de refrigerante e os instalei no canteiro de um metro e meio que construí, depois das minhas corridas matinais, com tábuas velhas e pregos enferrujados. Quase quebrei a coluna me esgueirando até o outro lado da rua com os dois sacos de fertilizante que Yusef me deu e que deixei escondidos com o lixo até que fosse a hora de usar. Germinar as sementes debaixo da minha cama foi arriscado, considerando o quanto o Buddy pode ser enxerido.

Mas tudo vai valer a pena.

Enquanto molho bem as mudas, agora plantadas em sua nova casa, dou uma olhada em volta. Definitivamente era uma mulher que morava aqui, talvez até sozinha, a julgar pelo sofá que um dia foi rosa, as fotos de flores e a coleção de bonecas de porcelana quebradas. Um espelho ornamentado rachado fica sobre a lareira e, apesar da pintura branca lascada e da sujeira espessa, reconheço a cornija intrincada, com o mesmo estranho brasão familiar da nossa casa.

Todas essas casas devem ter sido construídas pela mesma pessoa. Uma pena que todas tenham sido desperdiçadas.

Dou um passo para trás para admirar o trabalho que fiz.

— E seu nome será "o jardim secreto".

Minha mãe fura as bolhas na palma das minhas mãos e eu sugo o ar por entre os dentes para não choramingar.

— Nunca vi uma coisa dessas antes — balbucia minha mãe, balançando a cabeça. — Tem certeza que estava usando luvas?

— Talvez seja porque... já faz um tempo. A terra aqui é diferente e tudo mais.

Apesar de usar luvas, o trabalho intenso no jardim secreto causou um estrago nas minhas mãos. Parece que andei segurando rochas vulcânicas afiadas.

— Provavelmente é melhor pegar leve nos próximos dias — diz ela. — Quem sabe deixar Yusef fazer o trabalho pesado no clube de jardinagem. É bem legal que você tenha feito um... amigo.

As acusações implícitas aí mais parecem gritadas em um megafone.

— Não é o que você está pensando.

— Eu não disse nada — diz ela naquele tom materno irritante que deixa claro que está dizendo algo, sim. — Acho que você é inteligente o suficiente para não se apaixonar por um garoto só porque ele te ofereceu ajuda. De novo.

Os pais têm um jeito único de te lembrar das decepções que você causou neles mesmo sem dizer isso com todas as letras.

— Tudo bem. — Minha mãe suspira. — Lá em cima, embaixo da pia do banheiro, pega a pomada. Vou cortar uns esparadrapos.

Subo devagar. Sim, minhas mãos estão ferradas, mas são só minhas feridas externas. Parece que eu perdi uma luta com a Mãe Natureza em pessoa. Minha lombar, meus pés e meus braços doem. Sem a corrida para me manter ativa, estou com o corpo de uma senhora de noventa e cinco anos.

Mas vai valer a pena, continuo dizendo para mim mesma assim que chego no topo da escada, ouvindo um pouco do cochicho de Piper.

— Sério? Você faria isso? Mas e se eles descobrirem?

A lava lamp rosa do quarto ilumina o corredor escuro. Piper está conversando com alguém bem mais alto que ela, mas a parede ao lado da porta entreaberta não me deixa ver a pessoa. Não é Alec; ele está lá embaixo vendo televisão com o Sammy.

Me aproximo, tentando dar passos leves, mas o chão range e me entrega. Ela vira para mim na hora.

— Com quem você está falando? — pergunto.

Ela pula na minha direção, bloqueando a entrada do quarto com os braços.

— Hã? Ninguém.

— Você estava conversando com alguém agora mesmo.

Por um momento, Piper parece irritada, antes de se endireitar, jogando o cabelo para trás, o olhar ficando frio.

— Não estava, nada.

— *Estava*, sim.

Piper inspira e sorri antes de gritar:

— Eu disse NÃO, Marigold! O dinheiro no sr. Porquinho é MEU!

Passos pesados soam no chão quando Alec dispara escada acima.

— Ei! O que está acontecendo?

— Sua cobrinha — murmuro, e ela sorri com malícia para mim.

— Nada, papai — ela diz, com a voz suave e inocente.

Alec chega correndo e nos observa com o olhar severo.

— O que você estava gritando?

Aponto sobre a cabeça dela.

— Ela estava falando com alguém no quarto.

Alec encara Piper, com a cabeça inclinada para o lado.

Piper arregala os olhos e olha para mim, depois baixa a cabeça e murmura:

— Eu estava... falando com a vovó.

Alec fica sério quando se ajoelha na frente dela.

— Mas é claro que sim, docinho. Você conversava com a vovó todo dia. E tudo bem. Não tem problema. Mesmo que ela não esteja mais aqui fisicamente, a vovó sempre vai estar com você.

Alec a puxa para um abraço apertado. Ela apoia o queixo no ombro dele, com um sorriso maldoso no rosto.

Deveríamos colocá-la em um curso de teatro, é só isso que penso. Ela ganharia milhões, e talvez assim não precisássemos morar nesta casa.

Sete

— Você já se deu conta de que livros são só árvores... com palavras?

Erika abre um sorriso preguiçoso para mim do outro lado da mesa no intervalo. Ela deve ter fumado em algum momento antes da aula de educação física, e a inveja está me fazendo soltar fumaça pelos ouvidos. Ela fuma quase todos os dias e vem para a escola tão calma e relaxada quanto eu queria estar.

— Árvores com palavras? Profundo — digo, atacando minha salada.

Erika sorri, orgulhosa de sua revelação.

— Né? É tipo, as árvores estão falando com a gente, mas através das páginas. Elas se sacrificam para serem ouvidas.

No canto da cantina, Yusef está sentado, a mesa cercada por garotas. Elas riem de todas as piadas dele, na deixa certa, como robozinhos, e ele parece... meio chateado. Não é seu sorriso, é o olhar. Ele olha na minha direção, e eu desvio a atenção na hora.

Erika vira o pescoço e o vê.

— Ouvi dizer que você estava na casa do Yusef Brown outro dia.

— O quê? Quem te disse isso?

— Ah, cara, por favor. Acha que a primeira garota a *entrar* na casa dos Brown em anos não seria manchete? A sra. Steele contou para a sra. Merna, que contou para minha avó, que contou para o resto da cidade. Você é a inimiga pública número um por aqui agora.

Inspiro fundo.

— Tudo... bem. Estou acostumada a ser uma pária.

Ela franze a testa.

— Sério? Até na sua escola antiga?

Merda. Isso pode abrir a porta para o passado que eu precisava manter fechada. Esse lugar deveria ser um recomeço.

Mudar é bom. Mudar é necessário. Mudar é preciso.

— Duvido que eu seja a primeira. Impossível — digo, mudando de assunto. — Ele é bonito demais para não levar algumas garotas pela janela do quarto.

Ela fica radiante.

— Ahhhhh, então você *acha* ele bonito! Bom, eu entendo. Também não falo muito com ele na escola, mas fora daqui nos damos bem. Ele normalmente me dá carona até Big Ville.

— O que é Big Ville?

— O presídio. — Ela franze a testa. — Meu pai e meus irmãos estão lá. O pai do Yusef também. E o pai de quase todo mundo.

— Uau — balbucio.

Do outro lado do lugar, um grupinho de garotas me encara. Não do jeito que se avaliaria uma inimiga. É quase como se elas estivessem tentando me entender.

Durante o resto do dia, é isso que acontece. Mais olhares curiosos. Mais cochichos. Ao final da oitava aula, pela primeira vez desde que nos mudamos para Cedarville estou animada por chegar em casa.

— Ei! Cheguei!

O silêncio é inquietante aqui, para dizer o mínimo. Os barulhos de casas antigas, o assovio do vento pelas paredes ocas, os gemidos da madeira, os estalos do chão... Eu odeio demais isso tudo.

— Mãe?

Sem sapatos perto da porta. Acho que ela foi buscar o Sammy e a Piper. Vou até a cozinha, pegando o celular para mandar uma mensagem para ela, e dou de cara com a porta aberta de um armário.

— Cacete — resmungo, esfregando a testa. — Mas o que...

Sinto um frio na barriga e olho para a cena, atônita.

Todas as portas e gavetas da cozinha estão abertas... todos os armários estão vazios. Comida, louça, panelas, recipientes, talheres... tudo disposto nas bancadas. Todos os objetos alinhados perfeitamente como peças de Lego, organizados por tamanho e cor.

— Sammy. — Dou uma risadinha, pegando uma caixa de granola.

Buddy choraminga histericamente no terraço, olhando para dentro como se estivesse lá fora por horas.

A porta da frente abre com um estalo.

— Oi! Chegamos! — minha mãe grita. — Marigold? Você está aqui?

— Estou na cozinha.

Sammy chega primeiro, correndo com tudo, escorregando pelo chão apenas de meias.

— Uau... cara? O que você está fazendo?

Dou uma risada.

— O quê? Nada, não toquei nesse seu pequeno experimento científico.

Sammy franze a testa quando minha mãe e Piper entram, carregando sacolas de compras, e param na porta da cozinha, perplexas.

— O quê... Marigold! — minha mãe grita.

— Hã?

— O que você fez? — Ela olha em volta, totalmente exausta. — Você... Isso é... Você estava procurando percevejos de novo?

— O quê? NÃO!

Mas a simples menção deles me faz começar a coçar e, para ser honesta, isso parece mesmo algo que eu faria nos meus piores dias. Mas não fui eu.

— Olha essa bagunça! Não tenho tempo para arrumar tudo isso. Tenho que começar a fazer o jantar e escrever mais duas mil palavras essa noite para não perder o prazo.

Piper caminha cuidadosamente pela cozinha, espantada.

Confusa, olho para Sammy.

— Espera, não foi você?

— Não! A gente acabou de chegar em casa...

DING DONG DING DONG

Minha mãe revira os olhos com um grunhido e solta as sacolas de compras.

— O que foi agora?

Enquanto ela sai brava para abrir a porta, dou uma olhada no estado repugnante da cozinha. Algo assim... levaria horas para fazer, e eles acabaram de chegar em casa. Esfrego os braços e um calafrio me percorre.

— Você é a mãe da Piper?

Uma voz severa surge do lado de fora e eu corro para a entrada da cozinha. Na varanda está uma mulher negra, o cabelo longo e volumoso preso em um rabo de cavalo baixo. Ao seu lado está uma versão em miniatura dela. Lindos olhos grandes, cílios longos, encarando Piper, que vem andando calmamente pelo corredor, parando a alguns passos da porta.

— Hm, sim. Meu nome é...

— Tá, tá. Meu nome é Cheryl. Olha só, não sei como vocês fazem na Califórnia, ou seja lá de onde venham — diz ela, gesticulando loucamente. — Mas por aqui a gente fica de olho nas nossas crianças, está entendendo? Eu não sou do tipo que fica dizendo como os outros deveriam criar seus filhos, mas ficar brincando nessas casas malditas não é seguro!

Minha mãe franze a testa, confusa.

— Desculpa, não estou entendendo.

Cheryl faz um bico, indicando Piper.

— Hoje na escola sua filha tentou convencer a minha Lacey a ir brincar com ela em uma das casas abandonadas!

Minha mãe vira para Piper, que continua encarando Lacey.

— Piper — diz minha mãe, quase sem fôlego. — Isso é verdade?

Piper não vacila, seu rosto pálido tranquilo, os lábios em uma linha firme. Lacey, com os olhos arregalados, agarra a jaqueta jeans da mãe, tremendo.

— Ela disse que brinca nessas casas o tempo todo — Cheryl continua. — Convidou as meninas para tomarem chá lá. Vocês têm ideia do quanto essas casas são perigosas? Além de estarem caindo aos pedaços, sabe que tipo de pessoas invadem, vão fumar e usar drogas lá? Essas meninas poderiam ter sido estupradas e a gente nem ficaria sabendo!

Minha mãe está horrorizada.

— Piper, o que deu em você?! A gente te falou para nem chegar perto dessas casas!

— Marigold também brinca por lá — ela retruca.

O tapete é puxado debaixo dos meus pés e eu caio de bunda.

— O quê?

— Ah. Estou entendendo. É um problema de *família* — bufa, Cheryl, cruzando os braços.

Sammy e eu trocamos olhares surpresos. Indignada, minha mãe para na frente dela.

— Olha, Cheryl, sei que você está chateada...

Mas a mulher a ignora, puxando Lacey pelos degraus da varanda, resmungando:

— Você fica longe dessa gente, ouviu? Fica longe dessa menina na escola também. E diga para os seus amigos fazerem o mesmo. Não dá mesmo para confiar em ninguém hoje em dia.

Minha mãe fecha a porta com força e vira para a gente.

— Vocês perderam o juízo? Piper, já não basta todo mundo na vizinhança agir como se a gente tivesse uma doença contagiosa, agora você quer que achem que também não somos bons pais? E por que você ainda enfiou a Marigold nisso?

— Porque eu já vi ela indo lá de manhã. Ela está usando drogas!

Todo o meu sangue desce até os pés quando a minha mãe me encara. Impossível que Piper tenha me visto. Eu tenho sido cuidadosa.

— Ah, sério? — sorrio com desdém, testando o blefe dela. — Em qual casa?

Piper titubeia, apontando para janela.

— Aquela aqui do lado.

Peguei!

— Mentirosa! Eu nunca nem cheguei perto daquela casa!

— E não tem como entrar — Sammy acrescenta. — Você já viu, mãe, aquela casa é a única no quarteirão que fica trancada que nem uma fortaleza.

— Piper — minha mãe grunhe.

— Não! Eu não estou mentindo! — Ela enfia um dedo na minha cara. — A dona Dulce te viu! Ela sabe o que você está tentando fazer!

Minha mãe aperta a ponte do nariz.

— Piper...

— Eu quero o papai! Você não pode me chamar de mentirosa! Eu quero o papai!

Minha mãe massageia as têmporas.

— Todo mundo, vão para os seus quartos. AGORA!

20H30 ALARME: NÃO ESQUECER DA LIÇÃO DE CASA DE INGLÊS.

Encaro o teto, com o celular tentando chamar minha atenção, mas não consigo parar de repassar mentalmente aquela tarde. Mesmo que Piper tenha apontado para a casa errada, ela estava bem perto da verdade. Será que está me seguindo? Me vigiando do quarto? Não tinha a menor chance de alguém ter me visto de tão longe. E...

Arghhhh! Aquela droga de cheiro de novo!

Deve estar vindo das entradas de ar, então claramente tem algo morto e preso dentro das paredes. Às vezes, eu nem sinto nada. Outras vezes, é sufocante. Minha mãe continua pedindo para o sr. Watson dar uma olhada, mas ele parece muito ocupado, e meus óleos essenciais estão no fim. Não posso ficar sem dormir mais uma noite. Isso pede algo mais forte.

Uma lufada de fumaça branca rodeia a sálvia queimando enquanto balanço o maço de folhas pelo quarto. Meu guru sempre diz que, quando usada propriamente, a sálvia pode ajudar a purificar as energias de um lugar. E nós com certeza estamos precisando disso. Desde que nos mudamos, tenho me sentido estranha. E não sou só eu, o Sammy também. E minha mãe, e Bud. Talvez a casa inteira precise de uma purificação.

Saio para o corredor, balançando a sálvia em todos os quatro cantos, então vou para os banheiros, a cozinha, a sala de estar e a de jantar.

Sammy tosse, abrindo a porta da frente e deixando a brisa fria da noite entrar.

— Cruzes, está tentando afastar a gente com essa fumaça também?

— Você vai sobreviver — resmungo, balançando a sálvia na sala antes de voltar para o andar de cima para fazer o mesmo nos quartos.

Piper está parada no batente da porta de seu quarto, com a lava lamp brilhando atrás de si. Ela me encara, seus olhos escuros seguindo cada um dos meus movimentos.

— O quê? — disparo. — Qual é o seu problema?

Ela respira fundo e ergue o queixo corajosamente.

— Essa casa é da dona Dulce.

— E daí?

— E daí que ela não gosta desse troço fumacento.

Reviro os olhos.

— Dane-se, Piper! Supera.

— Ela disse que também não quer você vendendo drogas na casa dela.

Engulo em seco para manter a compostura. Não tem como ela saber.

— Do que você está falando? Onde foi que você...

— Ela diz que você tem que ir embora. A gente pode ficar, mas você tem que sair daqui. Ela não quer uma drogada na casa dela.

Já deu. Estou cansada dessa pentelhinha me irritando.

Vou até ela, nervosa, com o sangue fervendo.

— Ou o quê? — desafio. — E se eu não for embora? O que você vai fazer, hein?

O brilho avermelhado atrás dela de repente fica mais forte, como uma chama. Mas não está vindo da luminária. É uma luz alaranjada que vem do lado de fora.

— MÃE! — Sammy grita do andar de baixo. — A casa do outro lado da rua está pegando fogo!

Alec sai disparado do quarto.

— Raquel, liga para emergência!

— Papai! — Piper o chama.

— Fica aí, docinho — ele grita do fim da escada. — Fica com a Marigold!

Empurro Piper do caminho e vou correndo até a janela do quarto dela. A 215 está ardendo, com chamas saindo pelas janelas, chegando até as árvores mais próximas. Alec corre até a entrada da nossa garagem, esticando a mangueira o máximo possível.

Minha mãe corre lá para baixo.

— Meninas! Coloquem os sapatos e peguem o que for importante caso a gente precise sair daqui.

É nessa hora que olho para baixo. Piper já está de sapato com seu pijama de princesa. Tem lama fresca nos tênis. Nossos olhares se encontram, mas ela não transparece nada, e eu volto para o meu quarto, segurando a vontade de gritar.

Oito

Embora a casa número 215 da Maple seja uma carcaça escura e chamuscada, com fumaça ainda subindo em círculos, ela não parece lá muito diferente de nenhuma das outras. Na verdade, parece mais à vontade no nosso quarteirão do que a gente.

Da nossa varanda olho a pilha de madeira molhada soltando fumaça, roendo as unhas para evitar que meus dentes batam.

Não estou com frio. Estou nervosa... com os bombeiros investigando os destroços, a apenas alguns metros do meu jardim secreto.

E se eles fizerem uma busca nas outras casas? E se descobrirem? Será que vão procurar digitais? Eu estou no sistema da polícia...

— Como você acha que começou?

Viro para Sammy, que está parado ao meu lado.

— Hã? Ah, sei lá. Como eu saberia?

— Você acha que foi um daqueles... sem-teto?

Respiro fundo, tentando afastar a imagem de um corpo sob o entulho, queimado.

— Eu... eu...

A porta da frente abre e Piper espia antes de sair para varanda, parando do outro lado. Ela nos ignora, olhando a casa com o rosto desprovido de emoções.

Tenho tentado pensar racionalmente sobre quando tudo aconteceu. É isso o que as pessoas fazem quando deparam com um conflito. Elas param, refletem, depois reconstroem o que realmente aconteceu. Piper estava com lama nos tênis, mas podia ter vindo de qualquer lugar. Ela é um filhotinho curioso, enfiando o nariz em tudo para farejar. Talvez tenha ido até o jardim... mas jamais começaria o incêndio. Não podemos estar morando com uma pequena incendiária. Ela não é tão doida assim.

— Ei, aonde você está indo? — Sammy grita atrás de mim.

— Fica aí — respondo, andando depressa até a calçada.

Preciso dar uma olhada melhor.

Do outro lado da Sweetwater, as pessoas se reúnem no cruzamento, esticando o pescoço para ver o estrago, mas sem ter coragem de se aproximar. Alec está conversando com quem imagino que seja o comandante dos bombeiros ao lado de uma viatura, dando seu relato sobre o incêndio.

A chaminé chamuscada está de pé como uma sequoia alta, ignorando a destruição aos seus pés. Fico parada entre os poucos observadores desconhecidos, quase apoiada na fita amarela da polícia. Meus olhos marejam com o cheiro agressivo de queimado. Uma banheira de porcelana — parece ter pertencido ao segundo andar, que não existe mais — está no centro dos destroços, um ponto branco em um mar de escuridão.

A equipe de limpeza é pequena. Alguns homens com trajes de proteção e duas picapes de Cedarville. Eles não parecem funcionários públicos nem muito interessados no trabalho, vasculhando a fuligem com má vontade.

O que faz sentido, considerando como limparam o resto das casas em Maplewood. Por que alguém iria querer que sua cidade tivesse essa aparência?

— Tinha alguém lá dentro dessa vez? — um dos homens ao meu lado pergunta num cochicho.

— Não que eles saibam — outro responde com um suspiro.

Ele olha para a multidão se agrupando na Sweetwater e ri.

— Basta colocar fogo em uma casa para eu entender a mensagem. Pode ter certeza.

Então percebo por que a presença e o rosto dessas pessoas são tão estranhos para mim. Esses homens, os bombeiros e os curiosos, todos são as pessoas mais brancas que vejo em semanas. E, não sei por que, mas não os quero aqui. Só consigo imaginar como meus vizinhos na Sweetwater se sentem a respeito.

Olho para a varanda de casa. Piper está com um sorriso malicioso, depois entra de volta, saltitando.

— Olá! Bem-vindo — minha mãe diz alegremente à porta. — Entra, por favor!

Reconheço o sr. Sterling da foto no site da Fundação. Ele é baixo, com um rosto pequeno e um pouco enrugado, pele oliva, sobrancelhas grossas e um lustroso cabelo preto com raízes grisalhas. Seu perfume toma a sala.

— Ah, olá, Raquel — ele diz, seu sorriso tão brilhante que não parece natural. — Enfim nos conhecemos.

— Bem-vindo — Alec diz com um aperto de mão forte. — Que bom que o senhor pôde vir.

— Obrigada por nos receber — diz Irma, soltando o cachecol. — Eu jurava que você ia cancelar, considerando toda a agitação que tiveram na noite passada.

— Ficamos sabendo sobre a casa — diz o sr. Sterling, dando uma olhada apara o outro lado da rua. — Essa com certeza foi por pouco.

— Graças a Deus todos estão bem — acrescenta Irma.

— Sim, falando nisso — minha mãe diz, fazendo um gesto em direção à escada. — Deixa eu te apresentar Marigold, Sammy...

— E a minha Piper — Alec acrescenta enfaticamente, e preciso me segurar para não revirar os olhos.

O sr. Sterling sorri para nós.

— Olá!

Sammy acena por trás do corrimão.

— Oi.

— O senhor está muito arrumado — diz Piper, encarando o terno dele, que brilha como uma moeda novinha em folha.

O sr. Sterling se curva para ficar na altura dela.

— Olha só, você é muito espertinha, hein?

Isto vai soar meio extremo, mas eu já não gosto desse cara. Sua familiaridade galante é desconcertante, de alguma forma. Ou pode ser minha incapacidade de confiar em estranhos.

Alec pigarreia.

— Bom, entrem! Sintam-se em casa. A casa *é* sua, afinal de contas.

O sr. Sterling ri, mas não o corrige com algo tipo "Ah, não, Alec. Esta casa é de vocês agora, amigo". Em vez disso, ele e Irma seguem Alec até a sala de jantar.

— Crianças, venham. Hora do jantar — anuncia minha mãe.

Pela primeira vez, todos sentamos à mesa de madeira sob o novo candelabro, a sala luminosa e reluzente. Alec e o sr. Sterling sentam às cabeceiras. Minha mãe, eu e Sammy de um lado, Irma e Piper do outro. Depois de um pão de alho e uma salada caprichada de entrada, a mesa fica quase em silêncio enquanto devoramos o espaguete.

— Raquel, vou te dizer, esse macarrão... está tão saboroso quanto o da minha avó — diz o sr. Sterling. — E ela é da Sicília, italiana de verdade.

Minha mãe sorri, orgulhosa, sempre se entregando fácil para qualquer pessoa que elogie sua comida.

— Fiquei um pouco preocupado no começo — ele admite, bebericando um pouco vinho. — Ouvi dizer que vocês são todos veganos, e sou do tipo de homem que ama um bom prato de carne com batatas.

— Ah, eu também. — Alec ri. — Vida difícil. Eu definitivamente perdi uns quilos.

— E, ainda assim, de alguma forma, continua vivo — resmungo baixinho.

Minha mãe dá um tapinha na minha coxa por baixo da mesa, mas mantém o rosto inexpressivo.

O sr. Sterling limpa a boca com o guardanapo olhando para mim. Ou através de mim, não sei ao certo.

Alec, que nunca saca nada, segue em frente:

— Então, chefe, sobre aquilo que conversamos na sexta, acho...

— Por favor, Alec — diz o sr. Sterling, rindo. — Estamos fora do expediente. Sem conversas sobre trabalho na frente das mulheres.

Minha mãe morde o lábio e encara o prato, estarrecida. Eu enfio a faca na minha beringela à parmegiana só para evitar furar o olho daquele homem.

— Além do mais — ele continua —, estou aqui para conhecer melhor a família Anderson-Green.

— Está bem, eu preciso saber, já que adoro um romance — diz Irma, dando uma risadinha. — Como vocês dois se conheceram?

Minha mãe solta um riso nervoso.

— Ah, bom, é uma história meio engraçada...

— Não, amor, é uma história ótima — Alec interrompe. — Então, eu morava em Portland e estava indo fazer uma entrevista de emprego em LA. Eu ia de avião, mas teve algum problema mecânico no aeroporto ou algo assim, nenhum voo estava decolando. Mas eu precisava mesmo ir a essa entrevista, sabe? Eu e Piper... A gente precisava muito de um novo começo.

— E, ao mesmo tempo... Eu estava fazendo uma reportagem sobre novos dispensários de canabidiol na área — acrescenta minha mãe, se servindo de outra taça de vinho.

— Enfim, com o aeroporto fechado, eu pensei: "Por que não ir de carro?". Levaria, o quê, um dia? É uma estrada bem pitoresca, pelo litoral, atravessando a Big Sur. Mas quando chego na central de locação de carros, vejo essa mulher linda... discutindo com uma atendente do lugar. Acho que muita gente teve a mesma ideia de ir dirigindo, e aparentemente, só restava um carro, que eles tinham agendado duas vezes... e deixa eu te dizer, ela deixou aquela mulher com o carro! Rá! Bom, a gente conversou, e já que ela morava bem depois da Big Sur, eu ofereci uma carona. Mas aquela rota... aquela rota é mágica. Todas essas praias lindas, rochedos e ondas quebrando. Conversamos o caminho inteiro, e depois de deixá-la em casa, não consegui tirá-la da cabeça. Estou apaixonado desde então.

Minha mãe fica toda vermelha, e Sammy finge que está vomitando.

— Ah, meu Deus. — Irma sorri. — Então foi assim? Você só foi lá e se mudou!

— Bom, eu precisei me esforçar um pouco para convencê-la — ele diz, piscando para minha mãe.

— Pensei que a gente estivesse apressando as coisas — ela explica, timidamente. — Juntando duas famílias. Mas Alec... Ele me fez sentir que o impossível era... possível. Todo mundo precisava de um pouco disso.

Uau, nunca ouvi minha mãe falar de Alec desse jeito. Quase me faz vê-lo menos como um babaca. Acho que esse é o propósito.

Alec estica o braço e segura a mão dela, sorrindo com orgulho.

— Ahhh — Irma dá um suspiro exagerado.

— Que história maravilhosa — diz o sr. Sterling.

— Eles já sabem o que aconteceu? — Piper pergunta, com a voz atravessando a alegria, o rosto ardente e os olhos fixos nas mãos da minha mãe e do Alec.

— O que aconteceu com o quê, docinho? — pergunta Alec.

— Com a casa do outro lado da rua.

— Ah! Bom, foi um acidente... Alguém deve ter passado e jogado um cigarro.

Ele consegue ouvir as falhas nessa história? Até parece que aquele incêndio foi causado por um simples cigarro aceso. E ninguém passa na nossa rua durante o dia, que dirá a noite. Bem, tirando aquela caminhonete misteriosa.

— Malditos palitinhos de câncer — reclama Irma. — Quem diria que algo tão pequeno causaria tantos problemas! Ouvi dizer que conseguiam ver o fogo do parque!

— Bom, foi graças ao Alec pensando rápido e pegando a mangueira que conseguimos impedir que se alastrasse — diz minha mãe.

— É o que acontece quando se sobrevive a vários incêndios florestais.

— Ouvi dizer que drogados se escondem nessas casas — diz Piper, me encarando, e todos viram para ela.

— Onde você ouviu isso? — Alec pergunta, franzindo a testa.

Ela dá de ombros, brincando com um pedaço de alface no prato.

— Na escola.

Um calafrio percorre minha coluna. Não sei bem para onde esta conversa está indo, mas já posso sentir que está chegando perto demais da verdade.

— Sr. Sterling — digo. — Pode nos contar um pouco mais sobre a nossa casa?

— Como assim?

— Ah, você não está preocupada com toda a fofoca sobre a casa ser assombrada, está? — Irma ri.

Mais uma vez, Irma deixa todos sem palavras.

— Assombrada? — minha mãe pergunta, pousando a taça de vinho na mesa.

— Sim, é só uma lenda urbana boba, criada por gente sem nada para fazer. Mas, por precaução, eu mesma pedi para o padre local passar aqui e abençoar a casa. O sr. Watson estava aqui para testemunhar.

— Hm, seeei — digo, virando de novo para o sr. Sterling. — Mas na verdade estava me perguntando quem morou aqui antes. E por que você escolheu este quarteirão, especificamente, para começar a residência artística? Todas essas casas vazias. Por que nos colocar bem aqui?

Irma gentilmente abaixa o garfo e se volta para o sr. Sterling.

— Isso não é da sua conta, Marigold — avisa Alec.

— Não, não, Alec. Está tudo bem — diz o sr. Sterling com um sorriso acolhedor. — Eu adoro mentes curiosas. Veja, Marigold, eu morei em Cedarville a vida toda, e como pode ver nossa bela cidade sofreu bastante nos últimos anos. Drogas, revoltas, crime... ganhamos certa reputação. Assim, as pessoas de fora ficam hesitantes em vir morar aqui. Foi por isso que comecei a Residência Cresça Onde Foi Plantado. Com a esperança de incentivar famílias de bem, como a sua, a ocupar esta área e ajudar a mudar nossa imagem, para que mais pessoas estejam dispostas a considerar fazer de Cedarville seu lar. Isso é só o começo; logo todas essas casas estarão restauradas, como a de vocês, com uma comunidade bem-sucedida e uma indústria próspera.

— Mas, espera, e as pessoas que já moram aqui?

— O que tem elas? — Ele ri. — Tenho certeza que notou, nossa população é bem mirrada.

— O que aconteceu com todo mundo?

O sr. Sterling balança a cabeça, jogando um pedaço de pão na boca.

— Foram embora. Em busca de trabalho ou outras oportunidades.

— Mas por que ir embora com tanta pressa? Por que abandonar tudo que tinham? É quase como se elas estivessem... fugindo.

— Talvez fugindo de hipoteca ou de impostos atrasados — ele diz, rindo. — Mas não tem nada assustador em Cedarville. Somos uma das cidades mais amigáveis do país!

— Então o senhor comprou todas essas casas?

Ele dá de ombros como se não fosse nada de mais.

— Sim, adquirimos um número de casas recuperadas judicialmente.

— Mas, se todas são suas, por que deixá-las assim? — Aponto para a janela. — É quase como se o senhor quisesse que a cidade pareça decrépita... de propósito. O que vai contra sua missão. Então, se quer mudar a imagem da cidade, por que não começa com a comunidade que já está aqui?

— Estamos interessados em trabalhar apenas com pessoas que querem ver essa cidade voltar à sua antiga glória — ele responde, com um tom irritado.

— E acha que os moradores daqui também não querem isso?

Irma fica mais tensa, encarando o prato. Minha mãe respira fundo, enquanto Alec inala, soltando o garfo.

Mas o sorriso do sr. Sterling não se desfaz; ele nem ao menos pisca. De repente me dou conta de que o rosto dele me lembra um daqueles bonecos bizarros com a pele feita de massinha. Talvez por isso ele pareça tão... falso.

Depois de um longo momento de silêncio, o sr. Sterling limpa a boca com o guardanapo e lança um sorriso vívido para a mesa.

— Bom. Foi um jantar bastante agradável.

Nove

TOC TOC TOC TOC

Depois de ver o sol nascer pela milésima vez, acabei de voltar a dormir quando as batidas começam. Ou deveria dizer pancadas? Como se a polícia estivesse na porta. E é apenas por esse motivo que pulo da cama.

A casa se move, cada porta abrindo. Vou até o corredor na mesma hora em que Piper aparece, esfregando o rosto sonolento.

— Quem é? — minha mãe resmunga. — São seis da manhã, droga!

Alec coloca uma camiseta enquanto desce correndo.

— Pois não? — ele diz, abrindo a porta.

Um senhor negro está parado do outro lado da porta de tela, com uma expressão intensa de raiva.

— Pois não? — ele dispara. — É só isso o que tem a dizer? Não vai se explicar?

Alec sai enquanto permanecemos dentro de casa, protegidos pela porta de tela, nos acotovelando para conseguir ver.

Na varanda está uma pilha com várias ferramentas — uma furadeira, motosserra, até mesmo um pequeno aparador de grama de empurrar. Nenhuma delas nos pertence.

Alec e minha mãe se encaram, ainda confusos.

O senhor aponta de novo para as ferramentas, frustrado por algo que não foi dito.

— Espera, são suas? — Alec pergunta.

— Você sabe muito bem que essas ferramentas são minhas porque você pegou tudo isso do meu galpão! — troça ele. — Passei a manhã inteira dirigindo por aí para ver quem tinha roubado minhas coisas, e encontrei tudo aqui! E você nem se deu ao trabalho de esconder!

Alec, pasmo, olha em volta, como se uma resposta para o problema fosse aparecer.

— Hm, olha, seu... — diz Alec.

— É sr. Stampley para você!

— Certo. Sr. Stampley. Nós não roubamos suas coisas.

— Então como explica isso?!

— Estou tão surpreso quanto o senhor! Talvez alguém tenha deixado na casa errada?

— Pffft! Ninguém faria uma bobagem dessas.

— Talvez alguém estivesse pregando uma peça no senhor.

Alec solta um riso nervoso. O sr. Stampley apenas o encara, enfurecido.

— Não tem nada de engraçado em roubar as coisas dos outros!

— Alguém de vocês viu essas coisas aqui na noite passada? — minha mãe nos pergunta com a voz baixa.

A gente nega. Eu fui a última a entrar, depois de levar o Bud para sua caminhada noturna, e a varanda estava vazia.

— Bom, senhor, sinto muito, mas... não faço ideia de como suas coisas vieram parar aqui — diz Alec, com as mãos na cintura. — Mas ficarei contente em ajudar a colocá-las de volta em sua caminhonete.

O sr. Stampley balança a cabeça, ajeitando o boné.

— Eu deveria saber. Só pessoas doidas, encrenqueiras, se mudariam para este bairro!

Ele olha para a casa ao lado, estremecendo visivelmente, e começa a pegar as ferramentas.

— Cadê meu machado? Sei que também está com você.

A equipe de corrida da escola tem uma reunião hoje. Sento na arquibancada enferrujada, observando a pista de cem metros com o capuz na cabeça. Não sei por que estou fazendo isso comigo mesma. Acho que gosto de me torturar.

Monica Crosby é a melhor corredora da equipe. Ela é malhada, alta, esguia... e é boa. Quase boa demais para esta escola. Se as circunstâncias fossem diferentes, eu sugeriria que ela fizesse teste para uma escola particular; com certeza conseguiria uma bolsa de estudos, talvez até mesmo entrasse em uma equipe pré-olímpica. Ela melhoraria a velocidade se contraísse o abdômen e apressasse as passadas. Mas aqui, nesta cidade, fico com a boca fechada e cuido da minha vida.

Não acredito que o treinador deixou o David voltar para a minha antiga equipe. Por outro lado, por que eu um dia acreditaria que ele me deixaria voltar? Especialmente depois de eu estragar tudo. Todos os treinos e reuniões que perdi... Com o meu histórico, ninguém nunca mais deveria confiar em mim em equipe nenhuma. Eu faria merda. É o que sempre faço.

— Essa é a garota que mora na Maple Street — uma menina cochicha atrás de mim.

— Sério? — arfa a amiga dela.

Apertando o capuz ao redor do rosto, vou para a escada.

Eu era a Monica Crosby na minha antiga escola. Agora não sou ninguém além da garota da Maple Street.

Seja lá o que isso signifique.

— Então, qual é a grande questão de eu morar na Maple Street?

O clube de jardinagem pediu para os voluntários ajudarem a limpar uma propriedade com a esperança de convertê-la em um jardim comunitário. Yusef e eu nos juntamos para inspecionar o perímetro com sacos de lixo e gravetos. Mas já estou me arrependendo, porque a alguns metros vejo um colchão mofado tamanho queen em um campo com entulho espalhado em volta. Um oásis para percevejos. Mal consigo afastar o olhar.

FATO: Percevejos podem viver por oito meses sem se alimentar de sangue, o que significa que podem sobreviver em móveis até que um novo hospedeiro humano se aproxime.

Yusef seca a testa com a manga da blusa.
— Por que a pergunta?
— Quer dizer, eu entendo que sou nova na área, mas todo mundo no colégio fica falando especificamente do fato de eu morar na Maple Street, como se isso significasse mais do que deveria.
Yusef contorce a boca algumas vezes.
— Ninguém mora na sua rua tem um tempo.
— Uau, que novidade. — Solto um risinho. — Mas o que mais eu não sei?
Ele suspira, se contorcendo como se estivesse prestes a me contar uma história muito constrangedora.
— Tá bom, beleza. É que tá todo mundo surpreso de vocês ainda estarem vivos, já que a casa é assombrada e coisa e tal.
Dou uma risada baixinha e pego uma lata vazia de coca-cola.
— Ah. É só isso?
— Não, Cali, se liga, sua casa… tem história — ele diz, me seguindo. — Ninguém achou que vocês sobreviveriam esse tempo todo vivendo com a Bruxa.
— A Bruxa? Quem é essa?
— Não é *quem*, mas sim *o que* — ele explica, sério. — É essa criatura, tipo uma mulher-demônio, que vem no meio da noite quando você está dormindo e faz tipo um feitiço. Quando acorda, você não consegue se mexer nem falar. Fica, tipo, paralisada.
— Você quer dizer… paralisia do sono?
— Sim, é assim que se chama!
Minha boca fica seca quando lembro da noite em que quase engasguei com minha própria língua… e da sombra no corredor.
— E, enquanto você está deitada, ela rouba sua pele — diz Yusef.
— Ela coleciona a pele das pessoas para usar durante o dia como se fos-

se uma pessoa normal. E, quando a pele fica velha demais, ela precisa encontrar uma nova.

— Então, o que está me dizendo é que... as pessoas acham que *eu* sou a Bruxa, vestindo minha pele, arquitetando para roubar a deles.

— Isso.

Dou de ombros e pego umas embalagens vazias de comida.

— Legal.

— Legal? — ele zomba.

— Bom, se todo mundo pensa que sou um demônio, vão me deixar em paz.

Ele ri.

— Acho que isso é uma forma de ver as coisas.

— A melhor forma de ver.

— Ah, ei — ele diz, apontando. — Tem alguma coisa na sua manga.

Encaro meu braço e encontro três pontinhos vermelhos. O mundo para de repente.

FATO: Percevejos são pequenos, achatados, ovais, meio marrons e sem asas. Eles ficam vermelhos depois de se alimentarem de sangue humano, como vampiros.

— Ah, merda, merda, merda!

Yusef ri.

— Garota, são só umas joaninhas. Relaxa! São inofensivas.

O colchão... eu sabia! Eu sabia!

— Tenho que ir, não consigo não eu preciso ir eu hm me desculpa não tem hm eu preciso ir...

Estou falando sem parar. Posso me ouvir falando sem parar, mas não consigo me segurar, porque tem insetos em mim e não sei se são percevejos ou insetos comuns ou inofensivos ou assassinos, mas seja lá o que forem, não importa, porque estão em cima de mim agora e vão contaminar tudo na casa.

— Cali? Você tá bem?

Mas eu já estou correndo, a toda velocidade, de volta para casa. Com o coração na boca e pronta para tomar um banho de gasolina.

Na época em que meus pais ainda estavam juntos, nós éramos, por falta de um termo melhor, acumuladores. Juntávamos e mantínhamos tudo que havia sob o sol, nossa casa era cheia de tranqueiras preciosas demais para jogar fora. Então meu pai voltou de uma viagem de uma semana para Nova York com percevejos. Não sabíamos. Estavam escondidos nas frestas da casa, se multiplicando silenciosamente. Organismos microscópicos com a habilidade assombrosa de infligir o caos na sua vida.

Eu não liguei muito quando vi a primeira picada. Deixei pra lá, achei que fosse mordida de mosquito. Até que minhas pernas ficaram repletas de pontinhos como sardas e minha pele explodiu com uma irritação que cobriu meu corpo inteiro. Aos treze anos, todos atribuíram isso à puberdade, dizendo que eu estava preocupada demais com uma simples reação alérgica. Nada com que se preocupar. Me deram um milhão de explicações, exceto a correta. Então, uma noite, enquanto estava olhando o site WebMD, encontrei um artigo, corri para arrancar meu lençol e encontrei o primeiro de muitos ninhos. Centenas de pontos pretos e marcas de sangue cobriam a parte de baixo do colchão.

FATO: Percevejos são criaturas noturnas. Eles se alimentam enquanto você está dormindo, pastando em sua pele como vacas.

Nós jogamos tudo fora. Cômodas de madeira, cabeceiras, colchões, sofás. Só assim é possível se livrar mesmo de percevejos. Eles deixam ovos invisíveis que podem chocar a qualquer momento, mesmo depois da dedetização.

Mas, depois de meses, eu ainda sentia os percevejos rastejando em mim. Ficava acordada durante toda a noite, caçando com um secador de cabelo, passando alvejante de novo nas roupas, os dedos rachados de tanto desinfetar. Eu via picadas que não existiam, pontos pretos mesmo quando estava de olhos fechados, coçava as pernas até sangrarem. Fui ao melhor alergista do estado antes de começarem a me mandar para psicólogos, dizendo que era tudo coisa da minha cabeça. Parasitose delirante: a crença de estar infestado por insetos que não existem. Vem junto com hipervigilância (como limpar obsessivamente), paranoia, depressão, insônia e ansiedade nível máximo. Eu não lembro muita coisa do meu primeiro ano do ensino médio. Sem dormir, fui mal em quase todas as matérias e provas. Mas nenhuma quantidade de afirmações positivas e terapias conseguia me fazer relaxar. Por que eu deveria acreditar em alguém se não acreditaram em mim quando, lá atrás, eu disse que havia algo errado?

Durante o verão antes do nosso segundo ano, o primo da Tamara me ofereceu meu primeiro baseado, e isso foi o limpador de paladar de que eu precisava. Mas... começou a não ser o suficiente. Os momentos chapada eram passageiros, nunca duravam o tanto que eu queria. Então, distendi um músculo de um jeito estúpido numa corrida e fui apresentada a uma adorável pílula branca chamada oxicodona. Muito depois que a lesão já havia melhorado, descobri que inalar comprimidos de oxi macerados era a mistura certa para impedir que os percevejos ocupassem completamente minha cabeça.

Durante os últimos anos, aperfeiçoei a arte de tirar a roupa e correr, jogando as peças em latas de lixo a uma distância confiável da minha casa, para que os percevejos não tentem entrar. Parada apenas com roupas íntimas na varanda do quintal, em uma nova cidade, percebo que isso pode não ser tão normal. Mas não ligo. Uma inspeção cuidadosa da pele é crucial.

Esfrego os braços, cutucando pintas que já vi milhões de vezes, respirando fundo para não desmaiar.

Você está bem, você está bem, você está bem.

Nada fora do normal. Mas picadas podem aparecer mais tarde. Preciso de um banho quente imediatamente.

Sammy, sentado no sofá vendo televisão, cobre os olhos quando entro.

— Cara, *por que* você está pelada?!

— Longa história.

Ele sacode o braço para a frente.

— ARGH! Talvez eu nunca enxergue de novo!

— Que dramático!

Dou uma risada e corro para o andar de cima, onde encontro Piper parada na minha mesa.

— Ei! O que você está fazendo?

Piper se encolhe, depois vira, escondendo algo às costas, tentando inventar uma desculpa.

Eu a pressiono, segurando-a contra a parede.

— Ai! — ela guincha. — Me solta!

Não é nada difícil abrir as mãozinhas dela. O incenso que eu trouxe de casa está partido em pedaços. Embaixo da minha mesa, minha sálvia esmigalhada está no lixo.

— Sua escrotinha!

Piper se afasta, massageando o pulso, com lágrimas escorrendo dos olhos.

— Eu te disse, a dona Dulce não gosta desse cheiro!

Aqui estou eu, parada, seminua, enquanto percevejos podem estar se embrenhando nos pelos dos meus braços, e a Piper está ocupada destruindo minhas coisas.

— Bom, manda a dona Dulce se foder! — disparo. — Esta casa não é dela. Esta casa não é nem sua. Esta casa é da minha mãe. Ela ganhou a residência, não o Alec. Se não fosse pela minha mãe, vocês dois nem teriam onde morar! Então talvez você consiga fazer seu pai ir embora, já que ele faz tudo que você quer mesmo. Aí você e a dona Dulce podem viver felizes para sempre.

Piper cambaleia para trás, o lábio trêmulo.

— Eu... eu... Você vai se arrepender! — ela choraminga, depois sai correndo do quarto.

★

— *E quando plantares as sementes, começarás a ver a libertação milagrosa. Milhares de dólares transferidos para tua conta, cura de doenças e mal-estar... Aqueles que não podem caminhar andarão de novo!*

Abro os olhos depressa quando ouço o som da voz dele, clara como o dia, entrando da minha porta aberta.

3h19. De novo.

— Porra — praguejo, afastando os lençóis.

Eu me arrasto pelos degraus, bocejando, e quase estou acostumada com a cena: as luzes da cozinha acesas, o mesmo copo na bancada. Exceto por uma grande mudança que me faz parar na hora.

A porta do porão está escancarada.

— *Tu sempre receberás o que plantares, se o Senhor assim quiser. Se semeou, tu colherás. Aqueles que não seguem a vontade do Senhor colherão o que semearam e queimarão em um inferno flamejante.*

Sinto um nó na garganta, minha mente esvazia. A porta está encostada na parede como se sempre ficasse assim, fácil de abrir, como se o esforço que precisei fazer para tentar abri-la no outro dia tivesse sido minha imaginação. Mas, vendo o lado de dentro, a maçaneta enferrujada com a base amassada, as madeiras antigas tortas com uma série de arranhões distorcidos que só podem ter sido feitos por unhas... Um calafrio me perpassa.

— Olá? — eu chamo, que nem uma idiota.

Porque, honestamente, quem poderia estar ali embaixo, na completa escuridão? Por outro lado, quem abriu a porta, para começo de conversa?

O cheiro, a fedentina de fruta podre e carne estragada, responde na forma de uma névoa flutuando escada acima. Cambaleio para trás, com os olhos marejados, me preparando para bater a porta com força quando aos poucos me dou conta: Buddy não está comigo. Ele não estava no meu quarto quando acordei, e não está na cozinha nem na sala de estar. O que só pode significar uma coisa...

Ah, Deus.

— *É por isso que, com tuas sementes, trabalharás em nome de Deus. As sementes que florescerem trarão unção para tua vida e vivenciarás grande abundância nas áreas pelas quais rezou. Tudo que precisas fazer é ligar para o número aqui embaixo, fazer teu pedido...*

Com as mãos tremendo, fico atônita em frente ao abismo preto, um buraco sem fim, um poço sem fundo.

— Buddy? — chamo, rouca, me curvando um pouco para a frente.
— Aqui, Buddy. Vem, garoto.

Ah não ah não ah não. Não posso descer não posso...

Ele choraminga. Mas o som parece vir de quilômetros de distância. Ou talvez eu não consiga ouvir direito por cima da pregação de Scott Clark. Corro até o sofá para desligar a televisão.

— *Confia no Senhor ou perece com a ira d'Ele. Ele está vindo nos buscar logo! Estás pronto para a salva...*

O silêncio repentino é um alívio, até que algo à esquerda chama a minha atenção: do lado de fora, uma forma se abaixa para não ser vista.

Tinha alguém simplesmente espiando aqui dentro? Ou era meu reflexo?

Minha cabeça está confusa demais. Uma xícara de café me ajudaria a pensar direito, criar uma estratégia de como tirar meu cachorrinho querido das profundezas do inferno.

— Esta casa é minha — uma voz ecoa do porão. Uma voz de mulher, rouca e clara.

Meu queixo cai.

Mas que porra foi essa?!

A sala fica em silêncio de novo. Talvez eu estivesse ouvindo coisas, no meu estado meio grogue. Ou talvez seja outro sonho? Porque não tem a menor chance de eu ter acabado...

CREEEEEQUE

O barulho sobe do porão, o som de peso sobre madeira, como se alguém estivesse dando o primeiro passo na escada. Mas é impossível. É só uma casa velha. Casa velha, com barulhos de casas velhas. Mas... casas velhas não falam.

CREEEEEEQUE

Outro passo.

Tem alguém ali embaixo. E está com o Buddy!

Mergulhada em medo, aperto o controle remoto contra o peito, o coração acelerado, incapaz de afastar o olhar da porta aberta. Estou longe demais da cozinha para pegar uma arma. Mas posso tentar correr, passar pelo porão e gritar por ajuda.

CREEEEEEEQUE

— Minha casa — a voz sussurra. — Minhacasaminhacasaminhacasa.

— Mãe? — eu choramingo. — Eu...

De repente, uma música explode pelas paredes, inundando a casa, e caio de joelhos. Música? Vinda lá de cima. Olho para a porta aberta do porão pela última vez e corro escada acima.

— MÃE! MÃE!

— Mari! Mari? — minha mãe grita por cima da música enquanto sai do quarto correndo. — O que houve? O que você está fazendo?

Alec tropeça atrás dela.

— O que está havendo?

Piper já está no corredor, despreocupada. Olha para mim e cobre os ouvidos.

— Papai! Está alto demais!

Sammy sai do quarto... com Buddy.

— Buddy! — eu arfo, me jogando no chão até ele, tomada por alívio.

Sammy, cobrindo os ouvidos, vai até o meu quarto e desliga o rádio.

— Cara, que droga é essa?

— Tem alguém lá embaixo! — choramingo. — Alguém no porão!

Minha mãe me abraça e olha para Alec.

Ele assente.

— Fiquem aqui.

Piper o abraça.

— Papai, não.

— Fique aqui. Eu já volto.

Alec desce a escada devagar, espiando por cima do corrimão, depois some de vista. Piper fica inquieta, pulando de um lado para outro na ponta dos pés. Esperamos três longos e torturantes minutos até ele reaparecer no fim da escada.

— Vocês podem vir aqui um segundo?

Com cuidado, todos nós descemos e nos reunimos na cozinha. Alec está parado ao lado da — agora fechada — porta do porão e a puxa com força.

— Está trancada — ele fala, indiferente.

Minha mãe franze a testa, olhando para mim em busca de respostas.

— Eu juro, estava aberta! Juro! — minha voz sobe até um agudo histérico.

Alec balança a cabeça.

— Vou levar Piper para a cama. Vem, docinho.

Piper abre um sorriso malicioso e astuto antes de segurar a mão de Alec.

— Mari — minha mãe começa a falar, torcendo as mãos. — Você está...

— Não! — interrompo. — Só fala que não acredita em mim, mas não vem me acusar de mais nada!

Minha mãe e Sammy trocam olhares preocupados.

— Esquece — digo em um grunhido, indo para a cama, parando um segundo para olhar para fora e vendo aquela caminhonete estacionada do outro lado da rua, observando a casa.

De novo.

Dez

— Antes de entrarmos — Alec fala do assento do motorista, usando terno e uma gravata brega —, vamos rever as regras de novo, tudo bem?

Reviro os olhos.

— O que precisa ser revisto?

— Bom, nós... só queremos garantir que não vamos ter um incidente como na última vez que estivemos com o sr. Sterling — minha mãe diz delicadamente.

— Já disse que não vou falar nada. E se estão tão preocupados, podiam ter me deixado em casa.

— Iria parecer estranho se a família inteira viesse e você não — ela retruca. — Poderia parecer que você tem algum problema com o sr. Sterling.

— O que não é o caso, certo? — alerta Alec, me encarando pelo retrovisor.

— Acho que deveriam ter trazido o Buddy no meu lugar.

— Eu não tenho problema nenhum com ele, papai — Piper se intromete com um sorriso, o cabelo em marias-chiquinhas sacolejantes.

— Podemos acabar logo com isso? — Sammy pergunta. — Tem gente aqui que abriu mão de um torneio para vir hoje.

Como de costume, sempre posso contar com Sammy para me dar cobertura.

Alec e minha mãe trocam olhares cansados antes de abrir as portas do carro, e todos nós saímos.

Hoje é o primeiro evento aberto ao público da Fundação Sterling no novo escritório em Riverwalk. O prédio de vidro está repleto de lembranças de Cedarville: fotos em preto e branco enormes, uma linha do tempo interativa que dá a volta no saguão, instalações digitais, arte feita por moradores... até mesmo um carro dos anos 1920, aparentemente construído em uma das fábricas fechadas.

— Uau — diz Sammy quando damos uma volta pelo lugar.

Alec pega duas taças de vinho com um dos garçons que passam carregando bandejas.

— Bem chique, né?

— Ahhh! Olá! Aí estão vocês! — Irma acena ao longe, batendo palmas ao vir em nossa direção.

— Oi, Irma — minha mãe diz.

— Ótimo ver todos vocês! Raquel, posso te roubar por um momento? Queria te apresentar para alguns dos membros do conselho antes do grande discurso.

— Sim, claro.

Minha mãe ergue a sobrancelha para mim antes de se afastar. Outro aviso para eu me comportar. Não sei por que ela está sendo toda boazinha perto dessas pessoas. Foi ela que me ensinou a fazer perguntas, ser curiosa e dizer o que penso. Então, sério, minhas habilidades de observação e compreensão aguçadas são culpa dela.

Alec desfila pela sala com Piper, exibindo seu bem mais precioso para... Bom, eu na verdade não sei quem são essas pessoas. A única que reconheço é a dona Floresta, mas não tem mais ninguém do nosso lado da cidade. Um bando de brancos vestindo roupas finas e salto alto, a maior quantidade de gente branca que vejo desde o incêndio.

Escondida no canto, me sinto inquieta no vestido que minha mãe insistiu que eu usasse, enchendo a boca com quiches de espinafre, enquanto Sammy brinca com uma daquelas estruturas com touchscreen que nos dá um panorama digital da história de Cedarville. Do lado oposto da sala tem uma tela gigante atrás de um palco amplo, suponho que para projetar um filme ou imagens durante a apresentação que Irma mencionou.

Isso é chique. Quase chique demais, considerando tudo que vi nesta cidade. Só a verba deste evento poderia arrumar um ou dois quarteirões.

Vejo o sr. Sterling no palco com a minha mãe, conversando com um grupo de pessoas. O terno da vez é de um preto meia-noite, que ressalta seus olhos escuros. Minha mãe assente com um sorriso engessado, apertando a mão de todos. Apesar de parecer um pouco desconfortável, é bom ver tantas pessoas a elogiando.

— Ei, olha só isso — diz Sammy, me cutucando. — Eles têm todas as antigas plantas dos bairros de Cedarville. Olha, aqui está Maplewood.

Eu me inclino e identifico a Maple Street, uma linha que dá num parque. Algumas vezes vale a pena ser filha de um arquiteto. Meu pai fez Sammy e eu estudarmos plantas desde que aprendemos a andar.

— Olha só todos esses prédios velhos que tinha aqui — acrescenta Sammy. — Esse grandão... Acho que é o terreno vazio na frente da biblioteca.

— Aham. Você está certo — murmuro. — O que será que tinha ali?

A microfonia estridente chama a atenção dos presentes.

— Olá, todo mundo, sejam bem-vindos! — Irma cantarola do meio do palco. — Muito obrigada pela presença. E um agradecimento especial aos membros do conselho por aparecerem esta noite: Eden Kruger, Richard Cumming e Linda Russo. Uma salva de palma para eles.

O grupo de pé ao lado da minha mãe acena e assente, com sorrisos brancos e brilhantes.

— Agora, é um prazer para mim chamar o nosso fundador e CEO da Fundação Sterling: sr. Robert Sterling.

A sala explode quando o sr. Sterling sobe ao palco. Ele vai até as duas pontas, acenando como se fosse uma estrela do rock, o que, julgando pela forma intensa que todos estão aplaudindo, talvez seja.

— Obrigado a todos pela presença — ele diz, pegando o microfone de Irma. — Quando meu pai se mudou para Cedarville, ele tinha treze anos, estava sozinho e não tinha sequer um dólar no bolso.

Na tela, aparece uma foto em tom sépia de um homem que deve ser o pai dele.

— Mas ele chegou aqui com esperança. E construiu uma vida para si mesmo, depois sustentando a esposa e os seis filhos. O legado de nossa família é a prova de que qualquer homem pode fazer seu nome por si só em Cedarville. Um dia fomos uma cidade industrial emergente, cheia de oportunidades. Claro, as coisas mudaram. Coisas que estavam... fora do nosso controle.

Mais fotos da transformação da cidade, fotos de pessoas sem moradia e estatísticas de crimes. A audiência fica desconfortável, e eu percebo algo: não vi uma pessoa em situação de rua desde que nos mudamos. Nem no nosso bairro nem no caminho para a escola. Nem pedindo dinheiro no semáforo ou do lado de fora dos mercados. As casas que juravam estar cheia de sem-tetos estão todas vazias.

— Mas, então, meu irmão se candidatou — continua o sr. Sterling. — Ele acreditava nesta grande cidade e planejou revitalizá-la. E agora estamos aqui para continuar o trabalho que ele começou.

A plateia se rebuliça, ficando mais curiosa.

— Fizemos alguns progressos importantes durante os anos com nossos esforços, incluindo nosso projeto mais recente, a Residência Cresça Onde Foi Plantado. Na verdade, temos aqui esta noite nossa primeira residente, a sra. Raquel Anderson-Green.

Minha mãe acena timidamente enquanto Sammy e eu gritamos, ovacionando e berrando.

— Mas, aqui na Fundação Sterling, estamos prontos para manter o ritmo. Durante os anos, tomamos para nós a responsabilidade de comprar propriedades como investimento na esperança de um amanhã melhor. E o amanhã, senhoras e senhores, está chegando mais cedo do que pensam.

— Será que ele está falando de um futuro que vai acontecer em, tipo, três horas? — brinca Sammy, conferindo o relógio, e eu dou um tapinha em seu ombro.

— É por isso que tenho o prazer de anunciar a Campanha Para o Futuro, uma aventura liderada por nossa fundação em parceria com nossos estimados investidores para levar Cedarville à sua antiga glória, com um visual novinho em folha.

A enorme tela preta fica branca e brilha, então o logo de "Para o Futuro" aparece.

— Nossos investimentos em construção civil e o recém-projetado VLT darão aos nossos cidadãos a esperança de um futuro melhor.

A tela dá um zoom e voa até a animação da "nova" Cedarville, mostrando árvores lustrosas, casas luxuosas e cidadãos animados e felizes.

— Cedarville será um ponto focal para start-ups, empresas de tecnologia e negócios alternativos, o que vai garantir o aumento da taxa de empregos para setenta e cinco por cento. As obras vão começar dentro de três anos.

As pessoas soltam *uaus* e *ahhhs*.

Meu pai faz esse tipo de renderizações para seus clientes. São geradas por computador, com imagens em 3D dos planos de construção e o produto finalizado, o que, nesse caso, é um novo projeto multiuso, com prédios comerciais, lojas e um parque gigante.

Espera aí...

Eu tiro Sammy do caminho e dou um zoom nas plantas de novo, alinhando a forma do parque com a proposta renderizada, e perco o fôlego.

O mapa toma conta da área inteira de Maplewood. Isso significa que eles planejam acabar com a vizinhança em alguns anos. Para onde acham que todas aquelas pessoas vão? Ou uma pergunta ainda melhor... o que planejam fazer com elas?

O sr. Sterling ergue sua taça, os olhos encontrando os meus.

— Um brinde, pessoal. Ao futuro!

— Ao futuro! — a multidão responde, animada.

— Quem deixou a luz acesa? — minha mãe pergunta quando paramos na entrada, vendo a casa inteira brilhando como um vagalume.

— Você quer dizer, todas as luzes — Sammy diz com curiosidade.

— Não fui eu — Piper se intromete.

Quando subimos os degraus da varanda, Alec para de repente e abre o braço, nos impedindo de seguir em frente.

— O que foi? — minha mãe bufa.

Ele aponta com a cabeça para a porta da frente, que está entreaberta. Do outro lado da porta de tela dá para ver uma luminária caída no chão. Minha mãe arfa, lançando um olhar suplicante para Alec.

— Fiquem aqui — ele sussurra, depois entra na ponta dos pés.

— Todo mundo de volta para o carro — minha mãe cochicha, nos expulsando dos degraus. — Agora. Vão!

Por dez minutos, ficamos observando a porta da frente do banco de trás da van, com a minha mãe de pé nos degraus segurando o celular.

— O que o Alec está fazendo? — Sammy pergunta.

— Acho que tentando ver se ainda tem alguém lá dentro.

Piper fica tensa, pressionando as mãos na janela, com os lábios apertados.

Finalmente, Alec aparece e fala, em voz baixa, com a minha mãe. Os dois olham para o carro, e ela liga para a emergência.

Não existe outra forma de descrever: a casa foi atropelada por um tornado. Cautelosamente abrimos caminho pelos destroços, pisando no vidro triturado. Reconheço a padronagem: o conjunto chinês de casamento da minha mãe cobre o chão até a cozinha. Utensílios, panelas e frigideiras estão espalhados. Meu último terrário, um formigueiro no tapete.

— Não levaram a TV — murmura Sammy.

Estou surpresa por vê-la ainda pendurada na parede, intacta, enquanto o resto da casa está em cacos.

— Estranho — balbucio, depois ouço alguém fungando no escritório da minha mãe.

Ela está de pé sobre uma pilha de papéis picados, encarando seu computador quebrado. Fotos emolduradas estraçalhadas, quase que a biblioteca inteira dela feita em pedaços.

— Meu trabalho — minha mãe choraminga nos braços de Alec, que beija sua cabeça.

Sammy e eu nos encaramos e subimos.

— Meninos, esperem — minha mãe chama, fungando, mas já estamos lá em cima.

O que sobrou do Xbox do Sammy está no corredor, o headset partido em dois, as peças de Lego espalhadas como cubos de gelo para todo lado.

No chão do meu quarto, meu notebook está quebrado em pedacinhos. As roupas foram arrancadas dos cabides. Não havia muito para destruir; eu não tinha quase nada mesmo.

Mas, do outro lado do corredor, o quarto de Piper permanece intocado. Sua lava lamp borbulha e brilha em vermelho-sangue, destacando seu sorriso de satisfação assustador.

— A polícia está vindo — Alec diz enquanto acampamos na varanda.

Minha mãe, segurando Sammy no colo, se aconchega no pescoço dele.

— Eu não sei quem faria uma coisa dessas — ela diz. — Quebrar o lugar inteiro, mas não levar nada.

Até onde podemos ver, nenhuma joia, dinheiro nem coisas valiosas foram roubados. É como se alguém tivesse vindo apenas para estragar nossas coisas, para nos sacanear.

— Você sabe quem fez isso — Alec diz com raiva, andando de um lado para outro na nossa frente. — Nossos "queridos" vizinhos. Maloqueiros sem nada melhor para fazer, que só querem causar problemas.

Não sei por que ele está tão irritado; nenhuma de suas coisas foi quebrada. Ele e Piper estão saindo dessa ilesos.

— Não temos certeza disso. Pode ter sido qualquer pessoa.

— Quer saber, eu não culpo a Fundação por não tentar ajudar essas pessoas — Alec continua. — Nem eles se ajudam, roubando e vandalizando a própria comunidade. Por que alguém deveria ajudá-los?

Minha mãe lança um olhar sério para ele.

— Alec, você não faz ideia do que essas pessoas enfrentaram. Você é um homem branco; nem pode imaginar.

Alec abre a boca e fecha depressa, percebendo que foi longe demais.

— Eu não entendo — Sammy diz para ele. — Por que não mexeram nas suas coisas?

Alec dá de ombros.

— Talvez a polícia tenha passado por aqui.

— Nesse bairro? — Reviro os olhos. — É, claro.

Alec solta o ar e senta nos degraus, olhando a rua, e Piper se junta a ele na hora. O que mais ninguém consegue ver é como ela parece estar se segurando para não soltar uma risada satisfeita.

E eu quero desesperadamente saber o que é tão engraçado.

Onze

— Foi superesquisito, pai.

Parada na esquina em frente à mesma casa que invadimos, eu conto as últimas para o meu pai.

— É como se tivessem tudo planejado e pronto para botar em prática. Parecia uma Cedarville totalmente diferente, com shoppings e fontes idiotas. E todo mundo está agindo como se as pessoas daqui fossem ir embora amanhã, mas até onde sei, ninguém está com pressa de arrumar as malas.

— Bom, isso é o que acontece em cidades que são controladas por investidores. Mas quero saber mais sobre a invasão. Tem certeza que você está bem?

— Estou, pai. De verdade. Fora meu computador, eu não tinha muita coisa que interessasse.

— Era de se pensar que tentariam revender o computador — ele reflete. — Podiam conseguir uma grana com isso, fácil. Por que destruir? E que história é essa de você não querer entrar para a equipe de corrida?

Dou uma olhada para a casa da esquina, a cortina balançando como em um aceno de novo. Não quero contar para o meu pai que não foi um roubo comum. Que pareceu calculado e direcionado, como se alguém estivesse tentando mandar uma mensagem. E definitivamente não quero falar sobre corrida.

— É — balbucio, a voz falhando. — Ei, a tia Natalie ainda trabalha naquela organização beneficente?

— Sim. Ainda.

— Mas ela está sempre reclamando de precisar arrecadar fundos. Como uma organização assim como a Fundação Sterling consegue bancar a construção de uma cidade inteira?

Meu pai ri.

— Rá! Essa é minha garota. Sempre pensando nos esquemas das pessoas. A gente nem conseguiu te enganar para te fazer comer vegetais.

— E olha para mim agora. — Dou risada. — Sobrevivendo de granola, tofu e oração.

— Você sempre faz as coisas no seu próprio tempo. Mas, Mari, eu não me preocuparia muito com o povo de Cedarville. Vai levar um bom tempo antes de saírem tirando as pessoas das casas. Contudo, se quer satisfazer sua curiosidade... eu seguiria o dinheiro.

— Seguir o dinheiro?

— Isso. Assim que descobrir de onde está vindo todo o dinheiro, vai saber quem está por trás de verdade, controlando tudo. As coisas nem sempre são o que parecem. Qual a primeira regra do xadrez que eu te ensinei?

Respiro fundo, olhando para a janela quebrada da casa.

— Cada movimento é uma preparação para o próximo.

Depois que terminamos de limpar e minha mãe voltou a se trancar em seu escritório na tentativa de cumprir o prazo, tentei ligar para Tamara pela sexta vez. Ela não tem respondido nenhuma das minhas mensagens ou chamadas de vídeo. Que tipo de melhor amiga te deixa na mão durante uma crise assim?

— Vou sair para correr! — grito antes de escapar, primeiro fazendo uma parada no jardim secreto.

Só faz algumas semanas, mas as sementes estão começando a despontar. Rego bem e confiro a temperatura da sala. Dá para sentir o cheiro de outono no ar. Mudança de estação significa mudança da luz solar, então coloco a caixa mais perto das janelas. É arriscado, já que alguém pode ver se passar por ali, mas como ninguém vem para o nosso bairro para começo de conversa, fico tranquila com a mudança.

Exceto por aquela caminhonete esquisita que continuo vendo tarde da noite. Talvez esteja avaliando o lugar. Talvez seja das pessoas que destruíram nossa casa. Mas eles não tocaram nas coisas de Piper e Alec, o que possivelmente é o motivo de eu continuar ouvindo as palavras de Piper ecoando em minha cabeça.

Você vai se arrepender.

Depois de cuidar do jardim, saio para correr, mantendo a rotina para evitar levantar qualquer suspeita sobre meu paradeiro. Piper ainda está nos meus pensamentos. Ela pode ter mesmo algo a ver com a invasão? Quer dizer, ela é só uma pestinha. Quanto poder tem? Ela nem tem um celular.

Você vai se arrepender.

Considero contar para a minha mãe sobre o carro estacionado lá fora à noite. Mas se você é conhecida por ser a "menina que grita percevejos" quando vê qualquer farelo ou mancha vermelha, ninguém confia muito no que você diz.

No embalo, nem percebo que já dei a volta no parque de sempre e que estou de novo na minha vizinhança quando ouço uma voz familiar.

— De quem você tá fugindo, amiga?

Vejo Erika sentada em uma cadeira quebrada de jardim no fim da rua.

— Cara, você já está chapada? — Dou uma risada enquanto recupero o fôlego, lentamente parando na frente dela. — Ainda nem é meio-dia.

Ela lança um sorriso cintilante para mim e confere a hora.

— Já é tarde assim? Mas ô, você é rápida. É tipo a Usaina Bolt ou sei lá. Devia tentar entrar pra nossa equipe de atletismo.

Engulo a bílis que ameaça emergir.

— Nhé. Zero interesse em correr como atividade extracurricular para a escola.

Ela assente.

— Não quer trabalhar pro sistema? Tô contigo. Aqui, descansa um pouco.

Ela aponta para a cadeira em frente à dela, e eu me sento.

— Quer um refri? — ela pergunta, procurando dentro de um pequeno cooler vermelho.

— Claro — respondo, mesmo sabendo que o que eu precisava era beber água depois dos quilômetros que corri. — Valeu.

Tomo um gole de *ginger ale* e olho para a casa da Erika, as tábuas de madeira brancas soltando das paredes, a porta de tela toda rasgada, uma geladeira velha virada no gramado seco. Dentro, ouço Scott Clark.

— *O Senhor mandará bênçãos aos teus campos e a tudo que tu tocas. Deus nosso Senhor te abençoará na terra... As sementes que florescem trarão unção para tua vida e vivenciarás grande abundância nas áreas pelas quais rezas. Tudo que precisas fazer é ligar para o número aqui embaixo, fazer tua compra, e eu te mandarei um pacote de sementes absolutamente de graça. Apenas siga as instruções na carta detalhada que mandarei para ti.*

— Sinto muito pela sua casa — diz Erika.

Quase pergunto como ela ficou sabendo, mas na mesma hora mudo de ideia. Todo mundo sabe de tudo por aqui.

Me pergunto se eles sabem que estão prestes a ser despejados.

— Então, o que você vai fazer hoje? — pergunto, mudando de assunto. — Sempre fica aqui na sua garagem que nem um carro estacionado?

Ela para por um instante, com o rosto perdendo toda a leveza.

— Só nos dias especiais. Tô esperando minha carona pra Big Ville pra visitar meu pai.

— Ah. Hm, legal. Hm, posso perguntar...

— O que ele fez? Nada, na real. Lugar errado, hora errada, só isso.

— Claro. Desculpa, não quis me meter.

— Não tá se metendo. Nada é segredo por aqui. Aposto contigo que tem alguém agora mesmo no telefone contando pra outra pessoa que a filha da Leslie tá andando com a menina nova da Maple Street. Logo vão dizer que estamos juntas.

Passo o dedo em volta da latinha e dou de ombros.

— Bom, você não é feia. Eu pegava.

Erika estreita os olhos e zomba:

— Amiga, não vem mentir pra cima de mim. Não curto que fiquem comigo por pena. Além do mais, você nem é meu tipo!

Nós gargalhamos e passamos os trinta minutos seguintes de bobeira. Meio que me lembra de como era estar com Tamara. É um pouco da vida normal de que eu precisava, já que ela não tem atendido meus telefonemas, apesar de todos os emojis de emergência que mandei.

Além disso, posso sentir o cheiro da fumaça da maconha em Tamara como se fosse o perfume mais doce, e estou pronta para me afundar nas roupas dela.

— Você visita muito seu pai? — pergunto.

— Sempre que consigo uma carona. É tipo um aeroporto por aqui. Todo mundo indo e vindo. — Ela suspira, chutando algo invisível. — As Leis Sterling foderam com a gente.

— Leis Sterling?

— Nah, não o Sterling que te deu aquela casa. O irmão mais velho dele, George L. Sterling. Ele era o governador no começo dos anos 2000. Era tipo um fanático religioso, achava que as drogas eram obra do demônio. No momento que foi eleito, ficou ainda mais doido e fez mil leis sem noção. Sentença mínima de vinte anos pra quem fosse pego com tipo um grama de erva.

Penso em meu jardim secreto e engulo em seco.

— Um... grama de erva? — digo em um engasgo. — Mas maconha é, tipo, inofensiva.

— Bom, ele convenceu os brancos de que maconha transformaria as pessoas em viciadas que roubariam, furtariam e matariam os outros, e o povo acreditou naquele mentiroso. Ele dedicou a verba inteira da cidade para "limpar as ruas". Todo mundo aqui do bairro se ferrou. A polícia passava por aqui como um exército, entrando em casas, escritórios, restaurantes, escolas, hospitais, sem nem ter mandado. Depois da primeira onda, eles ficaram ambiciosos, plantando droga nas pessoas... e meu pai foi nessa. Ele nunca fumou na vida, mas de alguma forma encontraram alguma coisa com ele. Uma vez eu li uma estatística que dizia que dois dias depois das Leis Sterling entrarem em vigor, a população dos presídios cresceu em novecentos por cento. Por isso que tiveram que construir aqueles blocos gigantes que dá pra ver a quilômetros de distância.

— Uau.

— Sem a verba, a escola e os hospitais começaram a fechar, o povo tomou as ruas. E esse foi o primeiro embate que deu gás pras revoltas.

Inclino a cabeça para o lado, cheirando Erika de novo.

— Então... por que você se arrisca fumando?

— Eles voltaram atrás nessas leis faz uns dois anos. Contanto que você não venda, tá tudo bem. Mas... não vão acabar com as sentenças anteriores.

— Então todo mundo em Big Ville está... preso?

Ela toma um gole do refrigerante.

— Basicamente.

— Cara... que merda.

Ela contrai os lábios, tensa, e olha para o nada. Não posso imaginar como é crescer com algo assim. Sua vida inteira virada de cabeça para baixo, sua família e seus amigos encurralados e presos, praticamente sequestrados, por causa de acusações mentirosas.

— Mas, ei, nem é tão ruim aqui, sabe? — Erika diz, ficando animada. — Tem uma festa hoje à noite lá no lado leste. Aparece lá. O Yusef vai ser DJ. Eu pego no pé do cara, mas ele na verdade nem é tão ruim. E acho que tem uma quedinha por você.

Ah, não. Isso é a última coisa de que preciso. Além do mais, não seria uma festa com as garotas da nossa escola?

Se bem que... seria legal fazer algo normal para variar.

— Hm, não tenho certeza — enrolo. — Posso pensar?

— Cacete! Puta que pariu, hein!

O rosto de Tamara finalmente aparece na tela do meu celular depois de tipo milhares de tentativas.

— Estou te ligando o dia todo — grito, batendo a porta do quarto com força e me jogando na cama. — As dezenas de mensagens de emergência não chegaram, não?

Tamara dá de ombros, indiferente.

— Foi mal — ela diz, direta e sem me olhar nos olhos. — Não sabia se era aquela sua pegadinha besta. Foi irritante pra caramba.

— Pegadinha? Que pegadinha? A gente teve, tipo, uma emergência de verdade por aqui!

Tamara, enfim, olha para mim, com os olhos estreitos, como se estivesse pensando melhor.

— Bom, talvez tenha sido a Piper. Ela tinha cabelo comprido mesmo.

— "Ela?" Do que você tá falando?

— Alguém ficava fazendo chamadas de vídeo comigo ontem à noite do seu computador, mas não dava pra ver o rosto. Ela ficava aí sentada no escuro, respirando pesado. Eu chamava "oi, oi", mas ela não respondia. Foi muito bizarro.

— Tam, você está brincando? Porque não é hora pra isso.

— Tô falando sério! Ela me ligou umas vinte vezes. Parei de atender depois de um tempo. Espera, eu tirei print. Olha só.

Tamara me manda a captura de tela e, assim que abro a imagem, meu corpo inteiro fica paralisado. É a silhueta de uma garota, sentada na minha mesa, no meu notebook, com a luz do corredor ao fundo, o rosto escondido por sombra.

É alta demais para ser a Piper...

— Quem é *essa*? — pergunta Tamara.

A Bruxa, quase sussurro em resposta, mas mordo a língua. Porque isso é ridículo. Bruxas não existem, nem qualquer outra loucura que essa cidade inventou por anos. Mas essa deve ser a pessoa que invadiu nossa casa. Ela estava no meu quarto, tocando nas minhas coisas, fingindo ser eu... Bílis sobe na minha garganta.

— Cara — Tamara insiste. — O que tá acontecendo?

Como posso explicar? Como sequer começo a contar sem parecer... maluca?

— Hm. Longa história. Deixa eu... Hm, te ligo depois.

Doze

Quando Erika me mandou uma mensagem com o endereço da festa, eu esperava encontrar uma casa normal. Tipo, água encanada e eletricidade. Uma parada comum, sabe? Em vez disso, sigo por uma faixa gigante de cimento rachado até uma relíquia abandonada do outro lado do parque.

Dentro, a casa está cheia de pisca-piscas natalinos e fumaça de cigarro. Já faz quase um ano que não vou a uma festa, e as que eu frequentava costumavam ser bem padrão, não importava onde você estivesse: garrafas e barris de cerveja, copos descartáveis e batatinhas, garotas bêbadas, garotos com tesão... e todo tipo de substâncias que alguém pode querer: maconha, cocaína, oxi... talvez até mesmo um pouco de ecstasy.

Esta festa é diferente. Para começar, é quase impossível não ver o buraco enorme no teto, o mofo nos móveis afastados para os cantos, a sujeira nos tênis de todo mundo. Sem contar que as pessoas são... diferentes. Não apenas adolescentes e universitários, mas também uns adultos tipo velhos de verdade, ziguezagueando pela multidão como se fosse completamente normal beber com o avô de alguém. Ainda assim, ninguém parece achar isso estranho. Como no resto de Cedarville, todos acham normal uma coisa que definitivamente não é.

Umedecendo os lábios, esquadrinho a multidão, mas não vejo nem sinal de Erika, e esta noite estou desesperada para encontrá-la. Ela tem o que mais preciso. Algo muito perturbador está crescendo dentro de mim. A sensação familiar de quando estou prestes a fazer... alguma merda. Não tenho como mandar mensagem para ela. Não trouxe meu celular, já que sei que minha mãe ainda tem aquele rastreador estúpido, e o "vou ao cinema com amigos da escola, talvez eu volte tarde" não foi a melhor mentira que já inventei.

E se ela não aparecer?

Vou até a sala de jantar lotada. E parado trás da aparelhagem de som está Yusef, entre os alto-falantes do pai. Ele parece estar... arrasando. Fico no fundo, olhando de longe. Com fones de ouvido, notebook e mesa de mixagem ligada, ele lança hit após hit, com perfeição, a festa ama, a energia está incrível e por um momento esqueço que estou em uma casa dilapidada e me encosto no batente da janela mais próxima. Mas, em segundos, ela se quebra sob o meu peso.

— Ai! — grito, caindo de bunda.

Yusef vira rápido na minha direção. Assim como o restante da festa. *Ótimo, Mari. Jeito maravilhoso de passar despercebida.*

— Cali! — diz Yusef, me ajudando a levantar. — Não sabia que você vinha hoje. Tá tudo bem?

— É, tá. Tudo ótimo! Estou acostumada a passar vergonha — digo, me limpando. — Mas, hm, este lugar é seguro? As paredes não vão ceder ou algo assim, certo?

Ele ri.

— Que nada, o pessoal faz festa aqui toda hora!

— Ah. Legal. — E sei que pareço muito estar julgando, mas é que ainda estou tirando lasca de tinta das minhas tranças.

— Pô, que bom que você veio — ele diz, sorrindo.

Fico envergonhada com a alegria dele e com os olhares curiosos sobre nós.

— Ei, fiquei sabendo do que aconteceu na sua casa. Quer uma bebida?

— Claro, mas você não precisa, tipo, trabalhar ou algo assim?

— Deixei uma playlist tocando, vamos ficar de boa por um tempo.

Passamos pela multidão em direção à cozinha. Bem, até o que já foi uma cozinha, mas não resta nenhum eletrodoméstico ou sequer bancada. Yusef serve duas vodcas com suco de laranja. É do tipo mais barato, mas com certeza serve para me acalmar. Não estou acostumada a estar sóbria em festas. Não que eu não consiga, é só que fico me sentindo uma peça perdida de um quebra-cabeça. Ou pode ter sido toda essa coisa de "casa vandalizada, barulhos estranhos, incêndio no vizinho, insônia e alguma garota aleatória passando trote pelo meu notebook agora destruído" que me deixou meio... fora de órbita.

Mudar é bom. Mudar é necessário. Mudar é preciso.

— Ei, você tá bem? — Yusef grita perto do meu ombro. — Parece meio desligada.

— Ah, sim. Tô bem — digo, forçando um sorriso. — Hm, você é bem bom nesse negócio de música.

Ele abre um sorriso enorme.

— Sério? Acha mesmo?

— É, tenho certeza que seu pai estaria, tipo, orgulhoso pra cacete.

O sorriso de Yusef diminui quando ele afasta o olhar e dá um gole na bebida.

Droga, Mari, precisava falar demais?

— Desculpa. Eu não queria... Bom. Eu só quis dizer...

— Tá tranquilo — ele fala, balançando a mão. — Na real, eu vi ele hoje.

— Jura? Como ele tá?

Yusef dá de ombros.

— Na mesma. Ele tem a turma inteira dele lá com ele, então não tá perdendo muita coisa. Exceto a família. Mas talvez um dia ele possa ver com os próprios olhos o quanto sou bom.

— Ele vai.

Sendo tão próxima como sou do meu pai, desejo de verdade o mesmo para ele.

— Eiiiii! Você veio! — Erika surge de repente entre a multidão. Olhos meio fechados, sorriso enorme. — Fala aí, cara! — Ela vem dançando, com o copo na mão.

Dou uma risada.

— E aí?

— A festa tá maneira, Yuey. Que bom que te deram uma chance.

— Yuey? — repito, erguendo a sobrancelha para ele.

Yusef grunhe.

— Cara, pela milésima vez, para de me chamar assim!

Erika dá de ombros e tira um baseado de trás da orelha, colocando entre os lábios antes de acender, a fumaça doce e pungente flutuando ao nosso redor. Minha boca saliva. É quase pornográfico.

Erika percebe meu olhar e sorri.

— Quer um trago?

Com a língua pulsando, eu me inclino na direção dela. Yusef afasta a fumaça do seu rosto.

— Que nada, Erika, relaxa aí. Ela não curte essas coisas.

Erika faz um bico.

— Ela te falou isso?

Yusef olha para mim como quem diz "me dá uma força aqui". Mas não posso. Porque não tem nada que eu queira mais.

— E aí? Vai querer ou não? — Erika insiste.

Meu olhar se alterna entre o baseado e Yusef. Ele cruza os braços, com os olhos fixos em mim, e, embora eu não devesse me importar com o que ele pensa, é difícil não fazer isso quando a desaprovação dele engole todo o ar do local.

— Hm, claro — digo, um pouco ávida demais. — Quer dizer, beleza, por que não?

Pego o baseado, inalo com força, deixando a fumaça encher cada canto dos meus pulmões antes de exalar com um "ahhhh". Ainda nem deu para se espalhar pelo meu sistema, mas só de ter um baseado na minha mão já me sinto completa de novo.

— Ô, você se mete mesmo com essa merda? — resmunga Yusef.

— É só um pouco de maconha — digo, dando de ombros. — Nada de mais.

— Nada de mais? — ele grita. — Diz isso pra todo mundo em Big Ville!

O ressentimento dele é um tapa forte na minha cara. Quero dizer algo, me defender, mas não consigo pensar em nada.

— Yuey, relaxa — diz Erika. — Por que tá caindo em cima dela?

Yusef balança a cabeça e coloca o copo com força no balcão despedaçado.

— Preciso voltar — ele diz, seco. — Valeu.

Ele se afasta, irritado, desaparecendo no meio da multidão, sem olhar para trás. Erika abana a mão na direção dele.

— Não liga, ele supera. Bebezão sensível.

— Certo — balbucio, dando outro trago para aliviar a culpa.

Tudo bem, sei o que você está pensando. Ainda não conheço Erika tão bem, e nem deveria estar fumando, e talvez o Yusef nunca mais fale comigo, embora ele seja legal pra caramba... Mas agora, depois de tudo o que aconteceu nas últimas semanas, preciso desse trago mais do que qualquer coisa.

Inalo mais uma vez, me deixando flutuar para o espaço sideral. A festa está a anos-luz de distância.

Erika e eu encontramos um canto para ficar, ainda no campo de visão de Yusef. Ele tá gato. Muito gato.

Merda. Espero não ter dito isso em voz alta.

— Estou... com fome — murmuro.

Erika vira para mim, com os olhos meio fechados.

— Ô, tá ligada que a gente tem ovos aqui dentro e coloca ovo todo mês? Não passamos de uns pássaros. Somos literalmente umas galinhas, amiga.

Eu a encaro e pisco algumas vezes antes de soltar uma risadinha.

— Cara, quê? De onde veio isso?

— Você disse que estava com fome. E estou com vontade de comer bife com ovo frito. Ei, passa o barato aí.

Entrego o baseado e suspiro, deixando meu corpo se dissolver contra a parede. Eu nem sempre fui assim, desesperada, sedenta, o tipo de pessoa que precisa fumar para manter algum grau de sanidade. Lembro de tudo antes dos percevejos. Antes de qualquer pontinha de sujeira me deixar doida. Já fui uma pessoa normal, com vontades normais, do tipo que só bebe socialmente. Mas a maconha tira a ansiedade pesada que cobre todos os meus pensamentos e, pelo mais breve momento, eu me sinto livre de tudo. Sem fixação ou paranoia, sem dúvidas. Leve como uma pena, flutuo e continuo flutuando... até não perceber mais a vida se despedaçando ao meu redor. Uma vez que você tem o gostinho dessa sensação, vai se ver correndo atrás dela pelo resto da vida.

Eu vou dormir bem pra caramba esta noite.
    Só consigo pensar nisso enquanto me enfio dentro de uma camiseta e uma calça de moletom. Pela forma que meus músculos relaxam, sei que o efeito da maconha está intenso. Não foi a melhor erva que já fumei, mas sabe quando você está faminta há horas e come um frango, e não sabe se é o melhor que já comeu na vida inteira ou se só está com muita fome? É essa a sensação. Não que eu tenha comido frango. Pensar em frango, galinha... Seguro um risinho.
    A Erika é divertida! Nós definitivamente precisamos ser melhores amigas.
    Buddy está dormindo no quarto de Sammy esta noite, então tenho a cama toda para mim. Ligo o aquecedor e deslizo para debaixo do edredom. Por que tudo parece tão bom quando se está chapada? Esses lençóis de algodão barato parecem seda egípcia.
    Ainda não consigo afastar a cara de Yusef da minha cabeça, mas nunca me senti tão bem desde que me mudei para Cedarville. Bem, acho que isso não é totalmente verdade. Eu teria me divertido na festa esta noite mesmo sem fumar. Foi bom ser... normal, para variar um pouco. Acho que vou pedir o contato da Erika amanhã. Não posso mais esperar pelo meu jardim secreto.
    Com a maconha me fritando, fecho os olhos e apago em segundos. Mas meus dentes batendo me acordam, como se meu cérebro tivesse saído de curso. O quarto ainda está escuro, agora frio o suficiente para eu ver a fumaça da minha respiração quando solto um grunhido.
    O baseado deveria ter me apagado por horas. Como que... Merda, que frio!

Minha visão embaçada se esforça para se ajustar ao escuro enquanto tateio ao meu redor. O edredom desapareceu, calafrios deixam meus braços arrepiados, meus pés são pedras de gelo. Sento na cama com a cabeça pesada. A porta está aberta, com uma lufada de vento frio entrando.

E tem um homem de pé no canto, perto do meu guarda-roupa.

Ele está encarando a parede, com a cabeça baixa como os castigos em escolas de antigamente. Se meu quarto não fosse tão vazio, eu não teria reparado nele ali. No meu atordoamento, ele seria apenas mais uma sombra entre várias. Exceto pelo fato de estar segurando a ponta do meu edredom.

Pisco duas vezes, esfregando os olhos. Ele ainda está ali, tremendo, balbuciando, a cabeça tremelicando a cada poucos segundos. O quarto cai para trinta graus negativos.

Viro de costas e sento tão imóvel que posso ser confundida com a mobília.

Isso não está acontecendo. É uma viagem. Eu estou chapada. Outro sonho maluco.

Mas sonhos têm cheiros tão fortes?

É o fedor de quarenta mil anos para o qual a música de Michael Jackson nos preparou. Seguro a ânsia de vômito, os músculos do meu pescoço ficam tensos. Preciso sair daqui, mas não quero que ele saiba que estou acordada. Não quero que ele olhe para mim, porque um olhar vai destruir meu entorpecimento e vou gritar.

Suavemente, coloco um pé no chão, depois o outro. Fazendo o possível para controlar minha respiração, saio com calma do quarto, como se não o tivesse visto, como se ele fosse invisível, porque é exatamente isso que é. Uma alucinação, uma aparição. E se apenas nos ignorarmos talvez ele vá embora.

Saio do quarto, com o celular tremendo na mão e a postura ereta.

— É só um sonho — sussurro, fechando os olhos.

Você sempre faz isso. Vê coisas que não existem. Fazia tempo que não fumava. Está sem prática.

Mas ainda consigo ouvi-lo murmurando.

— Só um sonho — cochicho. — Fica calma. Pronta?

1. A placa de unicórnio na porta do quarto de Piper, que quero quebrar em bilhões de pedaços.
2. Degraus... que levam até a porta, para onde quero correr, para fora desta casa, de volta para a Califórnia.

O murmúrio para. A casa fica em silêncio. Mas ainda sinto o cheiro dele e não consigo me forçar a me mexer.

3. O tapete que minha mãe comprou na internet.
4. A porta do sótão...

Passos, pesados e titubeantes, ecoando quarto afora, vindo na minha direção. Minha barriga se contrai e tapo a boca com as mãos para me impedir de gritar.

Mari, acorda, acorda, acorda! Por favor por favor por favor!

A porta do quarto bate com força atrás de mim e pulo três metros.

É uma corrente de vento. Só isso, é o vento. Nada mais. A porta sempre fecha sozinha.

Mas por que ainda sinto o cheiro dele?

A porta do quarto da minha mãe e de Alec continua fechada. O barulho não os acordou. Se tivesse acordado, eles dariam uma olhada em mim e saberiam que estou chapada. Nunca acreditariam que um homem estranho entrou no meu quarto. Eles nem vão se dar ao trabalho de olhar. Então vou na ponta dos pés até o banheiro e ligo para o número da única pessoa que consigo pensar que acreditaria em mim.

— Oi — Yusef dispara, com a voz sonolenta e rouca.

— Tá bom, tá bom, eu sei que você está chateado comigo e tal — sussurro, escorregando para sentar na banheira. — Mas você pode vir para cá?

— Garota, você sabe que horas são?

Sei que o que estou prestes a dizer vai me fazer parecer doida, mas vou em frente.

— Tem... Tem um cara no meu quarto.
— Um o quê?
— Ou algo assim — balbucio. — Talvez um demônio. Está num canto, segurando minha coberta.

Yusef suspira.

— Viu, é por isso que você tem que ficar longe dessas merdas.
— Você pode cortar o "eu te avisei" por cinco segundos? Porque tem um assassino literalmente parado no meu quarto, e eu estou com medo.

Yusef respira fundo, e ouço barulho de lençóis se movendo ao fundo.

— Cali, é só sua imaginação. Eu não deveria ter te falado aquelas coisas de bruxa. Agora você está vendo coisas.
— Não estou mentindo. Juro.
— Cadê seus pais?
— Está maluco?! Não posso acordar os dois. Eles vão *saber* e vão pirar. Vou me meter numa encrenca enorme.

À medida que falo, percebo que perder minha liberdade é mais assustador do que ver um estranho no meu quarto.

— Tá bom, tá bom. Então onde você tá agora?
— Hm... no banheiro.
— Você já ouviu a pessoa... ou "a coisa" sair do seu quarto?

Ouço a casa respirando. Nada além de silêncio.

— Não.
— Fechou a porta?
— Não. Ela fechou sozinha.
— Hm. Tá bom, você tem uma caneta e um pedaço de papel por perto?
— Hm, posso conseguir. Mas por quê?
— Tá. Faz assim: pega um papel e desenha uma carinha feliz.
— Uma o quê?
— Uma carinha feliz.
— Isso não tem graça, Yusef. Tem um psicopata no meu quarto e você está fazendo gracinhas?
— Quem está fazendo graça aqui? — ele pergunta, com a voz cortante. — Especialmente às três e meia da manhã, quando acabei de dei-

tar e tenho que ir trabalhar em duas casas amanhã. Então, quer minha ajuda ou não?

Mordo o lábio e vou para o corredor, pegando uma caneta e um post-it rosa do aparador.

— Está bem, e agora? — sussurro, desenhando a carinha depressa. Nem consigo acreditar que estou fazendo isso.

— Tá bom, passa o papel por baixo da porta.

— O quê? Por quê?

— Porque demônios odeiam tudo que é feliz, eles têm medo de felicidade. Então, de manhã, quando você estiver sóbria e entrar no quarto, vai encontrar algo bobo para te receber e lembrar que tudo isso foi só um sonho ruim.

Fico imóvel por alguns segundos até que um risinho escapa da minha boca.

— Aaaah, isso foi uma risada? — pergunta Yusef, rindo.

— Não, você está ouvindo coisas. — Suspiro. — Estou sendo ridícula, não estou?

— Relaxa. Você só precisa beber um pouco de água e dormir pra passar o efeito dessa merda. Mas... que bom que foi na festa hoje. Você parecia... feliz.

— Não pareço feliz sempre?

— Hm, na verdade, não.

— Poxa — bufo, contorcendo os lábios. Pareço tão sofredora aqui? — Bom, hm, obrigada pela ajuda.

— Quer que eu fique na linha até você dormir?

— Você... faria isso?

— Sim. Só para o caso de ele aparecer, aí vou ouvir você gritando. Ou roncando.

— Eu não ronco.

Ele estala a língua.

— Para de mentir, garota, você sabe que ronca.

— Argh. É, está bem. Eu ronco! Mas nem é tão alto.

— Cara, o que você está fazendo?

Buddy, todo alegre, lambe os dedos do meu pé que está pendurado para fora da banheira enquanto Sammy me olha do canto do banheiro.

— O quê? — Eu me mexo, virando para o lado.

Mas, com uma olhada para Sammy, me desenrolo das toalhas que usei como cobertor e saio rápido da banheira.

— Ahhhn, por que você estava dormindo na banheira? — Sammy pergunta, erguendo a sobrancelha.

— Eu... hm, não estava me sentindo bem. Achei que ia vomitar ou algo assim. Então fiquei aqui.

Sammy confere a banheira, depois dá de ombros.

— Ah. Bom, dá para sair? Tenho que fazer xixi!

No corredor, olho o celular. Yusef deve ter ficado no telefone comigo até bem depois de eu adormecer. Que... fofo da parte dele. Especialmente fazer isso para uma garota sem noção que liga no meio da noite falando sobre demônios.

Ah! O post-it!

Entro com tudo no quarto, doida para ver o pseudorrecado de amor para mim mesma (ou meio que de Yusef), aliviada por ele estar certo sobre toda essa situação besta. Olho para baixo e o post-it está ao lado do meu pé descalço, mas a carinha feliz não está olhando para mim. O papel foi virado para baixo. Embaixo da faixa de cola do post-it tem um desenho, mas não foi feito com a mesma caneta que usei. Foi feito com canetinha, a tinta vazando pelas fibras do papel. Minha pele gela quando pego o post-it. Alguém... ou algo desenhou outro rosto. Não feliz; um rosto bravo, com a boca cheia de dentes afiados.

E o traço é de criança.

PIPER!

Piper está comendo seu cereal na ilha da cozinha quando desço correndo, brava, colocando o post-it com força na frente dela.

— Acha isso engraçado? — berro.

Piper olha com indiferença para o papel, depois para mim, com a boca formando um meio-sorriso dissimulado.

— O que é isso? — ela pergunta com uma voz alegre, e quero empurrá-la da banqueta.

— Mari — diz minha mãe, colocando o café na bancada e parando entre nós duas. — Vai com calma. O que está acontecendo com você?

— Ela colocou isso no meu quarto!

O rosto de Piper permanece estoico.

— Não coloquei, nada. Foi a dona Dulce.

Minha mãe examina o post-it, confusa.

— O que é...

— O que está havendo? — Alec dispara, parando atrás de Piper.

— Acho que a Marigold está doente, papai — ela diz, cheia de falsa preocupação. — Ela dormiu na banheira hoje.

Minha mãe cruza os braços.

— Por que você dormiu na banheira?

Abro a boca para contar sobre o homem no meu quarto e explicar o desenho no post-it, até que olho para o sorriso presunçoso de Piper e percebo: não posso dizer merda nenhuma. Se eu falar o que vi, eles vão sacar na hora. Vão usar essa situação toda como desculpa para me mandar fazer um daqueles testes caseiros que minha mãe guarda no banheiro e que acha que eu não sei. Vai dar positivo, óbvio.

Minha mãe me encara, como se tentasse me compreender, como se tivesse visto essa parte minha antes. Ajeito a postura, arrancando o papel da mão dela.

— Intoxicação alimentar. Mas... eu estou bem.

Treze

— Cara, isso é mesmo muito bizarro!

Tamara e eu estamos fazendo nosso festival vegano semanal via chamada de vídeo, com lanchinhos e música. Minha mãe e Alec levaram as crianças para o cinema, me dando duas coisas de que eu estava precisando muito: um tempo sozinha e uma noite para curtir com minha amiga.

— Nem me fala — solto um grunhido, sentando de pernas cruzadas na mesa. — Sei lá, talvez tenha sido uma maconha zoada que me deu uma bad trip. E a Piper deve ter me ouvido conversando com o Yusef.

— Eu falei para você tomar cuidado, você não conhece esse povo doido. Andei lendo sobre Cedarville... Era tipo uma zona de guerra antigamente. O crack deixou as pessoas andando por aí que nem zumbis. Não confie em ninguém!

Essa é a Tamara. Minha Veronica Mars particular, ela é ótima pesquisando coisas. Consegue encontrar um endereço só por uma foto no Instagram. Já falei que ela deveria abrir um escritório de investigação. Ela ia descolar uma boa grana e poderia até comprar um carro.

— É — digo. — Acho que você tem razão. Claramente estou deixando esta cidade e esse pessoal esquisito mexerem com a minha cabeça.

No entanto, não consigo parar de pensar no que Erika me contou sobre as Leis Sterling. Foi uma situação bem merda e explica o que de fato aconteceu aqui mais do que qualquer página da Wikipédia.

— É melhor você fazer algo para tirar essa porcaria do seu sistema — ela me avisa. — E rápido. Você não quer sua mãe te mandando para uma fazenda.

— Ahhhh! Boa ideia — concordo, criando um novo alarme no celular.

11H ALARME: COMPRAR UM KIT DETOX.

Buddy, roendo um osso do lado da minha cama, levanta a cabeça e fareja. Ele encara a porta aberta do quarto, soltando um rosnado baixo e grave.

— O que o Buddy tem? — Tamara pergunta.

— Nada. Ele só está sendo besta. Mas, sério, o que eu faço com a Piper? Ela precisa pagar por essa merda.

Tamara suspira.

— Mari, talvez seja melhor você deixar pra lá. Pega leve com ela.

— Está mesmo defendendo aquela pentelha?

— Fala sério, né... Você é a minha pessoa da vida. Mas a Piper... é só uma criança. Uma criança que passou por muita coisa. Quer dizer, ela perdeu a mãe e encontrou a avó morta quando voltou do colégio. Você também ficaria fodida.

Vergonha borbulha dentro de mim, retorcendo meu estômago. Minha mãe me contou que um dia, quando a Piper estava no primeiro ano, ela voltou para casa depois da aula e encontrou a avó imóvel na poltrona. Piper sentou aos pés dela e assistiu à televisão por cinco horas até o Alec chegar em casa. Talvez essa só seja a forma dela de lidar com tudo o que aconteceu.

— Bom... olhando por esse lado — resmungo. — Arghhhhh. Odeio quando você está certa.

Tamara franze a testa, chegando mais perto da tela.

— Ei, você não falou que estava sozinha em casa?

— Estou.

A expressão dela fica séria, seus olhos se arregalam.

— Cara... — ela gagueja. — A-a-a-a-alguém acabou de passar pela sua porta.

Dou uma risada.

— Muito engraçado, sua escrota.

Mas o rosto pálido de Tamara faz meus músculos ficarem tensos.

— Mari, não estou brincando — ela sussurra, mais perto da tela. — Alguém acabou mesmo de passar pela sua porta. Tipo, sério mesmo.

Leva vários segundos para o meu cérebro funcionar. Viro e encaro o corredor vazio, prestando atenção ao silêncio.

— Como ele... ou ela era? — pergunto, sem tirar os olhos da porta.

Uma coisa é eu ver algo que não está lá. Isso é normal. Mas quando a Tamara também vê, a coisa muda totalmente de figura.

— Eu não sei — diz Tamara, aflita. — Era tipo uma sombra alta. Mari, talvez seja melhor você...

Uma porta bate em algum lugar no fim do corredor e dou um pulo, com os nervos congelando.

— O que foi isso?! — grita Tamara, completamente assustada.

Involuntariamente toco meu lábio trêmulo.

Fica calma, Mari, não é nada. Você vai surtar e não tem maconha para te acalmar desta vez.

Mas e se alguém invadiu a casa? De novo?

— Hm... Provavelmente, hm, eles voltaram mais cedo.

— Tem certeza? — insiste Tamara. — Não é melhor você ligar para a polícia ou...

— É. Preciso ir. Eu te ligo mais tarde.

Desligo e viro de volta para a porta. Não sei por que desliguei tão rápido. Acho que não queria que minha melhor amiga testemunhasse meu provável assassinato e ficasse traumatizada para o resto da vida.

— Mãe? Alec? — chamo com a voz falhando. — Sammy?

Passos. Rápidos. Como pezinhos atravessando o corredor às pressas. A chama da vela que fica no meu quarto tremula quando uma brisa passa. Os pelos de Buddy se eriçam. Ele rosna, recuando até encostar nas minhas pernas.

— É... só o vento — digo para Buddy.

Com o coração acelerado, dou um passo hesitante na direção da porta.

— Olá? — digo, com o maxilar trincado.

Mas então uma voz ecoa lá embaixo.

— *Tua salvação, filho de Deus, está em jogo! O diabo ataca os fracos. Mas Ele coloca o poder em tuas mãos para consertar os erros. Poder na mão dos justos. Não defenderás tuas crenças? Não defenderás teu Deus?*

Buddy e eu somos recebidos pelo primeiro andar vazio, Scott Clark o único sinal de vida. Está frio, mais de dez graus mais frio do que o andar de cima. Confiro de novo a porta da frente, a porta do terraço e todas as janelas. Fechadas. O porão ainda está trancado. Então por que não consigo afastar a sensação de estar sendo... vigiada? A sensação persistente de uma presença, manchando o ar...

ZzzzzCLIQUE!

Em um instante, a casa inteira se apaga e fico mergulhada na escuridão. Prendo a respiração, contendo um grito, com os pés grudados no chão. A lua cheia se derrama pelo bosque do quintal. Algo está se mexendo na sala de estar... ou são as sombras das árvores? Sussurros... ou o vento? Seguro a coleira de Buddy para me acalmar enquanto ele choraminga... ou sou eu chorando? De repente, Buddy fica tenso, com a cauda perfeitamente esticada.

BLAM!

Olho para o teto. Isso foi o barulho de um saco com martelos sendo jogado no chão?

É só o aquecedor... ligando de novo. Só isso.

Pensar racionalmente não acalma em nada minha respiração curta e rasa. Então ouço um estalido e os passinhos rápidos voltam, correndo acima da minha cabeça.

Tem alguém na casa?

WiiizzzzzCLIQUE!

As luzes se acendem todas de uma vez, um efeito desnorteador: a televisão gritando, os cubos de gelo caindo da porta da geladeira, os relógios do forno e do micro-ondas piscando 00:00. Fico sem ar.

A lógica começa a atravessar o pânico: *Se acalma, Mari, não surta. Eles fizeram um trabalho bosta com a elétrica. Estavam com pressa, lembra? Se acontecer de novo, você confere o quadro de energia, como o papai te ensinou.*

Mas o quadro de energia fica no porão.

Não tenta dar uma de corajosa. Liga para a sua mãe.

Correndo para o andar de cima, voo até o quarto e solto um gritinho.

O celular. Não está na mesa, onde deixei. Está no chão, caído no meio do quarto, com a tela para baixo.

Foi esse o barulho que ouvi? Mas como caiu? A não ser que tenha criado pernas, como veio parar aqui? Pode ter rolado? Retângulos não rolam.

Você está pirando, Mari. Controle, foco, controle.

Com o coração querendo sair do peito, mordo o lábio. Se ligar para minha mãe, ela vai me sacar totalmente. Vai começar a falar de reabilitação de novo, e não vou ter como desmentir o que ela já está pensando: que estou enlouquecendo. Ela também vai me pedir para fazer xixi em um copinho e mal faz um dia. Aquele baseado ainda está no meu sistema.

A energia flui para onde a atenção vai.

Era isso que o meu guru sempre dizia. Talvez seja isso, estou obsessiva demais com esta casa sinistra, fazendo todas essas coisas esquisitas acontecerem. Pensamentos se transformam em realidade, essas merdas. Preciso sair daqui, esfriar a cabeça...

Pego o celular do chão. A tela não está quebrada e não noto nada diferente. Talvez só tenha caído mesmo. Não importa, eu ligo para ele mesmo assim.

— Ei, fala aí — Yusef diz, baixando a música. — Demorou, hein. Estava me perguntando quando você ia me contar como ficou aquela situação de ontem à noite.

Parece que ele está dirigindo com as janelas abertas e a música alta.

— Hm, oi — murmuro, com um tremor na voz, encarando a porta, apavorada demais para dar as costas para ela.

— Ô, você tá bem? Por que tá parecendo tipo...

— Ah! Cara, é a garota nova?
A voz dela me surpreende.
— Erika?
— Cara, coloca essa merda no viva-voz! E aí, amiga! Quer um dogão?
Solto uma risada que mais parece uma tosse, aliviada.
— Um o quê?

Catorze

— Cara, não acredito que você não come carne — diz Erika, bebendo de um jeito barulhento a Coca extragrande no banco do passageiro na picape de Yusef. — Isso é, tipo, um sacrifício.

— Você quis dizer sacrilégio — corrijo, rindo, e jogo uma batata frita nela do banco de trás.

— Isso também — ela fala, comendo a batata. — O dogão é um troço, sério mesmo, feito no céu. Você precisa provar, pelo menos uma vez.

Erika definitivamente está com larica. Com as pálpebras caídas, ela pediu três dogões, um cheeseburguer e uma porção grande de batata frita com chili e queijo.

— Você tá perdendo mesmo — concorda Yusef, dando uma mordida em seu cachorro-quente, com mostarda escorrendo pelo queixo e pedaços de cebola caindo no colo.

— Hm, beleza. Vou acreditar em vocês.

Estamos parados do lado de fora do que parece ser uma lanchonete/ posto de gasolina, simples mas movimentado, com a melhor comida gordurosa de Maplewood, onde há muita vida. Exatamente do que eu preciso para afastar o tremor das minhas mãos.

— Daí — Erika continua sua revolta, com o cachorro-quente em mãos —, você vai e pede batata frita, mas sem chili nem queijo. Batatas fritas secas mais secas que o Saara.

Faço um biquinho.

— Já terminou?

— Não. Porque o que vamos fazer com você? Tá esperando que a gente te leve até o comedouro de pássaro mais próximo ou algo assim?

— Essa é uma boa pergunta — Yusef diz, virando para mim. — O que você tá a fim de fazer? A noite é uma criança!

— Bom, a gente tem aula amanhã — digo.

— E daí? — Erika fala. — A gente precisa dar um rolê. Não dá pra ficar sentado aqui a noite inteira.

Por mim, não seria problema. Qualquer lugar é melhor do que aquela casa. Eu não me incomodaria de morar neste carro pelo resto da vida. Além do mais, Yusef tem uma playlist muito maneira.

— Vocês estão a fim de ir pra Riverwald? — sugere Yusef.

— E correr o risco de trombar com as garotas do "fã-clube do Yusef" e lascar com a coitada da nossa novata? Não, a gente quer ir pra algum lugar em que ninguém vai ver a gente.

Yusef assente, pensando, até que um sorriso enorme surge em seu rosto e ele liga o carro.

— Fechou! Já sei.

— E, amiga, abaixa a cabeça — Erika me repreende, colocando o cinto. — Se alguém te vir no carro do Yusef, de noite, vai achar que tem coisa rolando, mesmo se não tiver.

Escorrego pelo assento enquanto Yusef sai do estacionamento.

— Parece que estou sendo sequestrada.

— Não se preocupe, não é longe — ele diz, virando para lançar um sorriso de compaixão para mim. — Além do mais, tô querendo te levar nesse lugar já tem um tempinho.

Erika faz um "eu falei" para mim e abre um sorriso malicioso. Minhas bochechas ardem quando desço um pouco mais no banco. Yusef abre as janelas, deixando o vento frio entrar enquanto acelera pela via expressa.

— Então, eu não entendo — digo, colocando a cabeça entre os assentos da frente. — Por que vocês dois podem ser amigos, e nós não?

Erika grunhe.

— Já te falei, cara. Não sou uma ameaça. Se bem que eu trouxe algumas minas pro meu lado da quadra, se é que me entende.

Ela ergue as sobrancelhas e dou uma risada, não consigo segurar.

— Bom, eu fingiria ser sua namorada sem problemas, só para evitar tudo isso.

— Pela última vez, você não faz meu tipo. Você também é alta pra caramba. Eu já peguei umas girafas antes, mas nunca uma porra de uma amazona.

— Esse é o jeito gentil dela de te dispensar numa boa — brinca Yusef.

— Além do mais, preciso ficar disponível pra todas as gatas que planejam se fantasiar de enfermeiras e faxineiras gostosonas no Halloween.

— E do que você vai se fantasiar? — pergunto.

— De paciente. — Ela finge uma tosse. — Com a casa suja.

— E você vai de quê? — Yusef me pergunta.

— Vai logo de fantasma — Erika diz, colocando os pés em cima do painel. — Já que sua casa é assombrada mesmo.

A palavra *fantasma* me acerta em cheio, soando mais alta do que qualquer palavra que ouvi a noite inteira.

— Quem... Quem disse que minha casa é assombrada?

Erika estala os lábios.

— Amiga, você mora na casa da Bruxa. Claro que sua casa é assombrada!

— Cara, isso é só uma história idiota e velha. Não tem fantasma nenhum — falo, olhando para Yusef em busca de apoio.

Ele respira fundo, evitando meu olhar.

— Hm... sei não.

— Não sabe? Cara, você já entrou na minha casa. Não tem nenhuma mulher flutuando nem cadeiras deslizando pelo chão.

Embora tenha portas que abrem sozinhas, uma vozinha dentro de mim argumenta, mas eu ignoro.

Yusef coça a nuca, focando na estrada, mas claramente se segurando para não dizer o que pensa.

— Um monte de empreiteiros passou por lá. E todos eles reclamaram de... várias coisas esquisitas acontecendo.

— Coisas esquisitas acontecem em muitas construções — respondo na defensiva. — Meu pai trabalhava em uma propriedade onde *todos* os equipamentos quebraram. Mas ele não foi correndo chamar os Caça-Fantasmas.

Erika vira para me encarar.

— Tá certo, deixa eu te perguntar uma coisa: alguma coisa sumiu?

— Bom... sim. Mas nós acabamos de nos mudar. Coisas se perdem na bagunça.

— Tsc. Até parece — ela resmunga, balançando a cabeça.

Yusef tenta pegar leve comigo.

— Cali, não teve um pedreiro que saiu da sua casa com tudo que levou. Não importa o quanto procurassem, os troços continuavam sumindo.

Lembro do nosso segundo dia em Maplewood, quando o sr. Watson estava procurando por um martelo. Engolindo em seco, tento manter uma expressão séria.

— Minha casa não é assombrada.

A afirmação sai fraca e fria.

Erika ri.

— Amiga, a Bruxa tá dando uma relaxada na sua sala de estar neste exato momento.

Uma escuridão encobre o carro quando Yusef estaciona e desliga o motor.

— Chegamos — ele avisa.

— Posso sair? — sussurro, inquieta com o silêncio.

— Amiga, não tem ninguém aqui. — Erika ri, abrindo a porta.

Ergo a cabeça e vejo que estamos em um estacionamento vazio de frente para uma praia banhada pelo luar. Atrás de nós, uma estrada escura cercada por árvores altas, morros e colinas gramadas. Pulo da caminhonete, sem palavras.

— Onde... a gente tá? — pergunto, sem ar, me sentindo atraída pela água.

— Cedarville Park — Yusef responde, parando ao meu lado. — E esse é o rio Cedarville. Maneiro, né? Viu, também tem praias aqui. Caso esteja pensando em voltar para o oeste.

Erika solta uma risada alta, indo na frente.

— Não dá ouvidos pra ele. Isso não é uma praia de verdade. Sente a areia, a gente podia muito bem estar na caixa de areia de um gato. E olha a água! Mais azul impossível. Entra lá e vai sair igual a um Smurf.

Assim que meus pés tocam a areia, lágrimas brotam nos cantos dos meus olhos. Não é que eu tenha pensado que nunca mais fosse ver uma praia, mas só de olhar meus músculos se inundam de um alívio instantâneo. Respiro fundo e sinto o cheiro de… cloro?

— Uau — murmuro, me esgueirando para mais perto.

Do outro lado do rio, casas se enfileiram na margem, suas luzes cintilando na água. Acho que é a cidade vizinha. Ainda não tive a chance de olhar um mapa, mas devemos estar bem perto do Canadá.

— Saca só — diz Erika, pegando uma pedrinha ali perto e atirando na água. — Droga, achei que ia sair quicando que nem nos filmes.

Yusef revira os olhos.

— A Fundação Sterling fez uma limpeza enorme no rio e no parque uns anos atrás. Encomendaram esse banco de areia novo. Eu já vi gente curtindo isto aqui no verão. Mas ninguém da nossa área, o pessoal ainda lembra muito bem como o rio era.

— E como era?

— Digamos que, se você colocasse um dedo na água, provavelmente sairia sem dedo.

— Cara, essa merda era uma meleca verde, tinha peixes de três olhos e enguias assassinas — acrescenta Erika.

— Porra, que nojo!

— Yusef bebeu um pouco da água uma vez. É por isso que ele tem um pintinho minúsculo. — Ela ri baixinho, dá um empurrãozinho nele e se afasta.

— Ô, larga do meu pé! — ele grita e vai atrás dela.

Vendo os dois correndo pela praia, eu me curvo para pegar um punhado de areia. É grossa, um pouco úmida da chuva, sem pedaços de coral ou conchas. É como se estivéssemos brincando em um parquinho com areia. Sento, batendo a mão no espaço ao redor. Percevejos odeiam praias, então deve ser por isso que me sinto tão segura aqui.

A marola desliza suavemente pela água azul-escura. É bem diferente das ondas quebrando na minha casa na Califórnia, mas o cenário me lembra de todas as fogueiras que a gente fazia depois de ganhar uma corrida. Ainda quase sinto a areia entre meus dedos dos pés, o gosto ruim de cerveja, o cheiro de fumaça no cabelo. Afasto a memória, tentando permanecer no presente.

Mudar é bom. Mudar é necessário. Mudar é preciso.

Estou em uma cidade nova, com novos amigos. Essa vida antiga acabou... tudo graças ao meu ex-namorado. Bem, quem estou tentando enganar? Foi culpa minha. Tudo isso é culpa minha. E todo mundo sabe. Então, eu mereço nadar em uma meleca verde em uma praia falsa. Aproveitando a escuridão, seco uma lágrima perdida. Até que coloco a mão no bolso e encontro meu celular. Droga, esqueci de deixar em casa. Mas talvez minha mãe não esteja me vigiando, como de costume. Talvez ela esteja tão entretida com o filme e confiando em mim de verdade pelo menos uma vez na vida, acho que não vai se dar ao trabalho de checar meu paradeiro. Além do mais, eu só estou em uma praia, com amigos, como uma garota normal. Ela não pode ficar brava por isso.

Yusef e Erika voltam correndo e param cada um de um lado. Nós três observamos a água, vendo a luz dançando pela maré.

— Isso até que é legal — admito. — Por que não tem mais gente por aqui? Eu viria todo dia se pudesse.

— O parque antigamente ficava cheio de gente — diz Erika. — Vinham famílias fazer piquenique. De noite, parecia um estacionamento. O povo exibindo seus carrões e roupas novas. Só curtindo e relaxando, ouvindo música.

— Meu pai montava a mesa de som na caminhonete — conta Yusef, apontando para a carroceria atrás de nós. — Ali atrás. Eu vim uma vez com ele. Era bem pequeno, mas lembro.

— Meu velho tinha um Cadillac azul-piscina, maneiro, com bancos de couro branco e rodas cromadas. — Erika ri, balançando a cabeça. — Minha mãe disse que ele parecia uma garrafa de desinfetante.

— E o que aconteceu? — pergunto.

Erika fecha a cara e enfia a mão no bolso da jaqueta, resmungando:

— As Leis Sterling, foi isso que aconteceu. Começaram a prender todo mundo, aí o povo ficou com medo de sair porque o governo cada hora aparecia com uma lei nova para te prender por respirar.

Yusef fica tenso ao meu lado, encarando a água.

— Nossa. Que... droga — murmuro.

Um silêncio pesado recai sobre nós. Enrolo uma mecha de cabelo no dedo, desejando ter algo profundo ou reconfortante para dizer.

— Bom, crianças, com licença — diz Erika, pulando de pé. Ela limpa a areia da bunda e vai em direção à grama alta na margem.

— O que ela vai fazer? — digo, rindo. — Xixi no rio?

Yusef balança a cabeça.

— Nah. Provavelmente vai fumar.

— Sério? — falo, depressa. Talvez um pouco rápido demais, enquanto me inclino na direção dela, prestes a segui-la, mas paro, virando de novo para Yusef. — Espera, por que você não se incomoda com a Erika fumando?

Yusef faz um biquinho.

— Não se engana, eu ainda odeio essa merda — ele diz, depois suspira. — Mas a Erika, bom, ela não teve uma vida fácil. A família dela está quase toda em Big Ville. Só sobraram ela e a avó, e as duas quase não conseguem sobreviver com o que recebem da previdência social. Então, acho que abro algumas exceções.

— Ah — falo, encarando a direção em que ela desapareceu.

— Acho que a gente... meio que se entende por isso. Nossas árvores genealógicas foram cortadas e viraram arbustos. Pelas drogas, pelas Leis Sterling, isso sem contar os incêndios. A área aqui não tem um minuto de paz.

— Então por que vocês não vão embora? Começar uma vida nova em outro lugar?

Ele balança a cabeça.

— Não vou embora até a minha família ser solta. Não quero que eles saiam e encontrem um lugar cheio de estranhos.

Os planos da Nova Cedarville me vêm à mente. Não sei por que não consigo dizer para ele o que vi, o que estão tramando. Talvez porque eu esteja com medo das perguntas sem fim que viriam, perguntas para as quais não tenho resposta. Talvez porque me sinta culpada por ser exatamente o tipo de estranhos que eles planejam colocar no lugar dele e de sua família.

— Obrigada por me trazer aqui — digo. — É muito maneiro.

Ele sorri.

— Eu queria te trazer aqui desde o dia em que te conheci.

Engulo em seco.

— Sério?

— É. Quer dizer, que tipo de garota da Cali você seria sem uma praia?

O olhar suave de Yusef brilha ao luar, uma chama crepitante.

Pigarreio e desconverso.

— Ah, então, ainda não me contou o que *você* vai usar no Halloween.

Ele ri.

— Ah, que nada, a gente só tava brincando. Ninguém faz merda nenhuma no Halloween.

— Por quê?

— Por causa dos incêndios — Erika responde, voltando pela grama a passos lentos, com um cheiro doce e pungente.

— Que incêndios?

Yusef faz uma careta, pensando em algo. Não é a primeira vez que alguém menciona "os incêndios", mas nunca explicam do que se trata exatamente. O que não estão me contando?

Erika se joga ao meu lado.

— Vai, Yuey. Ela precisa saber.

Yusef descansa o queixo no joelho, encarando a areia.

— Tá bom, a história é assim: muito, muito tempo atrás...

— Não foi TANTO tempo atrás. Manda a real!

Yusef revira os olhos.

— Tá. Tipo, uns trinta e poucos anos atrás, depois das revoltas e da recessão, todas as casas abandonadas foram invadidas. Por pessoas sem--teto. Ou viciados em drogas... ainda chapados.

Os olhos dele se alternam entre nós duas. Ela olha para baixo, afundando os calcanhares na areia.

— Eles não estavam... em sã consciência, sabe? — ele continua. — Enfim, num Halloween, um menininho branco, chamado Seth Reed, se separou dos amigos e veio parar em Maplewood. Ele foi até uma das casas abandonadas, acho que talvez para pedir informação... — Ele respira fundo. — Encontraram o corpo dele no dia seguinte. Nem quero falar sobre o que aconteceu.

— Cacete — digo, arfando.

— A cidade caiu em cima do nosso bairro; alguns dizem que a morte dele foi o começo do fim. Depois disso, virou uma tradição: todo ano, na véspera do Halloween, o povo botava fogo nas casas abandonadas para afastar os invasores, mantendo as ruas seguras pras crianças que iam atrás de doce. Eles chamaram de Noite do Diabo, porque as casas queimando eram a própria visão do inferno.

— Mas os sem-tetos nem sempre conseguiam sair — acrescenta Erika, com a voz sem vida. — Alguns morreram nos incêndios, chapados demais pra perceber a fumaça. Dizem que algumas das casas queimadas ainda têm corpos dentro.

Meu queixo cai.

— Puta merda! Isso é incêndio criminoso. Isso é... assassinato! Como tinham coragem de fazer isso?

— Porque achavam que estavam fazendo a coisa certa, mantendo as crianças seguras — explica Yusef. — E ninguém por aqui vai dedurar. O problema é que alguns dos incêndios saíram de controle e se alastraram para casas habitadas, e aí muitas pessoas perderam tudo o que tinham. Não dá para reconstruir nada quando não se tem dinheiro.

Lembro da casa do outro lado da rua e sinto um calafrio.

— Espera, quem começava esses incêndios?

Yusef dá um soco na palma da mão, olhando para longe.

— Hm, ninguém sabe, na real.

— Por que a polícia não impedia? — pergunto, ávida para compreender. — Ou o corpo de bombeiros?

— Você acha que eles se importam com a gente? — debocha Erika. — Amiga, se manca. Eram eles que entregavam os galões de gasolina e os fósforos.

— Isso é só boato — Yusef se intromete.

— Irmão, meu primo viu!

— Tá bom — resmunga Yusef. — Mas é por isso que ninguém sai pra lugar nenhum no Halloween. Todo mundo fica em casa, para proteger o que tem. Meu tio fica sentado na porta, com uma mão na arma e a outra na mangueira de água.

Esfrego as têmporas. Não posso acreditar que moro em uma cidade que não comemora o Halloween. Por outro lado, combina com todas as outras esquisitices de Cedarville.

— Isso é bizarro — murmuro. — E acontece até hoje?

— Às vezes — Erika dispara. — Só que não sobrou tanta gente assim no nosso bairro para queimar.

Eu me inclino para longe, sentindo a raiva escaldante radiando da pele dela. Erika levanta e volta lentamente para o carro. Sem saber o que dizer, olho para Yusef, que só balança a cabeça.

— Os incêndios deixam ela com medo. Na boa, deixam todo mundo com medo. Porque, se você perde sua casa, não tem mais para onde ir.

Não tem mais para onde ir. A Fundação sabe disso? Esfrego as mãos nos braços, sentindo o frio chegar.

— Tá com frio? — Yusef pergunta.

— Um pouquinho.

— Eu tenho outro moletom no carro. Pode colocar.

— Aii. Você está disposto a dividir seu moletom comigo — brinco, dando um soquinho no ombro dele. — Eu devo ser *mesmo* especial.

Ele me encara antes de dar de ombros, envergonhado.

— É. Um pouquinho.

Ali, no silêncio constrangedor que tremulou entre nós, eu sinto. Uma batida a mais no coração, derretendo o gelo que o cerca.

Yusef levanta e me estende a mão.

— Vamos, tá na hora.

Seguro a mão dele e sinto os calos na palma. Ergo o rosto para encarar seus olhos ardentes. A gente poderia vir para a praia todos os dias, só nós dois. Piqueniques e fogueiras e...

Pode parando, Mari!

Yusef é um amigo e só. Se eu me envolver com esse sentimento abrasador de novo, serei a única a me queimar. Resistindo ao calor dele, me afasto de seu toque, olhando para o céu.

— Ah, hm, achei que tinha visto uma estrela cadente — digo, soltando uma risada nervosa e dando um ligeiro passinho para trás.

Yusef balança a cabeça e ri.

— Hm, espero que tenha trazido casacos de verdade na mudança.

— Esse é um *casaco de verdade* — digo, ajeitando minha jaqueta de fleece.

— Isso é só um suéter com zíper. Faz frio de verdade por aqui, tipo, menos trinta graus. A neve é tão densa que não dá para ver o que tem na sua frente.

— Argh! Cara, não precisa me ameaçar com essa violência toda. Vou aceitar a droga do moletom!

Enquanto voltamos para o carro, penso em Sammy, passeando com Buddy sozinho.

— Você acha que ainda tem invasores morando nas casas da minha rua?

Yusef ri.

— Duvido. Ninguém quer ficar perto da casa da Bruxa.

Quando volto para casa, me pego fazendo exatamente o que meu pai sugeriu...

Seguir o dinheiro.

Porque expulsar as pessoas de suas casas depois de já terem passado por tanta coisa não pode estar dentro da lei. Ser preso praticamente pelo resto da vida por causa de maconha não deveria ser legal também. Mas preciso lidar com uma coisa de cada vez; sou um exército de uma pessoa só. A garota novata, uma estranha. E, se eu conseguir descobrir quem está planejando puxar o tapete dos meus vizinhos, talvez possa avisar a comunidade e lutar com eles contra isso juntos.

Também estou tentando evitar todo e qualquer pensamento sobre fantasmas. Claro, a casa é velha, essa rua é esquisita e, sim, algumas bizarrices gigantes têm acontecido. Mas colocar a culpa disso em um fantasmas é simplesmente... ridículo. Pior, ousar trazer esse tipo de conversa maluca para perto da minha mãe e de Sammy vai me mandar com uma passagem só de ida para a ala psiquiátrica mais próxima.

O site da Fundação é colorido e convidativo, mas não tem uma foto sequer de como Cedarville é de verdade. Não surpreende que tantas pessoas tenham ficado interessadas na oferta da residência. Clico em várias páginas até encontrar o que estou procurando: uma lista dos membros do conselho.

Patrick Ridgefield, cirurgião cardiovascular

Acho que faz sentido. O salário de alguns médicos chega a uns seis dígitos em certas clínicas.

Richard Cummings, jogador de futebol americano aposentado e ativista comunitário

Isso é... interessante. Talvez ele tenha ganhado muito dinheiro na NFL. Mas tem cabelo branco. Claramente está fora da liga há anos.

Eden Kruger, filantropa

Genérico. Deve vir de berço de ouro ou é casada com um ricaço.

Linda Russo, sócia do escritório de advocacia Kings, Rothman & Russo

Uma advogada. Combina muito bem.

Ian Petrov, CEO do Grupo Key Stone Imóveis

Hm. Por que um figurão russo aleatório do mercado imobiliário estaria interessado em Cedarville?

Mesmo somando o salário de todo esse pessoal, não parece o suficiente para financiar a compra de uma cidade inteira. De onde vem todo esse dinheiro?

Com a curiosidade atiçada, digito "Noite do Diabo Maplewood" na busca. Só aparecem quatro fotos. Estranho, considerando a forma como Yusef e Erika falaram do assunto. Eles fizeram parecer que a cidade inteira tinha sido queimada, e, julgando por essas fotos, foram apenas algumas casas velhas, o fogo apagado pelos bombeiros. Os únicos outros incêndios mencionados eram das revoltas, que pareciam mais uma questão de justiça do que qualquer outra coisa.

Talvez eles tenham exagerado. Mas a expressão de Yusef...

Contra meu bom senso, digito mais um nome: Seth Reed.

O primeiro artigo é da *Cedarville Gazette*:

O corpo de Reed, 10, foi encontrado em um terreno baldio no bairro de Maplewood, Cedarville, por um dos membros da equipe de busca, o comerciante Richard Russo. Segundo ele, a criança estava coberta por um tapete bege. A perseguição pelo suposto assassino despertou revolta na comunidade. Mais de vinte casas foram incendiadas...

Uau. Ele tinha a mesma idade de Piper.

Espera... Russo? Tipo Linda Russo.

Russo parece um sobrenome comum... mas será possível que ele tenha alguma relação com Linda?

Buscando por Richard Russo, encontro dezenas de pessoas, mas apenas algumas comerciantes. Uma das famílias é dona de uma empresa de janelas e até aparece no comercial. Esse pessoal deve trocar janelas caríssimas, porque todos têm cara de milionários. Com óculos Versace, relógios, anéis, correntes de ouro... Todo mundo com cabelo preto tão lustroso que parece molhado na luz. Olha, não quero julgar nem nada, mas esses palhaços estão me passando muito uma vibe de mafiosos. Continuo fuçando, pesquisando todos os negócios com os quais os

Russo têm ligação — empresas de assentamento de pisos, de limpeza de carpetes e estofados, de instalação de ar-condicionado, de manutenção elétrica. No LinkedIn, vejo que vários Russo trabalham na Cedarville Eletric. Tem até um que é vice-presidente sênior na provedora local de TV a cabo, a Sedum Cable. Outro Russo, o presidente do sindicato local, esteve nas notícias no ano passado.

> A base sindical local 83 fechou um acordo de 2,5 milhões de dólares com a cidade de Cedarville... O sindicato foi representado pelo escritório de advocacia Kings, Rothman & Russo.

Bingo!
Meu celular vibra. Yusef.
— Oi — digo, tentando esconder minha surpresa. — Tudo bem?
— E aí? Só tô, er, conferindo se você chegou bem.
— Ah, sim. — Dou uma risadinha. — Você me viu entrar em casa.
— É, claro. Bom, acho quero garantir que aquele parça não tá dando uma passada no seu quarto de novo.

Meu estômago revira com aquele gesto. Ele está sendo gentil, digo para mim mesma. As pessoas podem ser gentis. Até mesmo garotos. Mas outra parte de mim está inquieta. Eu não mereço gentileza. Não depois de... tudo.
— Alô? — Yusef fala, preocupado.
Suspiro.
— Cara, se você queria me ouvir roncando de novo, era só falar.
Ele ri.
— Droga, você me pegou.

BIP BIP

7H00 ALARME: LEVANTA!

Merda. Eu deveria ter cancelado o alarme ontem à noite. Depois de toda a pesquisa e de conversar com Yusef, só consegui dormir duas horas hoje. Vou precisar de muito café. Absolutamente a pior forma de segundar.

— Muito bem, Mari — resmungo entre os dentes, afastando a coberta com força e saindo da cama.

O quarto está congelante. Coloco minhas meias confortáveis e vou até o closet em busca de algo mais quente e gostoso de usar, que provavelmente vai ser o conjunto de moletom que todo mundo já me viu usando cinco mil vezes a essa altura.

BIP BIP

7H03 ALARME: NÃO ESQUECE A PÍLULA.

Aff! Deve ter um jeito melhor de se livrar da acne do que enchendo meu corpo de hormônios e... Espera. Esse alarme tocou cedo demais. Normalmente só apita na hora do café da manhã. Devo ter programado errado. Né?

Tanto faz.

Pego uma camiseta limpa, sutiã, calcinha e calça jeans do closet, dando uma olhada no espelho. Estou um bagaço. Não lavei nem ajeitei minhas twists ontem. Parece que vou usar um coque alto durante a semana inteira. Isso é caos demais para uma segunda-feira.

BIP BIP

— Hã? O que foi agora?

7H20 ALARME: COLOCA O LIVRO DE MATEMÁTICA NA MOCHILA.

Ah é, tem prova hoje. Com certeza vou me ferrar, já que não estudei nada. Outra coisa que esqueci de fazer. Me sentindo dispersa, paro e respiro fundo; inspirando pelo nariz, expirando pela boca. Este dia já saiu dos trilhos e eu ainda nem fiz xixi. Vou pular minha corrida; assim vou ter uns trinta minutos extras para dar uma olhada nas minhas anotações. Também preciso encontrar algum sentido em todas as coisas que descobri sobre a família Russo. Eles com certeza estão mantendo a cidade como refém. E se eles estão fazendo isso, os outros também devem estar. Mas é difícil fazer toda essa pesquisa pelo celular. Talvez eu pare na biblioteca depois da escola e use um dos computadores de lá.

Com a pele hidratada e vestida, estou lutando com meu cabelo quando outro alarme toca.

BIP BIP

— Que palhaçada é essa? — resmungo, pegando o celular da penteadeira.

7H25 ALARME: CADÊ O BUDDY?

Estranho. Assim, tudo bem, eu tenho uma memória ruim. É por isso que deixo recadinhos nos meus alarmes. Mas por que eu me perguntaria onde está o Buddy?

— Ele está bem aqui — balbucio, olhando para o lugar dele na cama, que está vazio.

Buddy não dormiu comigo na noite passada. Eu saí e o deixei em casa. Sozinho.

O quarto gira e começo a ficar enjoada quando coloco o telefone na mesa.

— Não seja ridícula — me repreendo.

Ele provavelmente já está lá embaixo com o Sammy. Relaxa!

Ainda assim, coloco o moletom o mais rápido que consigo. Preciso ver com meus próprios olhos. Tipo, eu sei que é a minha ansiedade falando e que vou rir disso mais tarde, mas, se tratando do Buddy, eu não levo na brincadeira. Logo que pego meu relógio da penteadeira...

BIP BIP

Minha barriga fica tensa enquanto encaro a bomba tiquetaqueando em cima da mesa. Não quero pegar meu celular. Preferiria jogá-lo pela janela e passar por cima com um carro. Mas atravesso o quarto, com os pés pesados.

7H26 ALARME: VOCÊ LEMBROU DE TRANCAR A PORTA DEPOIS QUE ENTROU ONTEM À NOITE?

Solto o celular como se ele tivesse explodido e queimado minha mão. Os pelos na minha nuca se arrepiam com o frio, e eu viro. Parecia que tinha alguém parado bem atrás de mim, respirando. Mas não tem ninguém. Estou sozinha. Estive sozinha a noite inteira. Né?
BIP BIP
Dou um pulo com o som, agora aterrorizante, cortando o ar. Um toque angustiante e ríspido. Sentada diante do celular, engulo em seco antes de olhar.

7H27 ALARME: ALGUÉM PODE TER ENTRADO. DE NOVO. 😈

Ouço as batidas do meu coração pulsando nos ouvidos enquanto tento não gritar. O emoji de demônio me lembra do post-it. Fecho os olhos com força, tentando me controlar. Porque isso não está acontecendo. Não pode estar acontecendo.
— Isso é um sonho — falo baixinho.
BIIIIIIP BIIIIIIP
Pulo alto, então pego o celular do chão.

7H28 ALARME: VOCÊ OLHOU O CLOSET?

O closet?
Viro, ofegante. A porta sanfonada do closet está entreaberta, e de onde estou, não dá para ver nada além de roupas e sapatos em cores neutras. Se alguém... ou algo estivesse lá, eu teria visto. Ainda assim, prendendo a respiração, dou um passo cauteloso, umedecendo os lábios secos, as mãos suando.
Pronta? Um, dois...
No três, com um empurrão rápido, abro a porta, a madeira rangendo com a força. Vazio. Aperto o peito, com o coração disparado.

— Puta que pariu...
BIIP BIIP
O celular, agora vibrando na minha mão, se ilumina.

7H29 ALARME: VOCÊ OLHOU EMBAIXO DA CAMA ANTES DE DORMIR?

Meu estômago parece afundar até o porão, minha garganta seca demais para gritar. Dou uma olhada na cama desarrumada. Os lençóis e o edredom retorcidos, a saia da cama... imóvel.
BIIP BIIP

7H30 ALARME: PARECE QUE NÃO. ☺

Tem alguém embaixo da minha cama!
Sem chance. Não tem a menor chance de alguém estar embaixo da minha cama. A não ser... que sim. A não ser que essa tenha sido a questão o tempo inteiro.
E, se tiver mesmo alguém, eu só terei segundos para correr. Mas, se não tiver, vou causar uma comoção enorme por nada. Preciso olhar. Preciso ver.
Um passo, dois passos... Vou pé ante pé até a cama, analisando o resto do quarto, que parece muito menor do que antes. Pegando a luminária de cima da mesa, eu a levanto, me preparando para jogá-la no chão e sair correndo depressa. Com as mãos tremendo, estou quase hiperventilando quando me curvo devagar ao lado da cama, pegando a ponta da saia com uma das mãos. Meu coração parece uma britadeira. Eu me preparo.
Pronta? Um, dois...
No três, eu puxo a saia da cama e coloco minha cabeça embaixo da cama. Nada.
— Argh. Só pode ser sacanagem comigo...
BIIP BIIP
A tela do celular ilumina a escuridão enquanto leio a mensagem.

7H31 ALARME: VOCÊ CONFERIU SE TEM PERCEVEJOS?

Neste momento, o grito preso dentro de mim explode da minha garganta.

— AHHHHHHH!

Uma mancha surge no meu braço, e bato a cabeça na estrutura de metal da cama, me arrastando para trás.

— Mari? — A voz da minha mãe chama do andar de baixo. — Tudo bem aí?

Espirro álcool nos braços, tiro a roupa e começo a conferir meu corpo no espelho para achar picadas. Pontos pretos cintilam na minha visão, e eu caio no chão. Meu peito parece um punho cerrado, o quarto flutua. Inspiro com força, tentando puxar o ar, e engatinho em busca da minha bombinha. Com duas baforadas, eu me jogo na frente do ventilador, puxando o sutiã que aperta meu esterno, e espero que meu coração se acalme.

Sei que não programei aquele alarme. Não sou doida o suficiente para fazer nada disso. Mas alguém fez. Alguém sabe que eu saí ontem à noite. Alguém estava mexendo no meu celular. Alguém estava tentando muito me assustar pra caramba.

E só tem uma pessoa que conheço que seria cruel a esse ponto.

Piper!

A raiva injeta adrenalina direto no meu sistema. Abrindo a porta do quarto com força, desço a escada voando.

— Bom dia, Mari — diz minha mãe, sorrindo.

Mas passo direto por ela, indo em direção a Piper, mirando em seu pescoço.

Piper arregala os olhos no momento em que percebe e pula do banco, gritando.

— PAPAAAAAAAAAAAAI! — ela berra, e sai correndo.

Mas estou bem atrás dela, perto o suficiente para puxá-la pelo cabelo como um ioiô.

— AHHHHH! PAPAI, SOCORRO!

— Sua bostinha! Sua pentelhinha irritante...

— Mari! O que você está fazendo? — minha mãe grita, puxando meu pulso e tentando me empurrar para trás com o ombro. — Solta ela! Agora!

Mas estou enfurecida e quero sangue. Puxo com ainda mais força.

— PAPAI!

Piper se contorce, gritando, enquanto Alec desce correndo.

— Ai, meu Deus! — ele grita, abraçando Piper. — SOLTA ELA!

Mas estou segurando tão firme que Piper fica presa em um cabo de guerra brutal.

— SOLTA! SOLTA!

— PAPAI, POR FAVOR, PAPAI!

— Mari?

Sammy, espantado e parado na sala de estar com Buddy, interrompe minha concentração. Relaxo os dedos e caio para trás com minha mãe.

Alec consola Piper, que está histérica, fazendo carinho na cabeça dela. Minha mãe me coloca de pé, sacudindo meus ombros, e grita:

— Mari, o que diabos está acontecendo? E por que você está cheirando a álcool?

— Ela ficou mexendo com meu celular, tentando me matar de susto!

— O quê? Do que você está falando? — pergunta minha mãe.

Alec, colocando Piper atrás de si, me olha de cima e coloca o dedo no meu rosto.

— Se você encostar a mão na minha filha de novo, eu vou...

— Você não vai nada! — ruge minha mãe, dando um tapa para afastar a mão dele. — Porque nós *não encostamos um dedo* nos nossos filhos. Certo?

Alec está enfurecido.

— Raquel, você não pode deixar isso passar. Ela atacou a Piper!

— Porque ela estava no meu quarto — disparo. — Deixando mensagens bizarras no meu celular!

Minha mãe para na minha frente, usando o corpo como um escudo.

— Mensagens? Isso tudo por algumas mensagens, Mari?

— Não fui eu — Piper grita. — Eu juro! Foi a dona Dulce!

Alec e minha mãe olham para Piper, chocados.

— O quê? — eles perguntam juntos.

Piper abre a boca, depois fecha de novo, aí ela tenta rapidamente jogar a atenção de volta para mim.

— Você vive nesse celular — ela grita, depois puxa a camisa de Alec. — Ela fala pro pai dela que odeia essa casa e que odeia você e fica mandando mensagens sem-vergonha pro menino que ela gosta!

Minha mãe franze a testa.

— Tá de brincadeira? NADA disso é verdade! Pergunta pro papai, se não acredita em mim, porque eu sei que não acredita. Mas não vamos perder de vista o problema de verdade aqui, ela está mexendo nas minhas coisas! Ela fica se esgueirando por aí, sem nenhum respeito pelas coisas dos outros, mexendo na merda do meu celular e agora jogando a culpa na amiga imaginária idiota, e, para começar, ela nem tem mais idade para essas coisas. É uma total invasão de privacidade! Então o que vocês vão fazer quanto a isso?

Alec e minha mãe trocam um olhar cansado. Ela cruza os braços e inclina a cabeça para ele, como se dizendo "bom, e aí?".

A expressão de Alec fica mais suave quando ele encara Piper.

— Bom, não é legal falar coisas pelas costas das pessoas — ele diz brandamente.

O queixo da minha mãe cai enquanto as sobrancelhas de Sammy vão lá para cima.

— Inacreditável! — grito e saio, batendo os pés.

Quinze

Encarar o teto, para mim, é o melhor jeito de pensar. O vasto nada lá em cima me ajuda a fazer todo tipo de plano. Por exemplo: como jogar a filha do meu padrasto na lixeira mais próxima sem ninguém descobrir?

Piper se recusa a pedir desculpa pelo fiasco com o celular, e Alec "não acha que deve forçar a filha a fazer algo que ela não está pronta para fazer" ou alguma baboseira assim.

Mas, sendo honesta, tem uma partezinha de mim que se pergunta se foi mesmo ela. A não ser que ela tenha se esgueirado aqui como uma superninja enquanto eu dormia durante aquelas meras duas horas, não sei como ela conseguiria. E o celular estava comigo durante a noite inteira.

Tirando... quando fui lá embaixo e as luzes se apagaram. Ele estava caído no chão do quarto de um jeito tão perfeito, como se tivesse sido colocado ali.

O frio formiga na minha nuca e coloco o capuz do casaco na cabeça. Tanta coisa aconteceu nas últimas vinte e quatro horas, mas nada disso me incomodaria se eu estivesse chapada. Eu alegremente daria para Piper as senhas de todos os aparelhos que ela quisesse só para ficar um pouco entorpecida. O que me faz lembrar: preciso dar uma olhada no jardim secreto.

Minha mãe abre a porta bem na hora que estou vestindo minha roupa de correr.

— Oi? — ela diz, cheia de entusiasmo.

Inclino a cabeça, colocando a camiseta.
— Oi o quê?
Ela franze a testa.
— Você não acabou de me chamar?
— Não.
— Hã? Acho que devo estar ouvindo coisas.
— Argh, não vai enlouquecer, mãe. Não pode deixar a gente sozinha com o Alec.
— Vou tentar manter isso em mente. — O rosto sorridente dela fica sério. — Você está se sentindo bem? Quer me contar alguma coisa?
Consigo perceber que a briga com Piper de manhã deixou minha mãe em alerta. Eu forço um sorriso.
— Estou bem. Tudo sob controle.
— Hm. Bom, para onde você está indo?
— Dar uma corrida.
Ela assente, impressionada.
— Você tem mesmo dado o seu melhor aqui.
— Tenho que dar — digo, com uma alongada rápida.
— Então por que não tenta entrar na equipe de atletismo de novo?
Na mesma hora quero fugir na direção oposta desta conversa.
— Só não é mais uma coisa que quero fazer — falo, mantendo a voz leve, esperando que ela deixe isso pra lá.
— Mari, o que aconteceu com o David na escola... Não permita que isso paute a sua vida inteira. Não tem problema deixar isso no passado. Foi um... acidente.
— Pois é, mas eu fui a única punida — disparo.
Não tive a intenção, mas não consegui evitar. Só a menção do nome dele me faz querer quebrar uma tábua com o calcanhar.
Minha mãe contorce os lábios.
— Você está certa. Não é justo. A vida não é justa. Mas a gente segue em frente. Nos mudamos para esta cidade nova para que você pudesse recomeçar do zero. E recomeçar também significa voltar a fazer as coisas que você amava. Como o atletismo.

Ela está certa. Nos mudamos para cá por causa do que eu fiz. Se não fosse por minha causa, ainda estaríamos no lugar onde amei e já fui amada.

Ela dá um beijo na minha cabeça.

— Só... pensa nisso, está bem?

— Claro — balbucio, e vou na direção da porta.

— Se ainda não falei, eu estou muito orgulhosa de você, Marigold. Você teve uma melhora significativa desde que chegamos aqui. Só quero que você comece a pensar no seu futuro. Não fique tão presa ao passado. Não tem nada lá para você.

A culpa me dá uma fisgada na barriga, como uma câimbra. Forço um sorriso.

— Valeu, mãe.

Ela sorri, me dando um abraço.

— Ah, falando nisso, você viu a vassoura? Não acho em lugar nenhum!

As plantas estão começando a florir. Muito mais rápido do que imaginei. O que significa que meu jardim secreto interno tem o cheiro de uma fazenda de dois acres de maconha. A doce fragrância dos brotos me pega assim que abro a porta.

Isso é ao mesmo tempo bom e ruim. Bom, já que provavelmente vou conseguir colher antes do Halloween. Ruim, porque *qualquer pessoa* pode farejar esse lugar a quilômetros de distância pelas rachaduras nas janelas. Se eu passar mais do que cinco minutos nesta casa, o cheiro vai ficar entranhado nas minhas roupas e no meu cabelo. É mais fácil usar uma placa na testa dizendo o que estou tramando (e graças a Deus eu trouxe uma muda de roupa para trocar). Uma pesquisa rápida no Google e aprendo que um filtro de carbono minimizaria o cheiro... se eu tivesse lido até essa parte.

O armário do zelador da escola foi surpreendentemente útil. Tinha todos os suprimentos de que eu precisava para construir um sistema de filtragem temporário — filtros de ar de carvão, fita adesiva, papel-alumínio e plástico-filme.

A fita adesiva que coloquei atrás da porta como um tosco sistema de segurança ainda está lá, mas assim que entro, algo parece... estranho. A casa parece menor, o ar pútrido e pesado. As janelas ainda estão fechadas. Olho para a fita. Sinais de que alguém mexeu. Dou alguns passos cuidadosos ao entrar e logo paro. A sala de jantar agora está lotada de coisas, como se cada móvel mofado na casa tivesse sido colocado ali, reorganizado e movido. Bílis sobe a minha garganta.

— O... olá? — chamo, e escuto com atenção. Sem movimentos.

Lentamente, recuo até a cozinha, segurando os sacos com força. As plantas estão ali, aparentemente intactas. Mas, no chão ao redor delas... pegadas em barro vermelho cercam a mesa. Posso contar os dedos dos pés descalços...

Alguém esteve na casa.

Bato a porta, passando depressa pelos arbustos, e corro em um zigue-zague frenético, olhando por cima do ombro a cada cinco segundos.

Alguém esteve na casa. Alguém viu o jardim secreto. Alguém sabe!

Me dou conta, assim que chego nos degraus da minha varanda, que ainda estou segurando os materiais que roubei da escola.

Dou a volta na casa pé ante pé e encontro um homem parado no quintal dos fundos.

— Sr. Watson! — solto em um ganido.

Ele levanta a cabeça na hora e não parece nem surpreso nem feliz em me ver. Apenas em um estado crônico de indiferença. Em suas mãos estão o macacão e a camiseta que deixo sob o terraço.

— O que está fazendo aqui? — pergunto.

Ele olha para as roupas, inspecionando-as, conferindo as etiquetas.

— Sua mãe me chamou — ele responde, indiferente. — Pediu para trocar as calhas. Estava tirando as medidas. Isso é... seu?

Engulo em seco, me mantendo longe.

— É. São minhas roupas de jardinagem.

— Ah — ele diz, me entregando, com o nariz franzido.

Ele consegue sentir o cheiro impregnado no jeans? Vai contar para minha mãe? O que ele estava fazendo futricando embaixo do terraço, para começo de conversa?

— Fez compras? — ele pergunta, percebendo as sacolas.

— É. Eu tenho... um projeto de ciências para terminar.

— Hm. — Ele pensa um pouco e depois aponta para a casa ao lado. — Você não está mais... entrando em nenhuma dessas casas, está?

Como ele sabe disso?

— Não — digo, impassível. — Aprendi minha lição.

O sr. Watson franze a testa. Não era a resposta que ele esperava.

— Bom, só tenha cuidado. Essas casas são perigosas.

Ele assente e se afasta. Eu o sigo, sem saber ao certo como não percebi o Volvo estacionado na frente de casa. Acho que minha mente estava preocupada demais com a possibilidade de ser presa.

— Yusef, essa é... uma ideia completamente ridícula.

Rio até chorar durante outra de nossas ligações tarde da noite, com as quais quase cheguei a me acostumar. É melhor isso do que fingir estar dormindo enquanto espero a polícia derrubar a porta de casa.

— Que nada, você só não tem visão — insiste Yusef.

— Um reality show de jardinagem?

— É! Uma competição pra ver quem consegue fazer o paisagismo mais maneiro. Tipo, imagina eles deixando nossa equipe num quintal aleatório todo zoado e nos dando duas horas e um orçamento de mil dólares para fazer o lugar virar um oásis.

— *Nossa* equipe?

— É! Você tem que ficar na minha equipe. Você é habilidosa pra caramba com terrário. E não pensa que eu não vi como organizou aquelas tulipas no clube de jardinagem. A gente iria destruir os concorrentes.

Meu coração palpita. Receber elogios por jardinagem parece algo maior vindo dele.

— Cara, quem vai assistir esse programa?

— Todo mundo! As pessoas amam reality shows de confeitaria. Fazer cupcakes voadores e essas baboseiras em menos de vinte minutos. Por que não gostariam do nosso?

— Porque bolo é tudo! Açúcar ganha de terra, não tem nem discussão.

— Como eu disse, você só não tem visão.

CREEEEEEEEEQUE

A porta estala, as dobradiças rangendo, antes de abrir uma fresta microscópica, como se alguém estivesse decidindo se entra ou não. Sinto um peso no peito e mordo a parte de dentro da bochecha.

Relaxa. É só o vento.

— Você tá bem? — Yusef pergunta.

— Quê? Ah, sim. Tranquilo.

— Mentira sua. Me conta. O que rolou?

Respiro fundo, virando de costas para a porta...

— Não é... nada. Acho que estou doente de tanto ficar em casa, só isso. Sabe, na outra noite, quando fomos na praia, foi o mais longe que estive desta casa em semanas. Acho que só... estou meio assustada.

— Essa é *mesmo* a época dos sustos.

— E eu ainda não vi uma abóbora ou vassoura de bruxa!

— Hm. Quer sair de casa amanhã? Dar uma volta de carro?

CREEEEEQUE

Não é nada. Não é nada. Não é nada.

— Hm... er, claro. Para onde vamos?

Dezesseis

O outono em Cedarville é como o dos filmes: o ar fica frio, as árvores, cor de âmbar, e as ruas, repletas de folhas marrons secas. O jeito mais idílico de passar minha primeira troca de estação. Yusef entra com sua picape em um estacionamento barrento, parando bem na frente de uma placa gigante em que um porco vestido de macacão nos recebe.

— Uma fazenda de maçãs? — pergunto, erguendo a sobrancelha.

— Você disse que queria sair da cidade — ele diz, desligando o motor. — O clube de jardinagem vem para cá todo ano.

— Eu amo maçãs! — Sammy se alegra do banco de trás.

Meu irmão veio junto porque precisava sair um pouco ao ar livre tanto quanto eu.

A Fazenda do Sr. Wiggle está lotada de famílias e crianças correndo. Tem um labirinto de milharal, uma cabine de fotos, passeios de carroça, um canteiro de abóboras e uma feira de orgânicos.

— Mari — Sammy arfa, agarrando minha mão. — Eu preciso andar naquele cavalo!

Ele aponta para um garanhão decrépito, dando voltas com crianças nas costas.

— Cara, isso é, tipo, para bebês.

Ele levanta a mão.

— Eu não ligo. Ele vai ser meu nobre corcel.

Yusef ri.

— Vai lá, parceiro! Ela é uma chata.

Dou de ombros.

— Cavalgue como o vento.

Observamos Sammy correr até o animal da fazenda em silêncio.

— Hm, quer uma sidra quente? — Yusef pergunta.

— Claro.

Ele não está normal, percebo quando paramos na fila de rosquinhas recém-saídas do forno e sidra quente. Quase não abriu a boca na viagem, que levou cerca de uma hora. Apenas deixou Sammy ir passando a playlist. Seu sorriso de alguma forma parecia forçado.

Depois de cinco minutos de silêncio, ele finalmente fala:

— Ei, você tem algum cara esperando por você na Califórnia? — ele deixa escapar como se estivesse segurando a respiração.

Ai. E eu estava tendo um dia tão bom.

— Não — digo, inexpressiva. — Só um ex.

— Ah. Como ele era?

Suspiro.

— Branco. Rico. Insensível.

— Nossa. — Ele ri. — Então por que namorou com ele?

Eu me ajeito, irritada comigo mesma por não ter vestido algo mais quente. Dezesseis graus são como seis negativos para o meu sangue californiano. Mas não consigo encontrar meu novo suéter bege de tricô. Deve ter sido engolido pela máquina de lavar junto com minhas meias de cano alto.

— Ele era... rápido. Tipo, um dos corredores mais rápidos da nossa equipe. Quer dizer, ele corria de um jeito que parecia que podia caminhar por cima da água. Eu achava... fascinante.

Yusef assente enquanto a fila anda.

— Mesmo assim, não parece que vocês tinham muito em comum.

Ele está certo. Além do nosso amor pela maconha, que, para começar, foi o que nos juntou, não tínhamos muito em comum. Mas, considerando a forma como Yusef agiu na festa, acho melhor deixar essa parte de fora.

— Acho que foi por isso que terminamos — digo, rindo. — E você? Tem namorada?

Yusef sorri.

— Que nada. Nenhuma ex de quem reclamar, embora muita gente diga outra coisa.

A fila anda, o ar está carregado com o cheiro de canela, açúcar e maçã assada.

— Impossível. Você *nunca* namorou? Não me diga que só quer saber de partir corações por toda Cedarville.

— Claro que não.

Ele ri quando chegamos no balcão. Pede duas sidras quentes e quatro rosquinhas. E, como um cavalheiro de classe, se oferece para pagar.

— Por que todas essas perguntas sobre meu ex? — questiono, indo atrás dele.

Yusef dá de ombros.

— Por nada. Só me perguntando como você era lá na sua área. Sinto que não sei nada sobre você. Parece uma caixa-forte.

— Então isso são perguntas no estilo *Missão Impossível* para tentar me destrancar?

Ele semicerra os olhos.

— Viu? Tá fazendo de novo.

— Fazendo o quê?

— Desviando. Toda vez que alguém se aproxima demais, você lança uma piada de tiozão.

— Ei, essa piada foi boa, meu tio teria orgulho. E por que está tentando se aproximar de mim, de qualquer forma?

— Porque... somos amigos!

— Amigos? — Eu noto a mágoa em minha voz e pigarreio. — Quer dizer, claro. Nós *somos* amigos.

Yusef assente como se dissesse "dã" e segue andando. Não é como se eu quisesse ficar com ele, ou com qualquer garoto, aliás. Mas, não vou mentir, era bom saber que ele me queria. Uma boa massagem para o ego. Quem diria que a friend zone reversa incomodaria tanto.

— Tá certo — ele diz, parando em um arco feito de pilhas de feno.

— Pronta para escolher sua abóbora?

O canteiro de abóboras é enorme, do tamanho de pelo menos dois campos de futebol americano. Nós andamos pelas fileiras infinitas, bebendo nossas sidras, inspecionando as abóboras pelo caminho.

— Tem certeza que é mesmo permitido a gente pegar uma delas? Não vamos ser presos se levarmos para casa?

Ele balança a cabeça.

— Você é tão exagerada. Que tal essa aqui?

Yusef ergue uma abóbora de formato estreito.

— Parece o Sr. Cabeça de Batata.

— Tá bommmm — ele diz, bufando. — E essa?

— Toda deformada? Cara, sem chance!

— Ô, não seja desrespeitosa. A deformada tem sentimentos! Ela consegue te ouvir.

Nós rimos, dando a volta nas fileiras, com o céu em um azul-bebê lindo e o ar fresco e doce. Consigo ver o pomar de maçãs ao longe. Talvez minha mãe possa fazer seu famoso crumble de maçã vegano, ou uma torta. Isso é bem o que o médico receitou: uma tarde normal de sábado.

— Ô, você ficou sabendo que a Fundação Sterling tá tentando derrubar a biblioteca?

Quase tropeço em uma raiz.

— Ah, não. Não fiquei sabendo de nada.

Yusef assente e continua andando. Não sei por que menti. Pareceu mais fácil do que contar a verdade. E a verdade é: não tem como parar algo que já está acontecendo. Yusef só não faz ideia.

— Não é uma bosta? — ele resmunga, analisando outra abóbora. — Em vez de arrumar as merdas, eles querem derrubar tudo.

— Bom — começo a dizer, tentando manter a voz suave. — Isso seria tão ruim?

Ele vira depressa.

— O quê?

— Está bem, sem querer falar mal do seu bairro nem nada disso... mas Maplewood está meio que uma zona. Nosso colégio inclusive bem que poderia se beneficiar de umas reformas pesadas. Talvez esteja na hora de acontecerem algumas mudanças na vizinhança.

Ele me encara, o olhar ficando mais sério a cada segundo, então cruza os braços.

— Ei, você já assistiu *Midnight Truth*?

— Sim! É um dos meus favoritos!

— Então, lembra quando substituíram o ator que faz o Logan por um cara novo porque o Logan original aparecia bêbado nas gravações?

— Aff! Nem me lembra. O cara novo era tão blé.

— Então, o programa continuou, mas não era a mesma coisa. É assim que as "mudanças" são às vezes. Tiram toda a alma do negócio. Nem toda mudança é boa.

Mudar é bom. Mudar é necessário. Mudar é preciso.

Prendo a respiração e não sei ao certo por que me sinto tão exposta. Nervosa, mergulho o resto da minha rosquinha na sidra.

— Então você prefere que continue como está agora? Uma zona?

— Não! Eu nunca quis que o bairro ficasse desse jeito. Ninguém queria. Só tô dizendo que não jogaram a Capela Sistina fora porque a pintura começou a descascar. Eles reformaram aquela merda! Levou alguns anos e bastante dinheiro, mas foi feito. Por que a prefeitura não pode fazer o mesmo por nós? Eles gastaram toda aquela grana em Riverwalk, mas não podem usar um pouco pra consertar o buraco na frente da casa da srta. Roberson.

Eu paro e o encaro.

— Está bem, não vou mentir, estou muito impressionada com seu conhecimento sobre a Capela Sistina.

Ele abre um sorrisinho.

— Ouvi alguém dizendo isso em um desses programas bestas de confeiteiros.

— Eu disse: açúcar é melhor que terra!

— Tá certa, tá certa — ele diz, rindo. — Bom, meu tio e eu estamos pensando em começar uma sociedade histórica de Maplewood.

— Sério?

— Sim. Precisamos começar a salvar nosso legado antes que tudo seja levado embora. O vovô tirou muitas fotos quando era novo. Talvez a gente consiga levantar fundos para um museu ou algo assim.

Abro um sorriso.

— Eu amo o quanto... você é apaixonado por Maplewood.

— É minha casa, por que eu não seria?

— Sei lá. Acho que eu não me sinto ligada de verdade assim a nada... não mais.

— Por que não?

Porque minha antiga cidade está cheia de babacas, e minha antiga casa carrega a lembrança viva de percevejos, do meu ex-namorado e do divórcio dos meus pais. Além do mais, ainda tem a coisa de quase ter morrido no chão do meu quarto. Mas não quero falar sobre nada disso.

— Por nada — digo, dando de ombros antes de ver uma abóbora perfeita bem ao lado da minha bota.

— Aqui! Achei uma. — Eu a levanto bem alto. — E vamos batizá-la de Docinho e vou esculpir seus olhos e sorriso com uma faca de churrasco.

Ele balança a cabeça.

— Bom, isso não é nada assustador.

Yusef se oferece para carregar a Docinho até o carro quando voltamos. Sammy acena para nós de cima do cavalo, praticamente se mexendo em câmera lenta.

— Pô, a gente deveria ter trazido sua irmã. Ela também teria curtido.

Reviro os olhos.

— Cara. Aquela pivetinha não é minha irmã. Além do mais, eu ficaria tentada demais a amarrá-la a um espantalho.

— Uau — ele diz, surpreso. — Você fala assim perto dela? Sacanagem.

— Você não sabe como ela é. Ela... inferniza a minha vida. Mais do que precisava.

Ele revira os olhos.

— Ela é uma criança!

— Ela tem dez anos — respondo depressa.
— Ela. É. Uma. CRIANÇA! Dá um tempo pra ela. Não tá fácil pra ela.
— Como você sabe?
— Ah, qual é, estamos em Maplewood. Todo mundo sabe tudo de todo mundo. Dizem que ninguém fala com a garota. Ela é excluída na escola. Pensa em todos os olhares que você recebe, multiplicados por cem. É com isso que ela tá lidando.

A culpa começa a atravessar minha armadura. Eu não sabia que as coisas estavam tão ruins assim para Piper. Parecia que ela não se importava se tinha ou não amigos e que estava tranquila em continuar sob as asas de Alec. Mas talvez esse fosse seu mecanismo de defesa, fingir que tudo está bem e que ela não se importa.

Pelo menos temos isso em comum.

— Ainda não dá a ela o direito de descontar os problemas em nós — resmungo.

— A mina não tá recebendo atenção na escola nem em casa... parece que não tem mais nada pra ela fazer a não ser pentelhar. Mas mesmo pentelhos têm coração e um ponto crítico. Só precisa dar uma chance pra ela. Tenho certeza que te deram uma chance quando você fez besteira.

Sinto um nó na barriga.

Será que ele... sabe?

Domingo. Dia de lavar o cabelo.

Parada na frente do espelho, desembaraçando meus cachos, meus pensamentos se voltam para o jardim secreto. Será que estou imaginando coisas? O cômodo parecia... estranho, bagunçado. Não parecia que alguém tinha invadido; a porta estava exatamente como eu tinha deixado. Então como os móveis podem ter se mexido se a porta não foi aberta? E se alguém estivesse bisbilhotando... por que não mexeram com as plantas? Talvez estivessem esperando pelo momento certo para me chantagear.

— Mari! Mari! — Sammy me chama do andar de baixo.

No começo, esse plano inteiro parecia tão infalível. Agora estou cansada de viver essa vida dupla e, o que é pior, não estou nem perto quanto gostaria de estar chapada. "Gostaria", não: preciso.

— Mari! Mari!

— O que foi?! Estou arrumando meu cabelo! — grito com a porta fechada, com a mão cheia de condicionador.

— Vem cá! Rápido!

— Cacete — resmungo, colocando meus cachos molhados em uma touca de plástico.

— Mari, você está vindo?

— Estou, estou. Calma aí — digo dos degraus, com a água já escorrendo pelas costas, encharcando a gola da camiseta.

— Depressa! — Sammy para mim, agitado, então segura minha mão e me puxa para a sala.

— O que é?

— Vem cá! Olha o Buddy!

Buddy está sentado nas pernas traseiras, com as patas da frente erguidas. Para um cachorro bobo e babão, ele está completamente estoico, imóvel.

— Ele já tá assim faz, sei lá, uns cinco minutos. — Sammy ri. — Ele não se mexeu. Nem quando ofereci petisco!

Sammy estala os dedos, mas Buddy nem pisca. Seu rabo está ereto, os olhos focados; ele é uma estátua viva, tensa. É como fica quando vê um esquilo; seu instinto de lobo volta e ele não passa de um predador encarando sua presa.

Sigo o olhar de Buddy até a porta do porão.

— Buddy? — digo lentamente.

Um rosnado baixo escapa por entre seus dentes, o olhar paralisado no lugar. Os pelos da minha nuca se arrepiam como se fossem centenas de pequenas agulhas.

Não tem nada ali. Não tem nada ali. Não tem nada ali!

Com dois passos rápidos, atravesso a sala depressa e empurro Buddy para o lado. Ele uiva.

— Cara! — Sammy grita. — Por que você fez isso?

Surpreso, Buddy sacode a cabeça e olha para mim, ofegando, feliz, balançando a cauda.

— É... er, não é bom para as juntas dele, ficar sentado desse jeito por muito tempo — digo, me jogando no sofá e tentando manter a calma. — Quer que ele tenha artrite?

— Ele tem sete anos — Sammy repreende antes de sua voz sumir e ele virar, encarando a porta do porão.

Eu me inclino para a frente e pergunto, quase sem fôlego:

— O que foi?

Por um momento, ele fica parado, encarando, exatamente como Buddy, arrebatado, imóvel, mas aí solta o ar e vira de novo para mim.

— Ah, nada — diz, simplesmente, dando de ombros. — Achei que tinha ouvido alguma coisa.

— Alguma coisa... tipo o quê? — pergunto, indo mais para a frente, preparada para ouvir seu segredo.

— Sei lá — ele fala, rindo como se não fosse nada, e faz carinho em Buddy atrás da orelha. — Besteira.

Mordo a língua para me impedir de insistir ainda mais. Quero que ele ouça algo. Que ele veja algo. Quero que ele entre no trem da loucura comigo, para eu não me sentir mais tão sozinha.

— Cadê a Piper? — ele pergunta, acariciando a barriga de Buddy.

— No quarto dela, acho.

— Acha? Você é uma babá e tanto.

— Acredite em mim, esse é um trabalho que eu não queria e do qual me demito regularmente — reclamo, deitando no sofá e apoiando a cabeça no braço com um bocejo.

A insônia e a jardinagem pela manhã estão acabando comigo.

— Agora há pouco ela estava sentada aqui embaixo no escuro, sem fazer nada. Sem ver TV nem nada. Menininha estranha.

Considerando minha conversa com Yusef, tento ver as coisas pela perspectiva da Piper. Através dos olhos de uma garotinha, morando com estranhos que não lhe dão atenção, sem ter nenhum amigo da idade dela no mundo. Dou uma olhada na Docinho recém-esculpida no balcão e sorrio.

— Ei, você se divertiu colhendo abóboras? Quer dizer, depois de andar no seu pônei.

Ele estreita os olhos.

— Ela era uma égua de corrida aposentada. E sim, me diverti. O Yusef é bem legal.

Uma lembrança de David e Sammy jogando videogame na nossa sala de estar enquanto eu fazia lição surge em minha mente. Sammy amava o David. Ele ficou bem mal quando a gente terminou, o suficiente para procurar o número do David no celular da nossa mãe e ligar para ele escondido algumas vezes. Isso tornou o fim do nosso namoro complicado.

— Bom. Não se apega demais — deixo escapar.

Ele ri baixinho.

— Posso dizer o mesmo para você.

— Touché... — Dou risada. — Argh. É tão irritante ter um irmão gêmeo mais novo.

Ele aponta para minha cabeça.

— A maionese do seu cabelo está melecando o sofá.

— Merda — balbucio, pulando de pé.

Na última vez que tentei fazer um tratamento com óleo quente, eu dormi vendo *The Great American Baking Show* e o óleo vazou da minha touca de banho, manchando as almofadas. Eu as virei ao contrário e isso tem sido um segredo meu desde então.

— Ei, o que é isso? — Sammy aponta para atrás de mim, franzindo a testa.

— O quê?

— Na sua calça.

Eu deslizo a mão pela lateral do meu corpo antes de olhar, esperando sentir algo molhado, mas em vez disso encontro algo seco, minúsculo... e duro.

Sammy arregala os olhos e ergue as mãos.

— Espera, Mari...

Mas é tarde demais. Eu olho para baixo e vejo os pontos pretos salpicando minha calça. Pinço um deles com as unhas.

— Meu Deus — sussurro antes de puxar a almofada para cima, expondo a mancha de óleo... assim como pontos pretos enfileirados no forro do sofá.

O grito que explode de mim é agonizante. O grito de uma sirene. Sammy cobre os ouvidos quando recuo, tropeçando em Buddy, com meus braços em chamas.

Percevejos. Estamos com percevejos. Percevejos percevejos percevejos...

Sammy se aproxima para investigar.

— NÃO, SAM! Não! — falo, soluçando, esticando o braço para segurá-lo.

Buddy, agitado com meus gritos, começa a choramingar. Sam se curva, pegando um ponto preto, examinando antes de cheirar.

— É café — ele murmura, ficando de pé. — Não é percevejo, é só pó de café. Aqui, cheira!

— NÃO COLOCA ISSO PERTO DA MINHA CARA!

Sammy pula para trás.

— Cara, se acalma!

Corro para a cozinha, me enfiando embaixo da pia para pegar os produtos de limpeza.

Precisamos de sabão, cloro. Acho que o limpador de manchas está na despensa. Ferve a água, Sammy. Precisa estar superquente. Cadê meu secador de cabelo? Não senta na cama, tem que tirar os lençóis. Vou colocar a primeira leva na máquina. Nós temos aqueles sacos de lixo pretos grandes, certo? Vamos colocar os móveis no terraço, vou começar a esfregar. Vai chover? Não acho que vai chover. O céu está limpo. Talvez dê para salvar um colchão, trancar o quarto. E o Bud? Não quero ele brincando com as armadilhas adesivas. Temos que colocá-las nas pernas das camas. Quatro armadilhas, quatro camas, quatro vezes quatro é dezesseis, mas temos que dobrar para trinta e duas para fazer duas camadas. Meu Deus, isso é uma picada? É uma picada!

— Mari? Mari, se acalma. Não são percevejos.

Mas é tarde demais. Estou subindo a escada correndo, arrancando as roupas no caminho. Com o coração acelerado, tiro o lençol da cama, procurando por manchas de sangue.

FATO: Manchas de sangue ou fezes deixadas por percevejos costumam aparecer nos lençóis e na roupa de cama e têm cor de ferrugem.

Sem sinal de sangue. Nem nos lençóis, nem no colchão. Talvez no quarto de Sammy? Ou no da minha mãe? No da Piper? Eles podem estar em qualquer lugar. Em todos os lugares. Uma infestação!

FATO: Ovos de percevejos podem ser difíceis de ver a olho nu, já que são do tamanho de um grão de areia. Procure por ovos desse tamanho com uma cor leitosa.

No andar de baixo, ouço Sammy no telefone.
— Você precisa vir para casa! Ela está tendo uma crise de novo.
Não, mãe. Não vem para casa. Fique longe, estamos infectados. Estou infectada. As roupas de banho, precisamos lavar tudo em água quente, não, não, precisamos ferver água, limpar a vapor, acho que trouxe o aparelho antigo conosco... Espera, o antigo? E se nós trouxemos percevejos de Cali? E se estiveram conosco todo esse tempo?

FATO: Percevejos podem ficar sem comer de vinte a quatrocentos dias, dependendo da temperatura e da umidade.

Percevejos percevejos percevejos eles vão nos seguir para todo lugar! Piper fica parada no batente da porta do quarto dela, me observando.
— Piper! Tira os lençóis da cama — grito, com a garganta seca. — Estamos com percevejos!
Ela não se mexe. Só fica parada ali, com um sorriso convencido estampado no rosto. Como se não estivéssemos sob o ataque de pe-

quenos demônios; nunca vamos nos livrar deles. Nunca nunca nunca nunca nunca! Eles estão se multiplicando, morando nas paredes, nas tomadas, no carpete… nas roupas. Dou uma olhada no corpo, em cada dobra, procurando picadas. Nada, nada. Mas os ovos estão ali, no meu cabelo, invisíveis, microscópicos. Eu sabia! Eu sabia que eles estavam ali! Eu sabia!

Banho. Esfrego a pele com uma bucha nova. Água quente, sabão… e álcool. Pulo da banheira, escorregando no piso molhado. Não posso usar a toalha, pode ter percevejos. Calor. Preciso usar calor. O calor vai acabar com eles. Ligo o secador de cabelo, coloco na maior temperatura e seco todos os pelos dos meus braços e pernas. Minha pele está avermelhada e manchada. Isso é por causa dos percevejos ou do secador? Preciso de outro banho? Passo mais álcool e arde, queima, arde, queima. Não posso colocar roupa nenhuma todas elas estão cobertas por percevejo eles estão em todos os lugares, todos os lugares!

No andar de baixo, a porta da frente bate com força.

— Sammy — minha mãe chama. — Cadê ela?

— Mãe! — grito, descendo correndo. — Mãe! Estamos com percevejos de novo! Eu encontrei no sofá.

Sammy tampa os olhos enquanto minha mãe pega uma coberta da sala de estar.

— Marigold, meu Deus — ela grita, me cobrindo. Minha pele é engolfada em chamas.

— O QUE VOCÊ ESTÁ FAZENDO? — berro, empurrando-a com força. Minha mãe bate na parede atrás, deixando a bolsa cair, chocada.

— Marigold!

— Eu não lavei isso! Pode ter percevejos!

— Você não pode ficar parada aí, pelada!

— Mãe, você não está me ouvindo! — grito, entre soluços engasgados, rosto suado e pele queimando. — Precisamos ligar para a dedetização. Precisamos ir para um hotel, eles precisam usar gás fumegante na casa. Precisamos pulverizar os percevejos até eles morrerem todos!

Tudo pinica. O couro cabeludo sob meu cabelo molhado, minhas pernas, minha barriga, meus braços meus braços meus braços eles estão em toda parte ai meu Deus por favor por favor por favor...

— Eu... eu não consigo respirar. Não consigo respirar! — arquejo. — Não consigo... não consigo.

Os olhos da minha mãe cintilam quando ela me cobre com seus braços.

— Sam, pega a bombinha dela! Vem, querida, vem aqui fora comigo.

Ela coloca a coberta e gentilmente me leva para a varanda dos fundos. O ar frio na minha pele molhada parece um tapa no rosto.

— Vamos, querida, respira — ela diz, devagar e com firmeza. — Isso, só respira.

Os móveis do pátio estão cobertos por folhas que estalam quando sentamos. Minha mãe esfrega minhas costas.

— Mãe, a gente... precisa...

Mas não consigo terminar uma frase sequer. O peso que se instala em meu peito é de uma tonelada.

— Marigold — minha mãe sussurra, segurando meu rosto. — Marigold, você precisa relaxar, querida.

Sammy se apressa para se juntar a nós, com Buddy em seu encalço. Ele me entrega a bombinha e uma garrafa de água. Minha mãe tira seu nécessaire de remédios da bolsa. Depois de quase quarenta e cinco minutos de respirações profundas, consigo sentir o ritmo do meu coração começar a diminuir um pouco.

— Bom, logo mais nós vamos entrar e eu vou te mostrar o que você viu.

— Não — choramingo. — Por favor, não, mãe! Eu não consigo! A gente tem que ir embora.

Minha mãe sorri para Sammy.

— Mas seu irmão se esforçou muito para garantir que você está segura. Por que não vem ver?

Lá dentro, as almofadas e os travesseiros estão espalhados no chão como um tapete enorme e grosso. Minha mãe tenta me levar até lá, mas eu resisto.

— Não não não não não… espera, por favor!

— Olha, Marigold — ela insiste, ligando a lanterna do celular. — Olha a cor deles, o formato. Não são percevejos, querida. O Sammy está certo, é só pó de café.

Pisco sem parar, atônita.

— Café? — repito, como se nunca tivesse ouvido a palavra antes.

Minha mãe fala com calma e racionalmente, até mesmo coloca alguns dos pontinhos na minha mão para que eu examine. Eu cheiro, reconheço o aroma fresco e tropical do pó que ela usa. Não são percevejos. É só café. As lágrimas brotam quando olho para Sam.

— Eu… Me desculpa — balbucio, tremendo, e aperto a mão no peito, ficando dolorosamente consciente de que estou nua por baixo da coberta.

Quantas vezes mais vou traumatizar a infância dele?

— Está tudo bem, querida. Eu também teria surtado — diz minha mãe, me abraçando.

A vergonha toma conta de mim. Não posso acreditar que empurrei minha mãe. Primeiro eu a fiz se mudar por causa do meu vício, por causa da minha ansiedade, e agora eu a agredi fisicamente, depois do tanto que ela já fez por mim. Esse é o fundo do poço? Tem que ser.

— Passamos poucas e boas com esses bichos estúpidos, não foi? — ela diz, abrindo um sorriso carinhoso e secando minhas lágrimas. — Eles com certeza deixaram marcas.

Sammy escova o sofá com uma careta de perplexidade.

— Como que veio parar pó de café… no sofá?

Minha mãe dá de ombros.

— Não sei. Talvez tenha caído um pouco quando peguei para usar como adubo.

— É, mas no sofá? Parece até que alguém enfiou o pó ali embaixo.

Ela suspira.

— Eu não sei, meninos. Mas… foi um acidente. Está tudo bem agora, certo?

Olho para Sammy por cima do ombro, e quando ele ergue as sobrancelhas sei que estamos pensando a mesma coisa.

Piper.

Minha mãe beija minha testa.

— Vou fazer um chá de camomila para você, preparar um bom banho de aveia e te dar um pouco de melatonina para você conseguir dormir bem à noite. Vai te ajudar a relaxar.

A determinação domina de novo minha corrente sanguínea, pois sei que apenas uma coisa vai me ajudar a relaxar.

Yusef é todo sorrisos no corredor ao lado de seu armário, segurando uma rosquinha.

— Cali...

— Agora não — resmungo, passando direto por ele.

Não troquei de roupa, nem escovei os dentes ou arrumei o cabelo. Saí da cama, peguei minha mochila e vim para a escola com as calças do pijama e minhas pantufas UGG. Tenho uma missão: tentar achar a Erika antes da primeira aula. Preciso de maconha. Preciso fumar um bong do tamanho da minha cabeça.

Sinto uma cólica. Eu tomei a pílula ontem? Ou hoje? Não tenho mais alarmes no meu celular. Estou muito surtada. Minhas mãos tremem, suor goteja pelo meu rosto. Não estive mal assim desde... nem lembro desde quando. Mas, se eu não encontrar erva logo, vou precisar de algo mais forte. E prometi para mim mesma que... nunca mais. Falei isso na reabilitação e foi pra valer. Sei que ninguém acredita em mim e não quero dar um motivo para estarem certos. Tudo que sei é que foi Piper que fez isso comigo. Ela sabe qual é a minha maior fraqueza e usou contra mim do jeito mais cruel possível. Não sei como, mas vou me vingar dela.

Quase correndo pelo corredor, vou até o armário de Erika, mas paro assim que ouço a voz dela saindo da secretaria.

— Essa merda não é minha! Ei, você não pode fazer isso!

Através da vidraça arranhada, vejo a Erika ser tirada da sala da assistente da diretora, algemada.

— Porra! Vocês querem ferrar comigo!

Uma multidão se forma ao meu redor. O corredor inteiro do Colégio Kings está paralisado.

— Abram espaço, para trás — ordena um policial, segurando a mochila de Erika em um grande saco plástico de evidência.

Minha língua fica seca e deixo a multidão me engolir enquanto dois policiais carregam Erika, que grita:

— Essa merda não é minha! Vocês sabem disso!

Ela ergue os pés, chutando um armário. A multidão se assusta.

— Erika! — grita Yusef do outro lado do corredor, indo depressa até ela. — O que tá rolando? O que houve?

— Ô, não fui eu! Diz pra eles! Diz pra eles que essa merda não é minha! — Erika grita, chorando, desesperada, deixando o corpo pesado e caindo no chão, os olhos cheios de lágrimas aterrorizadas. Ainda não consigo me mexer.

— O que tá acontecendo? — pergunta uma garota ao meu lado em um cochicho.

— Pegaram ela vendendo drogas — responde outra, rindo com sarcasmo. — Acabaram de fazer uma busca no armário dela.

— Nossa, outra Fisher indo pra Big Ville. Sobrou alguém?

O corredor é um enxame de vozes, respirações quentes e pegajosas, gritando uma sobre a outra, enquanto Erika resiste.

Yusef esfrega a cabeça, aflito e chocado.

— O que eu faço, Erika? Me diz o que fazer!

Um policial puxa Erika para cima com força, batendo a cara dela em um armário.

— Ei! Eu mandei parar com isso! — ele grunhe a centímetros do rosto dela.

São necessárias cinco garotas para impedir que Yusef ataque os policiais. Elas lutam, com os braços em volta do pescoço, do peito e das pernas dele. Tapo a boca, meus pés colados ao chão.

— Parem — grito, mas ninguém consegue me ouvir no meio do coro de berros.

— Sai de cima dela — Yusef dispara.

Erika respira para se acalmar, assentindo e deixando as lágrimas rolarem. O segurança da escola impede os alunos de seguirem enquanto ela é levada pelo corredor em direção à porta principal.

— Yusef, toma conta da minha vó por mim, irmão! Cuida dela. Fala pra ela que não era minha!

A volta do colégio é sombria e fria, o dia um borrão. Fui para as minhas aulas, mas não lembro de muito mais do que sair de uma sala para outra. Não abri um livro ou peguei uma caneta enquanto o mesmo pensamento ficava se repetindo: ela sabia que eu estava lá? Ela me viu antes de ser levada para a cadeia?

Até mesmo a frase soava estranha na minha mente: Erika está na cadeia.

Foi uma sensação estranha de déjà vu, assistir ao segurança fazer uma busca no armário dela, revirar suas coisas, jogando-as no lixo como se não esperassem que ela voltasse. Me lembrou de quando fizeram uma inspeção no meu armário. Não encontraram nada, mas isso não fez com que eu me sentisse menos criminosa. Tento me colocar no lugar de Erika. Eu teria que ser arrastada para fora da escola, chutando e gritando? Fico mal só de pensar nisso.

Yusef saiu mais cedo do colégio, provavelmente para ver como estava a avó de Erika. A pobre senhora, totalmente sozinha agora. Isso não faz sentido. Foi a Erika que me contou sobre as Leis Sterling. Ela as conhecia de trás para frente, como se fossem as palavras de sua música predileta. Não tem a menor chance de ela ter feito algo tão imprudente.

A não ser... que eles tenham plantado algo ali. Mas por quê?

Uma fagulha se acende em mim. Minha mãe cobriu casos de crimes cometidos por menores de idade no *LA Times*. Ela conhece advogados, conhece o sistema. Talvez possa recomendar alguém. Ajudar Erika com a fiança ou algo assim.

Saio correndo com minhas pantufas, ansiosa para chegar em casa e explicar tudo para minha mãe. Mas, assim que entro em casa, dou de cara com a pior recepção possível.

— Ah! Marigold. Que maravilha te ver!

O sr. Sterling deve ter um milhão de ternos pretos e cinza novos em folha no armário. Ele está parado perto da ilha da cozinha, colocando a caneca de café no balcão.

— Oi?

Que merda ele está fazendo aqui?

— Oi, querida. Você está bem?

A voz da minha mãe está... estranha. Por que ela está nervosa?

— Hm, tudo bem. Por quê?

Ela lança um olhar inquieto para o sr. Sterling, depois sorri.

— Bom... hm. Ouvi sobre o que aconteceu com sua amiga na escola hoje. Erika?

Merda.

— Ah — murmuro, tirando o sapato e tentando encontrar algo para fazer com as mãos.

O sr. Sterling sorri, olhando para nós duas.

— É, uma pena, não é? Uma jovem tão adorável, com um futuro brilhante e promissor. Que pena que ela se envolveu com um pessoal errado. Assim que soube, decidi passar aqui em pessoa e ver como estava a família Anderson-Green. Sinto como se fossem minha responsabilidade, já que fui eu quem os convenci a se mudarem para nossa bela cidade.

— O senhor não precisava ter feito isso, de verdade — minha mãe diz, encabulada.

— Não, não, eu insisto. Só quero garantir para vocês que esse tipo de incidente não vai acontecer de novo. — Ele olha diretamente para mim, com os olhos sombrios e o sorriso brilhante. — Bom, a não ser que alguém comece a xeretar em lugares onde não deve. Aí a pessoa pode acabar com muitos problemas e acabar prejudicando os outros por atitudes tão imprudentes.

Minha garganta fecha, tanto que mal consigo engolir em seco.

Ele sabe!

— Bom, vou indo! Minha esposa está fazendo seu famoso frango assado. Famoso porque ela compra pronto. — Ele ri da própria piada e acena com a cabeça para mim. — Boa sorte. Cuidem-se.

Ele passa pela porta, com minha mãe atrás, e eles conversam em cochichos na varanda.

Algo sombrio paira no ar por causa das palavras que não foram ditas. Ainda espantada, fico parada no corredor antes de ir até a sala de estar.

Ele sabe! Mas como? Tem microfones plantados pela casa? Ele grampeou nossos celulares?

Ainda assustada demais para sentar no sofá, ando de um lado para outro no cômodo, com Buddy me seguindo. Queria maconha para me ajudar a pensar, para tranquilizar as vozes em pânico que se espalham por minha mente. O jardim secreto... preciso cuidar dele, o que não deveria ser uma prioridade, mas com a Erika presa, é meu último recurso. Não posso confiar em mais ninguém.

Olho as horas no aparelho da TV a cabo, dando de cara com a etiqueta do modem, e arfo. Atravesso a sala correndo para pegar o aparelho... Sedum Cable.

Puta merda. Estão monitorando nosso Wi-Fi! E Erika... Ai, meu Deus. É tudo culpa minha!

Coloco a mão trêmula sobre os lábios, prendendo um grito. Eles a levaram por minha causa, por eu ter xeretado, por algo que fiz.

Minha mãe entra na sala com uma expressão que sugere que estou encrencada. Coloco o modem no lugar.

— Pedi para Alec sair mais cedo para buscar o Sammy e a Piper — ela diz, com a voz inflexível. — Estamos só eu e você aqui.

— Está bem...

— E quero que você me diga a verdade.

Franzo a testa.

— A verdade sobre o quê?

Ela entra no escritório e sai de lá com um coletor de urina. Minha boca fica seca.

— Sério mesmo?

Ela tem ideia do dia que eu tive?

— Erika estava vendendo drogas — minha mãe dispara, como se me desafiasse a dizer que está errada. — Você sabia, e foi só por isso que ficou amiga dela. Não tem outro motivo.

Essa é uma verdade tão aguda que cria uma nova camada de culpa em mim que eu não esperava sentir tão cedo.

— Mãe...

— Falamos sobre isso no grupo de apoio, lembra? Isso é o vício controlando o que você acha que é certo e errado.

Cruzo os braços para me firmar. Ouvir *grupo de apoio* me leva de volta para as reuniões de quarta-feira no porão da igreja. Lembranças que tento muito bloquear.

— Mas eu estou limpa — digo, com a voz falhando.

E é verdade. Bom, mais ou menos.

Minha mãe respira fundo.

— Marigold, eu te amo, mas também te conheço. E com as crianças... não podemos ter outro incidente como o da Califórnia. Não vou fazer o Sammy passar por isso. De novo.

Usar o Sammy... foi golpe baixo. Mas não posso discutir. É isso o que acontece quando se tem uma overdose. Todo mundo perde a confiança em você, e parece impossível reconquistar.

Com um suspiro, pego o copinho e vou para o banheiro. O teste vai dar negativo, mas só pensar que minha mãe achou necessário me mandar fazer isso me machuca mais do que uma faca, me queimando viva.

Dezessete

O clube de jardinagem garantiu outra doação para o projeto de embelezamento de Maplewood. Hoje estamos plantando crisântemos laranja na escola primária, por causa do Halloween. A dona Floresta disse que era para inspirar as crianças a pedirem doces. O clube respondeu apenas com silêncio.

Yusef ataca o pedaço de terra com sua picareta, desenraizando e cortando qualquer coisa em seu caminho. Eu sigo com um saco grande, coletando o lixo e as ervas daninhas. Ele trabalha depressa, tentando abrir sozinho um buraco até o centro da Terra. Ele acerta uma pedra que está enterrada bem fundo. A picareta ressoa como um sino, forçando Yusef a parar e prender a respiração.

— Você está bem? — pergunto, finalmente.

— Ah, tudo certinho — ele diz, com um riso triste. — A não ser por minha mãe, meu pai, meu irmão e agora a Eri estarem todos em Big Ville e eu só estar... aqui.

— Sinto muito, Yuey.

E é verdade. Eu sinto tanto por ele. Mas ainda mais pela Eri. Minha mãe está certa, só viro amiga das pessoas para conseguir o que quero, o que preciso. Yusef por suas ferramentas, Erika pela maconha.

Yusef abre um sorriso.

— Falei pra você não me chamar assim.

— É, mas sinto a necessidade de ocupar o lugar da Erika. Não que eu seja capaz.

— Não precisa fazer isso. Gosto de você sendo quem você é.

Ele abre um sorriso travesso e charmoso. Não mais sentindo que mereço sua gentileza, eu viro. Isso é tudo minha culpa. Eu fiz uma amiga perder a liberdade. Mas não posso contar para Yusef. Sabendo do que a Fundação Sterling é capaz, sabe-se lá o que eles fariam. Não vou arriscar a vida dele também.

— Valeu a tentativa — murmuro, enfiando mais lixo no saco.

Ele se agacha para arrancar um punhado de erva-de-santiago e balança a cabeça.

— Ela nunca levaria aquela merda pra escola. Eu conheço a Eri minha vida inteira; ela não faria algo tão burro. — Ele suspira. — Plantaram aquilo no armário dela. Tenho certeza. Mas não posso provar.

Estou quase me afogando em culpa, pronta para vomitar qualquer coisa que alivie a pressão.

— Minha mãe acha que ainda sou uma viciada — digo, jogando mais lixo no saco.

Yusef congela, o pescoço esticado na minha direção. Para ser justa, ele tenta ao máximo mascarar sua surpresa, mas sei que essa revelação foi como uma marretada no retrato de mim que ele pintava em sua mente.

— Bom... e é? — ele pergunta em um tom moderado.

— Eu não toco em um comprimido de oxi há meses, e não planejo fazer isso. O problema é que ninguém acredita em mim.

Ele levanta, tirando as luvas de jardinagem, e limpa a camiseta.

— Talvez poque você continue mentindo, até pra si mesma.

Faço uma careta.

— Cara, eu estou bem. Eu mudei, sério, mas maconha, maconha é só uma planta. Tipo, terapia medicinal. Nem é tão perigoso.

— Mas você já tentou ficar limpa de tudo, de verdade?

— Não é tão simples assim — digo, aflita. — Eu tenho umas crises esquisitas, e a medicação que usava para combater isso lá na Califórnia... só deixava meu cérebro um lixo, superconfuso e nebuloso.

— E a maconha faz o seu cérebro ser um lixo cheio de mentiras, se precisa fumar escondida.

Não foi intencional, mas ser chamada de lixo é amargo o suficiente para me fazer tremer.

— A maconha... só me estabiliza mesmo — começo a dizer, tentando encontrar uma forma de explicar o que parece tão difícil de colocar em palavras. — De um jeito, tipo, muito melhor do que os remédios. Eu tenho muita ansiedade, de verdade. E se fosse legalizada...

— Mas não é! — ele grita. — E ansiedade? Que motivo você tem pra ficar ansiosa? Você tem seus pais, com empregos grã-finos, comida na geladeira, uma casa que ganhou de graça... Ninguém por aqui tem a vida fácil que nem você! Eles têm motivos de verdade pra se drogar.

Estreito os olhos, cuspindo chamas.

— Yusef, "eu tenho ansiedade" é uma explicação completa. Eu não tenho que te dar motivo nenhum.

Nós nos encaramos até que a raiva começa a se dissipar dos olhos dele.

— Verdade. Foi mal.

Tirando a vontade de enfiar o rosto dele na terra, estou bem orgulhosa de ter me defendido, exatamente como meu guru me ensinou. Ansiedade é algo real. Eu não seria desse jeito só para fazer graça.

Yusef suspira.

— Olha, eu te entendo e tudo mais, mas essa merda fez minha família inteira ser presa. Minha vizinhança inteira sumiu do nada. O pessoal ainda tá na merda. A gente perdeu tudo, e não posso te perder também, porque gosto de você!

Cabeças se voltam depressa para nós, o clube de jardinagem inteiro está prestando atenção. Fico de queixo caído e na mesma hora viro, tentando encontrar algo que fazer com as mãos para aquietar o momento absurdamente constrangedor.

— Ah, eu... hm...

— Ah, quer dizer, não é gostar, gostar. Quer dizer, você é bonita e tudo, mas... — Ele respira fundo. — Tá, isso vai soar... estranho.

Dou uma risadinha.

— Estranho? Na cidade de Estranhópolis? Só quero ver.

— Você é, tipo, a primeira garota normal que é minha amiga de verdade. Bom, além da Eri, e ela não conta.

— Vou contar para ela que você disse isso — falo, rindo.

Ele abre um sorrisinho, esfregando a nuca.

— É só que... todas as garotas daqui querem alguma coisa.

— Rá! Cara, nem um pouco metido, você, hein?

— Que nada, tô falando sério — ele diz, parecendo magoado. — Você sabe como as coisas ficaram aqui depois das Leis Sterling. Quinze mulheres para cada homem. Não posso nem olhar para uma garota por mais de dez segundos que ela já acha que tá rolando alguma coisa. Teve garota por aí dizendo até que estava grávida, para me prender, sendo que isso é simplesmente impossível.

— Bom, qualquer coisa é possível, especialmente se estiver transando! — falo, rindo. — A não ser que você não transe; aí seria impossível mesmo.

Yusef vira, agarrando a picareta. Eu inclino a cabeça para o lado.

— Espera, está mesmo me dizendo que é virgem?

Ele dá de ombros, sem me olhar nos olhos.

— Tipo, com tantas garotas... Cara, você está literalmente sentado em uma mina de ouro com suas bolas doendo! Se dê um mimo! Ninguém te culparia. O que te impede?

Ele dá de ombros.

— Sei lá. Quero esperar. Por alguém especial.

— É, até parece! Conheço caras que matariam para estar no seu lugar.

Ele me encara.

— Cali, nem todos os caras são iguais. Vai por mim.

Trabalhamos em silêncio por um tempo, e a sensação é boa, de apenas mexer na terra, sem pensar em escola, Erika, Piper, a Fundação Sterling, ou nossa casa bizarra para caramba... até que olho para o relógio.

— Droga. Tenho que ir! Preciso passar na biblioteca antes que feche para terminar meu trabalho de literatura para amanhã.

— Você não tem computador? — ele pergunta, confuso de verdade.

— Tenho, ou tinha. — Deixo uma risada delirante escapar. — Mas parece que a dona Dulce não gosta de tecnologia.

Tiro as luvas de jardinagem e jogo na mochila com um bocejo. A semana de noites sem dormir está me afetando. Viro para me despedir e encontro Yusef paralisado, com a boca aberta e os olhos esbugalhados.

— O... o que você acabou de dizer? — ele pergunta, sem fôlego.

— Hã? O que eu fiz?

Ele engole em seco, se aproximando de mim e sussurrando:

— Como... você sabe da dona Dulce?

Uma sensação horrível invade meu peito.

— Eu? Não, como *você* sabe da dona Dulce?

— Shhhh! Fala baixo! — ele cochicha, olhando em volta.

Yusef segura meu cotovelo e me leva na direção da esquina, longe o bastante para o restante do grupo não nos ouvir.

— Quem te contou sobre a dona Dulce?

— Cara, eu estava brincando. É só uma amiga imaginária que a Piper inventou para culpar pelas merdas que ela fala.

Yusef ergue o punho até a boca.

— Ah, merda. Eu tava só te zoando antes, com o negócio da Bruxa e tal. Mas agora... agora...

Ele está pálido, e o que quer que tenha comido no almoço está ameaçando subir.

— Yusef... o que está havendo? — pergunto, com cautela. — Como você sabe da dona Dulce?

Ele encara o chão, como um gato atrás de um brinquedo.

— Bom... talvez ela tenha ouvido falar disso em algum lugar. Talvez?

— Você pode me dizer que porra está acontecendo?!

— Shhhh! Está bem. Só que... não aqui. Vamos lá em casa. Preciso te mostrar uma coisa.

O quarto de Yusef está mais limpo do que me lembro, mas a música segue alta. Fico longe da cama de madeira.

— Conhece essa? — Yusef aumenta o volume da música, sorrindo. *Hail Mary*, do Tupac.

Estreito os olhos.

— Para de enrolar. Me conta. Como você sabe sobre a dona Dulce?

Ele suspira e abaixa a música.

— Tá bom, eu vou te contar... mas, cacete, Cali. Você não pode contar isso pra ninguém, tá? Tipo, nem pros seus pais.

Faço que sim, séria.

— Tudo bem.

Ele aumenta a música de novo.

— Vamos. Me segue, mas em silêncio.

Nós saímos de fininho do quarto dele, atravessando o corredor na ponta dos pés. Consigo ver a parte de trás da cabeça do vovô em sua poltrona, assistindo a alguma coisa na televisão. Yusef abre bem devagar a primeira porta à direita e me manda entrar em um quarto apertado com paredes azul-bebê e cheiro de cera de sapato misturada com loção pós--barba. Uma cama hospitalar de solteiro fica no meio do quarto, e eu tropeço em um par de mocassins ortopédico e bato em um andador.

É o quarto do vovô. O que estamos fazendo aqui?

Em uma mesa de cabeceira estreita está um porta-retratos, com uma foto antiga de um jovem casal negro, posando na frente da casa de Yusef. Devem ser os avós dele. Na cômoda está uma daquelas câmeras clássicas, do tipo que precisa colocar filme dentro e mandar revelar.

— Aqui — Yusef diz em voz baixa, parado ao lado de uma parede com antigas fotos em preto e branco emolduradas, parecidas com as do corredor.

Mas essas não são só de pessoas; são casas, prédios e silhuetas de cidades. O vovô deve ter fotografado tudo isso quando era mais jovem. Yusef aponta para uma foto grande de uma rua bonitinha, com lindos casarões antigos dos dois lados.

— Essa é a Maple Street. Sua Maple Street.

Eu fico espantada de verdade.

— O quê? Sem chance — falo, rindo e me inclinando para procurar nossa casa, a terceira à direita. — Uau!

Yusef toca a foto com o dedo.

— As casas do seu quarteirão eram propriedades da família Peoples, Joe Peoples e Carmen Peoples. Eles tinham cinco filhos: Junior, Red, Norma, Ketch e Jon Jon. O sr. Peoples era um carpinteiro que amava uma jogatina. Até que um dia ele ganhou na loteria de verdade, o que não acontece, tipo, nunca com o pessoal daqui. Com todo esse dinheiro, ele comprou uma casa para cada um dos filhos na Maple Street e comprou uma confeitaria para a sra. Peoples na frente da biblioteca. O povo chamava de Loja Dulce.

Ele respira fundo, apontando para outra foto. Uma jovem negra, baixinha, com cabelo preto, comprido e cheio, parada na frente da loja, com um avental amarrotado, as mãos no quadril e um sorriso largo e orgulhoso.

Dona Dulce...

— Não — arfo, recuando.

Yusef assente.

— Ela era conhecida por fazer uma das melhores tortas do estado.

— O... o que aconteceu com eles?

Ele respira fundo.

— Dizem que o sr. Peoples morreu em um acidente de carro esquisito. Depois que ele faleceu, vários corretores imobiliários brancos fizeram fila pra comprar as casas da dona Dulce, mas ela recusou. Um por um, três dos filhos dos Peoples acabaram morrendo em algum tipo de acidente estranho. Logo... começaram todos esses boatos de que na verdade a família tinha conseguido o dinheiro vendendo drogas e de que o filho mais novo, Jon Jon, ficava andando por aí, entrando na casa dos outros e mexendo com criancinhas. O povo parou de ir na doceria. A vizinhança virou a cara pra dona Dulce. Então, depois da Noite do Diabo, depois de encontrarem Seth Reed... algumas pessoas da região... prenderam Jon Jon em casa e botaram fogo. A dona Dulce, que morava ao lado, entrou correndo pra salvar o filho. Os dois nunca saíram. Queimados vivos na casa... bem ao lado da sua.

Meus joelhos cedem e eu caio para trás, na cama do vovô, antes de levantar depressa, limpando a calça jeans.

— Merda — balbucio. — A casa tapada com tábuas!

Yusef tem dificuldade de continuar com a história.

— Mas... parece que as crianças estavam todas mentindo. Disseram que uns mafiosos dos Russo pagaram pra inventar essa história. Jon Jon nunca encostou em nenhuma das crianças. Mas era tarde demais. O estrago já estava feito.

— Isso é loucura! Eles não podiam simplesmen... espera, você disse "Russo"?

— É. Eles mandavam na cidade.

Ainda mandam, penso. Droga, isso é um pesadelo de verdade.

— Então, ninguém foi à polícia e contou que as crianças estavam mentindo?

Ele balançou a cabeça.

— Se alguém tivesse feito isso... todos daqui acabariam em Big Ville. Então... fizeram um pacto de silêncio. As pessoas vão levar o que sabem pra cova. Eu só sei... bom, por causa do... vovô.

Fico atônita, e a ficha começa a cair.

— Não. Cara... o seu avô não fez isso.

Yusef se apressa em explicar.

— Ele achava que estava fazendo a coisa certa, sabe? Que estava protegendo as crianças!

Com a informação me corroendo, seguro o choro. Aquela pobre família. Yusef vai para o outro lado do quarto.

— Enfim, depois do incêndio, eles fecharam a casa com tábuas, para que ficasse igual às outras e ninguém nunca descobrisse.

Fico boquiaberta.

— Ai, meu Deus — digo, arfando. Fecho os olhos com força e penso no que Erika disse. Sobre os corpos ainda estarem nas casas, deixados lá para sempre, para apodrecerem.

— As pessoas têm tentado aliviar a dor da culpa pelo que fizeram desde então... como podem.

Drogas. Era isso que ele queria dizer. Foi por isso que essa área sofreu tanto. E, mesmo depois de tudo aquilo, a maioria do povo de Wood ainda está em Big Ville.

Sem palavras, eu tento organizar as ideias, porque precisa haver uma explicação sensata para Piper saber tudo isso.

— Alguém na escola deve ter falado para Piper sobre a dona Dulce.

— Talvez. — Ele dá de ombros. — Mas... dizem que a dona Dulce tem assombrado todas as casas da Maple Street desde então. Que ela ficou tão brava por perder a família que se tornou a Bruxa. E, se falar mal dela ou dos filhos, a velha te assombra em sonhos. Ninguém nem passa naquela rua de tantos corpos que foram encontrados durante os anos. As pessoas morrem de medo. Cali, se a dona Dulce tá mesmo assombrando sua casa, você precisa ter cuidado. Ela quer sangue.

— *"E será que, se diligentemente obedecerdes a meus mandamentos que hoje vos ordeno, de amar ao Senhor vosso Deus, e de o servir de todo o vosso coração e de toda a vossa alma, então darei a chuva da vossa terra a seu tempo, a temporã e a serôdia, para que recolhais o vosso grão, e o vosso mosto e o vosso azeite. E darei erva no teu campo aos teus animais, e comerás, e fartar-te-ás." Deuteronômio, capítulo 11, versículo 13-15. Veja, diz bem aqui os planos do Senhor de fazer o bem com suas promessas de milagres. Ele manda anjos em forma de prefeitos, governadores, para te proteger do pecado, para que tu possas viver uma vida de prosperidade.*

Vamos para a sala de estar; ainda estou atordoada. A ideia de estar morando em uma casa com uma história tão trágica, bem ao lado de uma que ainda tem cadáveres, me dá vontade de vomitar. Parte de mim quer sair correndo para os braços da minha mãe. Isso deveria ser motivo o suficiente para nos mudarmos. Mas fiz uma promessa a Yusef de não contar para ninguém. Falar só mandaria mais pessoas para a cadeia. E eu ainda não confessei o que tenho a ver com a prisão de Erika.

— *Tu sempre terás o fruto do que plantaste pela vontade do Senhor. O que semeou, deverás colher. Aqueles que não seguem a vontade do Senhor colherão o que semearam. Por isso, se ligares agora, eu te mandarei essas sementes sagradas ungidas...*

O vovô está com um telefone sem fio, sua voz suave e animada de um jeito que nunca ouvi antes.

— Ahhh, sim, aqui é o sr. Brown pai. Estou ligando para fazer o pedido desta semana.

Ficamos parados atrás dele, ouvindo-o pedir cinco pacotes das sementes milagrosas de Scott Clark, enquanto a propaganda continua gritando.

— Por que você deixa seu avô gastar a aposentadoria nessas sementes bestas? — pergunto, sussurrando.

Yusef dá de ombros, pegando dois refrigerantes na geladeira.

— Ele tá velho. A gente deixa ele fazer o que quer. Além disso, ele faz isso há anos.

— Nem acredito que em todos esses anos ninguém conseguiu fazer a semente crescer. Esse homem está dando um golpe enorme em Cedarville e o FBI ainda não prendeu o filho da mãe.

Ele dá um gole na bebida, encarando o vovô.

— Ele acha que as sementes não crescem por causa do que ele fez. Então... passou a vida inteira tentando ajudar outras pessoas a cultivarem as sementes, a conseguir seus milagres.

Balanço a cabeça.

— Scott Clark está enganando as pessoas e tirando dinheiro delas. Mas como ele espera que alguém colha se não dá para semear essas sementes falsas? É muita bobagem.

Yusef suspira.

— A verdade é que o solo aqui tá estragado, sempre esteve. — Ele me encara. — E não dá pra crescer onde não te querem.

Tum.

Tum.

Tum.

Algo pesado atinge o teto em cima de mim.

Mas isso é impossível, porque não tem nada lá em cima. Nada além do telhado.

Tum tum ba-tum.

Lá está de novo. Como se um grande saco de arroz tivesse caído.

Ou um corpo...

Olho para cima, querendo que meus olhos vejam através da argamassa, e percebo que estou tentando mexer os braços esse tempo todo e não consigo.

Mexe, ordeno aos meus membros, mas eles resistem. É como se meu corpo estivesse dormindo, enquanto minha mente está totalmente acordada. Algo está me pressionando no colchão, impedindo cada vez mais que eu me solte e me mexa.

Pelo canto dos olhos, consigo ver um brilho fraco alaranjado vindo da janela. O brilho fica mais forte, crescendo, iluminando o quarto escuro.

É aí que a vejo. Parada no canto do quarto, vestindo seu avental, o cabelo em bobes, as mãos sujas de farinha, os braços queimados, baba escorrendo dos lábios.

Abro a boca, mas não sai nada. Meus pulmões são blocos de cimento. Fumaça entra pela janela aberta.

Tum. Tum.

Ela se inclina para a frente, com um olhar feroz. A luz laranja fica mais forte, mostrando o rosto dela. E não é baba escorrendo de seus lábios. É sangue. Pinga no chão bem ao lado dos seus pés descalços. Meu estômago revira, a ânsia de vômito tensionando os músculos do meu pescoço, mas ainda não consigo me mexer. Ela joga o braço molenga sobre o peito, acertando o outro braço queimado, e puxa a pele morta como se fosse uma banana, expondo os músculos sangrentos.

A Bruxa! Ela está aqui! E ela quer meu corpo.

Como se lesse meus pensamentos, ela ajeita a postura, e ouço cada osso de sua coluna estalando.

— Fogo! — Alec grita, passos apressados descendo a escada. — Todo mundo pra fora!

Espera. É a voz dele mesmo. Isso não é um sonho!

— Marigold, depressa — chama minha mãe enquanto passos ecoam pelo corredor.

Eles estão me deixando aqui. Não sabem que não consigo me mexer! Não consigo me mexer, não consigo me mexer. Eu estou... paralisada. Presa. Capturada.

Tum tum. O quarto fica mais claro.

O fedor da Bruxa misturado com a fumaça pesada faz os meus olhos arderem, e estou com medo de me engasgar com meu próprio vômito antes de ela me matar. A Bruxa dá um passo, com o pé coberto por fuligem preta.

— Socorro — grito, mas sai como um gargarejo estrangulado.

Outro passo. Ela tem dificuldade para andar, mas segue determinada a me pegar.

Mordo a língua, segurando a respiração até ficar azul. Ela dá outro passo. O incêndio ao lado está chegando em nossa casa, atingindo o telhado. A fumaça é sufocante.

Com o coração disparado, eu me concentro em mexer um braço, fazendo força, contraindo cada órgão. Se eu simplesmente conseguir me libertar, então posso...

Tum tum. TUM!

Um suspiro doloroso pula da minha boca. Eu tusso e puxo o ar com força. A pressão alivia, meus membros agora livres, então me jogo da cama e caio de cara no chão.

Corre! Você precisa correr!

Mas, assim que olho para cima... ela desapareceu. O quarto está escuro e frio.

Tum tum.

Arfando, eu cambaleio, com as pernas parecendo gelatina, e me forço a ir até a janela. A casa ao lado ainda está bem tapada... e sem fogo. A árvore gigante que separa nossas propriedades assoma sobre nós; um galho solto enroscado por trepadeiras balança como uma cenoura, dançando no nosso telhado. Ele deve ter se partido com o vento.

— Merda — resmungo.

Buddy marcha para o andar de baixo e vai para a cozinha comigo. Encho a chaleira e ligo o fogão. Não faz sentido tentar dormir depois de tudo isso. A cafeína não é a melhor cura para o pânico, mas nunca mais quero fechar os olhos. Se aquilo fosse real, eu poderia ter morrido em um incêndio. Preciso encontrar um jeito de controlar essas paralisias do sono.

Coloco o café instantâneo, o açúcar, o leite de amêndoas e minha caneca favorita no balcão. Com alguns minutos para matar antes de a água ferver, dou uma volta pelo primeiro andar, observando a casa como se fosse a primeira vez, massageando as têmporas e tentando tirar o rosto da dona Dulce da minha mente. O sonho foi tão vívido. Parecia que eu estava nadando em lama, com gravetos e galhos presos na minha garganta. Eu poderia ter morrido...

Para, Mari! Ela não é real! Isso tudo é estresse!

Na porta, dou uma espiada pela cortina. A Docinho sorri para mim de seu lugar na varanda. E, ao longe, uma picape escura está estacionada de novo no mesmo lugar. Longe e encoberta demais por sombras para eu ver a placa. Vou até a sala, procurando um ângulo melhor, mas... por que eu deveria fingir não ver esse babaca? Quem quer que seja deveria saber que ficar vigiando a casa dos outros que nem um psicopata não é legal. Além do mais, depois daquele pesadelo terrível, já estou de saco cheio de bizarrices.

Abro a porta com tudo e saio correndo para a rua. A picape liga os faróis, ferindo minha vista, então faz o retorno cantando pneus e se afasta rápido. Rápido demais para eu correr atrás usando chinelos.

— Porra! — grito, na esquina, ofegante e com o coração acelerado.

Perdi o carro. Yusef diz que ninguém vem para cá, mas esse babaca não tem problemas em fazer isso.

Vejo uma sombra à esquerda. Alguém acabou de se esconder atrás do jardim secreto. Ou eu acho que era alguém. Os arbustos estão tampando minha visão. Pode ter sido só uma sombra aleatória. Ou talvez...

— Olá? — chamo, em pânico.

Insetos ressoam. Uma brisa agita a copa das árvores, folhas caem sobre mim. Eu me assusto quando uma delas encosta no meu ombro e corro de volta para casa.

Buddy choraminga na varanda, desacostumado a estar do lado de fora sem a guia. Seguro sua coleira e o puxo para dentro de casa, depois fecho a porta.

Aqui dentro está silencioso. Levo um momento para compreender que estou parada no escuro. As luzes... elas estavam acesas quando saí. Se alguém daqui as apagou, a pessoa não teria se perguntado por que eu estava correndo pela rua no meio da noite?

Lentamente, avanço pelo corredor e acendo o interruptor. O fogão está desligado. A chaleira não assoviou, nem chegou a ferver. O café instantâneo, o leite e o açúcar que eu tinha pegado sumiram.

E minha caneca agora está bem no meio do chão da cozinha.

Dezoito

Tudo bem. Talvez, então, eu esteja no meio de um filme de terror superclichê. Eu já vi milhares com Sammy e conheço bem o padrão. Temos todos os elementos básicos: família se muda para uma cidade nova e vai morar em uma casa misteriosa com um passado obscuro.

Mas algo não parece certo; é como se a fórmula estivesse... diferente. A esta altura, deveríamos ter visto uma cadeira levitando ou pelo menos ouvido uma criança morta rindo pelas paredes. No geral, nada escandaloso aconteceu.

Bom, exceto por aquele incidente todo com a porta do porão. E a mão enrugada no chuveiro. E as luzes se apagando. E minha caneca...

Não acredito que estou prestes a fazer isso.

Digitando no celular, começo minha pesquisa. Não é que eu não acredite em fantasmas; tenho certeza que eles existem. Mas não vou correndo falar isso para outras pessoas. Especialmente quando já pensam que sou louca, vendo percevejos em todo canto. Isso só vai piorar tudo.

Do lado de fora, a chuva cai com força. Conferi várias vezes se estamos no meio de um furacão, considerando o vento sacolejando as árvores.

— Ei, Sammy — grito na direção da porta. — Você pode pegar as lanternas? Só para garantir.

Minha mãe e Alec saíram com o sr. Sterling e a esposa dele — sugestão de Alec —, me deixando em casa de babá de novo. Piper não saiu do quarto a noite inteira, e Sammy descobriu alguma série nova na Netflix, se recusando a sair do sofá.

Mas, no meu quarto, enrolada em um cobertor pesado, jogo no Google: "Como saber se sua casa é assombrada". Se tivessem me dito três meses atrás que eu estaria me mudando para o Meio-Oeste e pesquisando assombrações em uma noite escura de tempestade... eu teria pedido um pouco da erva que a pessoa devia estar fumando, porque ia querer ficar igualmente chapada. Mas cá estamos nós!

O primeiro artigo: "Seis indícios de que sua casa pode ser assombrada".

1. BARULHOS E CHEIROS INEXPLICÁVEIS

Bom. Definitivamente temos isso. Aquele fedor estranho não está vindo só do porão. Sentimos no segundo andar também. Continuo lendo.

2. OBJETOS INANIMADOS SE MEXENDO

Portas abrindo e batendo sozinhas, os armários da cozinha...

Respiro fundo e coço o braço. Tudo bem, dois de seis.

3. LUGARES EXTREMAMENTE FRIOS OU QUENTES

Hm. Bom, não é tão extremo assim, mas... estou sempre com frio aqui, então como eu saberia a diferença? Não dá para levar em conta.

4. ANIMAIS COM COMPORTAMENTO ESTRANHO

Olho para o canto da cama em que Buddy sempre fica, agora vazio já que ele está no sofá com Sammy. Buddy tem agido de forma estranha desde que nos mudamos para cá. Os latidos, choramingos, encarando o nada...

Três de seis. Podia ser pior.

— Mari! Mari! — Sammy grita lá de baixo.

Ele provavelmente não está encontrando as lanternas.

— Espera, um segundo — respondo, e continuo lendo.

5. SENSAÇÃO DE SER OBSERVADO, TOCADO OU ATÉ MESMO AGREDIDO FISICAMENTE

Sim, não e... não. Além do meu orgulho, não teve ferimento físico. E até eu mesma admito que minha paranoia pode ser um pouco... intensa.

6. PROBLEMAS ELÉTRICOS

Meu sangue congela quando lembro da noite em que fui até a praia com Yusef e Erika. O jeito que todas as luzes se apagaram. Eu considerei que era só uma falha elétrica. Ainda pode ser.

Neste exato momento, as luzes piscam e escuto um chiado de estática.

Tudo bem. Então, talveeeeeez... nossa casa seja assombrada.

Respirando fundo, abro uma nova aba para pesquisar: "O que fazer se sua casa for assombrada?". Passando os olhos por um artigo, fico presa em uma frase...

Se não for utilizada corretamente, a sálvia pode irritar os espíritos. Você pode até mesmo causar mais atividade. Aja com cautela.

Merda.

— Mari! Mari, vem cá! Rápido! — berra Sammy.

O que ele quer agora? E, droga, por que está tão frio aqui? O aquecedor quebrou?

— Mari, você está vindo? Depressa!

— Estou indo, espera! — resmungo, bloqueando a tela do celular.

A chuva ruge lá fora, batendo nas janelas. Sammy está com todas as luzes da casa acesas, o que ele faz quando está com medo mas não quer admitir. Dou uma risada e sigo pelo corredor.

— Fala. O que foi?

Mas o primeiro andar está vazio. A televisão está ligada, o episódio cinco ainda está passando, e Sammy... não está em nenhum lugar. Também não vejo sinal do Buddy. Eles não podem ter subido sem eu perceber. Essa escada gritaria até se uma formiga subisse. Ele definitivamente me chamou daqui de baixo... embora tenha soado bem longe. Mais longe do que o normal. Desligo a televisão e observo a sala.

— Sam?

Silêncio. O tipo de silêncio que parece pesado e carregado. No sofá, um pote de pipoca está virado de cabeça para baixo, os grãos espalhados pelo tecido e a manta ainda morna. Sinto um frio subir pela nuca quando um trovão faz as portas de vidro dos armários tremerem.

Tem alguma coisa errada.

— Sam — chamo, mais alto desta vez, batendo as mãos nos bolsos para procurar o celular que ficou lá em cima, carregando.

Talvez ele tenha levado o Buddy para passear? O que não faz nenhum sentido, mas nada tem feito sentido ultimamente. Um relâmpago estala lá fora, as janelas dos fundos estão como espelhos escuros refletindo a casa imóvel: uma chaleira de prata no fogão a gás, frigideiras penduradas de uma prateleira no teto, uma cesta de metal na mesa com maçãs bem vermelhinhas, banhadas em uma iluminação cálida. Com o coração disparado, eu me aproximo do meu reflexo na porta do terraço, com as mãos em cima dos olhos para enxergar a escuridão lá fora. As árvores balançam violentamente no vento em uma dança agitada. Do lado de dentro, a casa está calma, pitoresca. Então ouço um estalo atrás de mim.

CREEEEEEEQUE

Pelo reflexo, observo a porta do armário do corredor abrir lentamente, e a expressão no meu rosto podia estar no pôster de um filme.

— Sam? — sussurro, espiando por cima do ombro, o tremor em minha voz combinando com o das minhas mãos.

A casa prende a respiração.

Eu não deveria ir conferir, sei que não deveria, tudo dentro de mim grita, me mandando fugir. Mas... cadê o Sammy?

Outro relâmpago cai, refletindo seu brilho na maçaneta dourada. Com passos leves, vou me esgueirando até lá. *Não é nada, não é nada, relaxa,* entoo para mim mesma, com o corpo inteiro tremendo. Dando dois passos rápidos, puxo a porta para escancará-la e pulo para encarar o que quer que esteja ali atrás. Mas não tem nada. Apenas alguns casacos pendurados, sapatos aleatórios e um esfregão.

— Sammy? — grito, agora desesperada. — Cadê você?!

De repente, uma mão surge por entre os casacos e me puxa pela gola da blusa. Solto um berro e bato a testa na parede do fundo do armário, a porta fecha com força. Com o equilíbrio distorcido pela escuridão completa, viro, golpeando o ar, as roupas, os cabides... preparada para lutar por minha vida, até que uma lanterna se acende, iluminando um rosto.

Sam.

— Sammy! — disparo, empurrando o ombro dele. — Que merda você está fazendo?

Sammy afunda as unhas em meu braço, tremendo, os olhos arregalados e lacrimejando, a expressão de puro medo.

— Não sou eu! — ele sussurra alto, com os lábios tremendo. — Não sou eu!

— O quê? Do que você está falando? Tudo be...

Então eu ouço. A voz dele. A voz de Sammy. Me chamando do outro lado da porta. E tudo dentro de mim se retorce, enrijece, e paro de respirar.

— *Mari! Mari! Desce aqui!*

Dezenove

— *MARI! MARI!*

No armário estreito do corredor, minha mente tem dificuldade para desembaraçar os pensamentos e tentar tirar sentido disso tudo. Meu irmão mais novo está parado na minha frente, com a boca fechada, mas a voz dele, a voz que eu reconheceria em qualquer lugar, está me chamando de fora do armário.

— *Mari, você está vindo?*

— Porra, sem chance — arquejo.

Sammy treme, a lanterna dançando nas mãos. Saliva ácida preenche minha boca. Tem alguém ali fora fingindo ser o Sammy. Tem alguém na casa!

— *Mari! Mari, vem aqui! Depressa!*

Algo toca meu braço e eu me encolho. A manga de um casaco. O armário apertado parece estar encolhendo ao nosso redor. Se estreitando. Nos estrangulando. Se alguém lá fora está procurando por nós, vai facilmente nos encontrar aqui. Olho para Sammy.

— Desliga isso — sussurro rápido.

Sammy desliga, apertando meu braço na escuridão, a única luz vindo pela soleira da porta. Buddy cheira nossos pés, confuso com essa brincadeira estranha, quando pressiono um ouvido à porta. Sem movimento. A voz… A voz de Sammy… parece abafada e distante, ainda que perto. Perto demais.

— O que é isso? — cochicha Sammy.

— Eu... eu não sei — balbucio.

Começo a tatear ao redor, procurando algo para nos proteger: um bastão, taco de golfe, pá, qualquer coisa. Mas não dou sorte. Minhas mãos tocam uma caixa na estante superior. Os tênis que Alec comprou; ele nunca os devolveu. Eu os calço.

A mão de Sammy me aperta com mais força antes de ele sussurrar:

— Mari...

Sob nós, o chão ronca, como se estivéssemos pisando na barriga da casa e ela estivesse faminta. Então, silêncio. Até que ouvimos um baque forte de um pé atingindo madeira oca, depois outro.

Alguém está subindo os degraus do porão!

Os olhos de Sammy se esbugalham, e tapo sua boca para impedi-lo de gritar.

Com um estrondo, a fechadura do porão estala e a porta abre, rangendo. Agarro Sammy e me escondo atrás dos casacos, o coração palpitando.

— *Mari! Mari!*

A voz de Sammy está mais alta agora. Mais próxima. Quase como se estivesse bem ao nosso lado. As lágrimas do Sam de verdade escorrem pela minha mão.

— *Mari! Mari, vem aqui! Depressa!*

A voz ressoa abafada, com um eco suave. O Sam de verdade treme. De repente, Buddy rosna, e eu rapidamente agarro o focinho dele para fazê-lo ficar quieto. Mas é tarde demais. A casa silencia. Ela nos ouviu.

Passos pesados, os passos de um dinossauro lento, se arrastam em nossa direção.

Uma onda de pânico me domina e eu pulo para a frente, puxo a maçaneta, coloco as pernas uma de cada lado do batente e me inclino para trás. Um fedor de podre, como ratos mortos assados em ondas de calor misturado com... xixi, inunda o armário. Eu me inclino mais ainda, segurando a vontade de vomitar.

É nesta hora que uma sombra aparece na soleira da porta e os passos param. Minha respiração fica presa. Sammy me envolve com os braços, apertando o rosto contra minhas costas, e estou quase tendo uma convulsão de tanto medo.

Por favor... por favor, Deus, por favor...

A sombra relincha como um cavalo e segue em frente, passando pela porta e andando pelo corredor. Com o barulho agora acima de nós, eu e Sammy encolhemos a cada passo enquanto a coisa vai para o segundo andar.

Isso significa que o primeiro está livre.

Viro para Sammy.

— Ok, quando eu disser três, vou abrir a porta.

— Não — sussurra Sammy, com os olhos em pânico. — Não, Mari. Vamos ficar aqui.

— Essa coisa sabe que estamos aqui — explico cuidadosamente. — Somos presas fáceis se não fugirmos.

Ele chora baixinho.

— Não consigo. Estou com medo.

— Você tem que conseguir.

— Ele vai nos seguir!

— Não vai, não. Fantasmas só assombram dentro das casas. Não vai poder nos machucar quando estivermos lá fora.

— Fantasmas?

Fecho os olhos com força. Merda, essa ideia nem passou pela cabeça dele. Mesmo ao dizer essa palavra, estou rezando para estar certa e não ser só um invasor maníaco aleatório se sentindo em casa.

— Quando eu abrir a porta, quero que você saia correndo o mais rápido que conseguir. Sai correndo e não para, não importa o que aconteça.

— Por favor, Mari. Não.

Eu me inclino na direção da porta, com a mão na maçaneta, e me abaixo um pouco, a postos para correr.

— Pronto? Um. Dois...

No três, nós disparamos pelo corredor, as luzes machucando os olhos depois de ficarmos no escuro por tanto tempo. Vou na frente, com Buddy deslizando ao meu lado. Abro a porta de casa com força, olhando para a escada vazia atrás de nós enquanto Sammy empurra com o ombro a porta de tela e pula os degraus da varanda com um grito. Meus pés tocam o asfalto e já estou no modo corredora quando me dou conta.

Piper.

— Espera, Sam!

Sammy vira, a chuva nos encharcando.

— O quê?! — ele grita.

— Preciso pegar a Piper. Não posso deixar ela aqui!

— Dane-se ela!

Balanço a cabeça.

— Vai! Corre e chama a polícia!

— Mari, não! Espera!

Sem tempo para discutir, corro de volta para casa, pulando para a varanda, e vasculho lá dentro.

— Piper! — chamo da escada escura, com o coração acelerado. — Piper, cadê você?

Uma porta abre aos poucos no andar de cima. A luz aparece lentamente pelo corredor. Piper aparece no topo da escada. É difícil ver nas sombras, mas ela está me encarando, como se nunca tivesse me visto na vida.

— Vamos! Precisamos sair daqui — eu a apresso, chamando-a com um gesto. Sem saber onde a pessoa... ou a coisa está. — Corre! Vamos!

A expressão de Piper não muda. Ela não se mexe, apenas encara. O rosto sério e inexpressível como mármore.

— O que você está fazendo? A gente tem que sair daqui!

Piper gira os ombros para trás, e sua cabeça de repente vira para a direita, como se alguém tivesse chamado seu nome. Mas não ouvi nada. Ela dá uma última olhada para mim antes de lentamente sair do meu campo de visão.

— Aonde você tá indo? Piper, volta aqui — grito, correndo atrás dela, pulando dois degraus por vez.

Na metade do caminho, uma voz rouca chora com pesar, e é tão desorientador que quase fico paralisada no meio da passada.

— ESTA CASA É MINHA!

Então, como se alguém estivesse se inclinando por cima do corrimão, algo surge da escuridão e tenho o vislumbre de uma vassoura subindo.

Mas que...

A vassoura me golpeia no rosto, e eu voo para trás com um grito, rolando na escada. Bato a cabeça na madeira maciça do chão e o cóccix no último degrau.

— MARI! — Sammy grita lá de fora.

— Ahhh, merda — solto um gemido, rolando para o lado, a dor explodindo, pontinhos brancos tomando conta da minha visão.

Buddy late histericamente, arranhando a porta de tela.

A voz grita de novo, estridente:

— SAI DA MINHA CASA!

Com os pulmões se encolhendo como se fossem passas, eu quase mijo nas calças quando olho para a escada escura e... nada. Não tem ninguém lá.

— Mari, levanta! Por favor, levanta! — Sammy implora da varanda, tentando me despertar do transe, a chuva respingando ao redor dele.

Há um movimento suave nas sombras e não consigo afastar os olhos. Me inclinando para a frente, tento distinguir a forma na escuridão, bem na hora que algo vem rápido na direção da minha cabeça.

— Ah! — berro, virando de barriga para baixo e desviando depressa, quando a coisa cai ao meu lado com um estrondo.

— Mari!

Rolo para o lado, ficando cara a cara com as cerdas da vassoura. A mesma que minha mãe estava procurando.

— Merda — arfo, empurrando-a para longe com o pé, recuando até a parede.

Uma porta bate lá em cima, seguida por passos pesados. A casa bufa.

— *Mari! Mari, vem cá! Depressa!*

Fico de quatro toda desajeitada e meio engatinho, meio me arrasto para fora, então fico de pé e desço a varanda mancando.

— Rápido! Rápido! — Sammy choraminga, e ele parece um borrão azulado no vento de tão depressa que está correndo.

Meus músculos me permitem dar uma corridinha leve pela rua até que meu corpo parece pesado demais. As luzes distantes da rua começam a se enevoar, e a pulsação em meus ouvidos é o único som que escuto.

Merda, eu vou desmaiar.

— Sammy — arfo, me inclinando para a direita, o chão oscilando sob mim.

Sammy volta.

— O que foi?

Com um tropeço, caio de joelhos, a respiração irregular e lenta.

— Mari! — ele exclama, segurando minha cabeça para que eu não caia de cara no concreto. Ele olha em volta, frenético, e começa a gritar: — Socorro! Alguém me ajudaaaaa!

Ninguém vai ouvir. Não com essa chuva.

— Sammy, vai buscar o Yusef — balbucio, as pálpebras fechando, o mundo ficando preto.

— Mari! Não dorme, Mari, por favor! — Sammy exclama, me sacudindo. — Socorro! Socorro!!!

Buddy nos cerca, latindo e choramingando.

— No próximo... quarteirão — explico, com a fala arrastada. — A casa com as rosas.

Sammy funga e assente.

— Buddy, deita. Deita, Bud!

Buddy deita no chão molhado e Sammy coloca minha cabeça nas costas dele.

— Fica, Bud! Fica! Eu já volto!

Sammy sai correndo, não consigo dizer para que lado, a rua está tão escura. As casas abandonadas... elas parecem tão grandes deste ângulo, como se tivessem crescido seis metros, se inclinando para a rua, as janelas parecendo olhos raivosos me encarando. Buddy choraminga, seu nariz gelado tocando meu rosto. Fecho os olhos, a chuva pesada quase relaxante, como tomar um banho frio depois de um dia quente na pista de atletismo. Não é bem isso, mas quase. Até que sinto Buddy ficar tenso sob mim, um rosnado baixo surgindo em sua barriga.

— Buddy? — murmuro, incapaz de abrir os olhos.

Ele pula de pé, e a parte de trás da minha cabeça bate no concreto. Chorando de dor, consigo rolar para ficar de lado. Buddy está parado ao meu lado, latindo furiosamente. O tipo de latido feroz que ele usa com estranhos ou intrusos que se aproximam demais. Tem alguém aqui.

— Buddy — arfo, abrindo os olhos.

Uma série de luzes se acende, ferindo minha vista. Passos. Pesados, como os na casa.

Ah, Deus, não era um fantasma!

Em pânico, imploro para que meu corpo se mexa, que coopere, que minha mão encontre qualquer coisa ao meu redor.

— Socorro — falo, rouca, entre soluços de choro.

Então penso em Sam. Ele escapou e não estará aqui para testemunhar a irmã ser assassinada. Um alívio estranho me preenche quando meus braços desistem e rolo de barriga para cima, me preparando.

Então a chuva para. Ou acho que para, não está mais caindo em meu rosto, mas o barulho ainda nos cerca. Forço meus olhos a abrirem e, por um breve segundo, vejo a uma sombra sobre mim com um guarda-chuva. Não uma sombra, um homem.

Sr. Watson?

Fraca demais para gritar, arquejo antes de tudo ficar preto.

— Ei, ei, Cali! Vai, Cali, acorda!

Estou embaixo d'água, a voz de Yusef me chamando da superfície. Meus olhos lutam para focalizar, a escuridão ainda contornando minha visão quando meu cérebro flutua, emergindo em busca de ar.

Yusef está inclinado por cima de mim, tocando minha bochecha.

— Agora sim! Abre os olhos, isso.

Minha cabeça está deitada em algo macio. E meio seco. O algodão áspero arranha meu pescoço.

— Mari — Sammy choraminga, e me dou conta de que ele está segurando minha mão.

Quero dizer "não chora, Sam", mas consigo perceber que estou apagando de novo e olho para Yusef.

— A... a casa — balbucio, sem conseguir mover os braços, mas tentando apontar.

Piper ainda está lá dentro.

Yusef me pega do chão, me segurando em seus braços antes de tudo ficar preto de novo.

Amarelo é a primeira coisa que vejo. Por um momento, penso estar encarando o sol. Então percebo como estou com frio, como o sol parece macio, e meus olhos se abrem mais. Um tecido gasto com estampa de flores vermelhas está na minha frente. A almofada de um sofá. Meu rosto está em um... sofá?

> *FATO: Percevejos não demonstram causar ou espalhar doenças. Algumas pessoas vão reagir às picadas de percevejos, e a coceira excessiva pode levar a infecções secundárias.*

Sento depressa e o cômodo gira, me fazendo cair para o lado. Preciso levantar, preciso levantar. Posso estar pegando uma infecção neste exato momento. Tem alguma coisa no meu braço? Uma picada? Um ovo? Sabão, álcool, cloro...

— Ô, espera aí — Yusef diz ao meu lado e gentilmente me empurra para trás. — Mais devagar.

O braço dele pesa uma tonelada no meu ombro, e estou fraca demais para lutar. Isso não impede que minha pele queime, me fazendo querer rasgá-la até descascar. Quero coçar, eu preciso coçar. Quero fumar. Também quero ser apenas uma pessoa normal, comum. E não bancar a maluca diante de estranhos. Lágrimas brotam em meus olhos.

— Ei, Cali, tá tudo bem — diz Yusef, se inclinando para mim, tirando o cabelo molhado da frente do meu rosto.

O cheiro dele é tão bom, mesmo com as roupas molhadas. Eu desmorono, me aconchegando nele, e, pela primeira vez nesta noite, me sinto segura.

— Tá tudo bem — ele sussurra, me abraçando. — Olha, o Sammy tá bem aqui.

Sammy, enrolado em uma toalha azul, está sentado na poltrona do vovô, encarando o chão. O rosto dele está pálido, os olhos esbugalhados e sem piscar como se tivesse visto algo… bizarro. O mesmo olhar que ele tinha quando acordei no hospital, com vômito no cabelo, depois de ter passado por uma lavagem no estômago. A lembrança é o retorcer de uma faca.

— Aqui, bebe um pouco de água — diz Yusef, me oferecendo um copo. — Como tá a cabeça? O tio disse que temos que te manter acordada. Caso você tenha uma concussão.

Do outro lado da sala, o sr. Brown está falando em um cochicho no telefone, olhando para mim a cada poucos segundos. Na cozinha, o vovô está usando um roupão azul peludo e pantufas de couro, nos encarando com um olhar suspeito. De repente, a lembrança das lanternas surge.

— Ei, cadê… cadê o sr. Watson? — pergunto, procurando pelo cômodo. — Ele já foi embora?

— O sr. Watson?

— É. Ele estava comigo.

Yusef ergue a sobrancelha, olhando para Sammy.

— Cali, quando te encontramos, você estava caída no meio da rua, apagada. Sozinha.

Sem chance… as luzes… não posso ter imaginado isso.

— Mas ele… ele me cobriu com um guarda-chuva — choramingo, a exaustão ressurgindo aos poucos. — Ele colocou um cobertor debaixo da minha cabeça. Vocês não viram ele? Sério?

Yusef fica sério, seus lábios contraídos. Ele está tentando não transparecer o que pensa. Mas é tarde demais. Conheço esse olhar. Ele acha que estou chapada, alucinada com alguma droga, vendo coisas. O que explicaria tudo que aconteceu na casa. E, se não fosse por Sammy estar comigo... eu também questionaria minha própria sanidade. Mas eu sei o que vi. Ou ouvi.

— Ô, do que vocês estavam fugindo? — pergunta Yusef. — Sammy disse que tinha alguém na casa?

Não tenho ideia de por onde começar. Minha cabeça está latejando, uma dor aguda horrível. Minhas roupas estão começando a ficar duras, a chuva e a lama secando na pele.

O joelho de Sammy está balançando. Ele está com aquele olhar de quando está tentando resolver um enigma supercomplexo.

— Tinha a voz igualzinha à sua, Sam — balbucio, apertando a toalha com que Yusef me envolveu, um tremor me perpassando. — Era exatamente igual à sua voz.

Sammy, ainda em estado de choque, pisca lentamente.

— A não ser... que alguém estivesse fazendo algum tipo de imitação de mim ou alguma coisa assim — ele diz, com a voz sem emoção.

Os olhos de Yusef pulam entre nós dois quando o sr. Brown entra na sala de estar, pigarreando.

— Seus pais voltaram. Vamos, hora de levar vocês pra casa.

A chuva já suavizou na hora que o sr. Brown nos leva de carro para casa. Lá dentro, Alec está com uma expressão magoada, abraçando Piper com força na cozinha, as luzes da viatura da polícia piscando na pele pálida dos dois.

Quando nos aproximamos, ouço o fim da história de Piper:

— E aí eles me deixaram aqui assim — ela choraminga. — Eles gritaram comigo e saíram correndo.

Os lábios de Alec formam uma linha ríspida quando me vê. Ele coloca Piper no chão enquanto minha mãe corre até nós.

— Mãe! — Sammy grita, correndo muito rápido e enfiando o rosto na barriga dela. — Mãe, a casa é assombrada!

Essa é a deixa para a polícia ir embora. Meus passos são lentos, ainda tonta e absolutamente sem pressa alguma de entrar de novo neste lugar. Me pergunto o quanto vai demorar para fazer as malas antes de irmos para um hotel. Porque nós com certeza não vamos ficar aqui. Nem mais uma noite. A casa está brava, dá para sentir no ar.

— Onde diabos vocês estavam? — Alec explode.

— Eles. Me. Deixaram. — Piper cospe as palavras de novo entre soluços histéricos. — Eu estava com tanto medo, papai.

No meio da dor intensa, um lampejo de raiva fervilha.

— Do que você está falando? — disparo. — Você me viu no pé da escada, te chamando! Você virou as costas!

— Não fiz nada disso — Piper diz, o canto da sua boca se abrindo em um sorriso cruel antes de ela esfregar o rosto nas costelas de Alec.

O simples fato de ela negar faz meu estômago revirar. Eu oscilo, a geladeira me impedindo de cair.

— Você empurrou a Mari da escada! — Sammy exclama, mas minha mãe o impede de chegar perto de Piper. — Ela podia ter morrido.

— Não fiz nada disso. — Ela olha para o pai e, com uma voz doce, diz: — Papai, eu só estava no meu quarto e aí ouvi os dois gritando.

— Inacreditável — berra Alec. — Eu não posso deixar a Piper sozinha uma noite.

Olho para Piper. Ou, na verdade, *através* dela, com uma perspectiva diferente. A pele ainda mais pálida que o normal. Os olhos exaustos. A perda de peso. As conversas estranhas com o nada. Dona Dulce. Os pensamentos ricocheteiam na minha cabeça latejante e tudo fica claro.

— Ai, meu Deus — sussurro. — Ela está possuída.

— O QUÊ?! — Alec grita, colocando Piper atrás de si.

— Essa é a única explicação. A Bruxa pegou a Piper!

Sammy agora está encarando Piper também, as sobrancelhas franzidas.

— Ela só... ficou parada lá — ele balbucia.

— Cheeeega! Vocês dois estão vendo filmes demais! — minha mãe dispara, balançando a cabeça.

Esta é a questão: eu não lembrei de todas as coisas que aqueles filmes me ensinaram, racionalizei tudo que acontecia em vez de encarar a verdade: nossa casa é assombrada. E Piper está possuída pela Bruxa. A Bruxa chamada dona Dulce.

Estou prestes a contar para todo mundo tudo que sei sobre o lugar, mas uma olhada para o rosto vermelho de Alec me faz ficar em silêncio.

— Raquel, essa é a gota d'água. Você me disse que ela estava sob controle.

— Alec...

— Qual desculpa vai inventar para ela desta vez? Ela colocou a vida da Piper e do Sammy em perigo!

Minha mãe suspira e entra em seu escritório, pegando um coletor de urina.

Você deve estar brincando comigo, porra!

— Mãe! O que você está fazendo? — Sammy grita, parando na minha frente, com os braços esticados tentando me proteger. — Eu estava aqui! Eu também ouvi! Ela não está mentindo! Ela não... não está drogada! A Mari não ia sair sem a Piper. Ela correu lá para cima para buscar ela. Ela estava tentando salvar a Piper!

O rosto dela se transforma em uma careta confusa, o olhar se suavizando.

— Sam... você tem certeza que não estava escutando coisas? — pergunta Alec.

— Nós *dois* ouvimos — Sammy dispara.

— E só estávamos nós três aqui — acrescento, me apoiando no balcão. — A não ser que Piper tenha virado ventríloqua da noite para o dia.

Alec me ignora e encara Sammy.

— Olha, sei que isso é difícil, amigão, mas será que sua irmã talvez não esteja... sendo ela mesma... de novo? Talvez só tenha tropeçado e caído da escada?

Minha mãe fica tensa.

— Alec — ela alerta. Um aviso bem fraco, para ser sincera.

— Então como que eu *também* ouvi a voz? — Sammy replica. — Estou chapado?

Minha mãe fica com os olhos marejados e cruza os braços.

— Ah, Sammy.

Com a cabeça latejando e perdendo toda a vontade de brigar, dou um tapinha no ombro de Sammy.

— Está tudo bem, Sam. Esquece. Não vou fazer essa porra desse teste besta, porque vou dar o fora daqui.

— Dar o fora? — Alec e minha mãe repetem, chocados.

— É, estou pronta para voltar para a Califórnia e ir morar com o papai.

— O quê? Você não pode simplesmente decidir isso sozinha — Alec me repreende.

— Posso, sim — digo, olhando diretamente para minha mãe. — Esse foi o acordo com o papai, certo? Se as coisas não funcionassem com o Alec, eu poderia ir morar com o papai. Foi o único jeito de ele deixar você nos tirar do estado. E as coisas claramente não estão funcionando se meu padrasto está me acusando de estar drogada quando não estou. Não são exatamente as condições ideais para uma viciada em recuperação.

Alec, atônito, vira para minha mãe.

— Isso é verdade?

Ela respira para se firmar, sem quebrar nosso contato visual.

— É.

Perplexo, Alec ergue as mãos e as encara, como se buscasse nelas as palavras certas para dizer. Piper o abraça com mais força.

Sammy bufa, parando ao meu lado.

— Bom, se ela vai, eu vou com ela!

— Sam — minha mãe arfa, com o lábio trêmulo. — Querido...

— Não! A Mari tem razão. E odeio este lugar! Quero ir para casa!

Vinte

Na manhã seguinte, ligo para o meu pai para combinar tudo imediatamente. Não ligo para quem pode se magoar: não posso ficar aqui. Esses fantasmas são violentos, e tenho um galo atrás da cabeça como prova.

Como meu pai está no Japão terminando um projeto, temos que esperar mais duas semanas antes de ele vir nos levar para casa.

O que significa que só temos que sobreviver à noite, como dizem. Só que são várias noites.

Sammy transforma seu quarto em uma fortaleza, com armadilhas e infinitas lanternas. Eu não durmo mais, sobrevivendo com uma dieta de café, pílulas de cafeína e doces. Queimo tanta sálvia que estamos vivendo constantemente em meio à névoa baixa.

Mas a casa tem estado quieta nos últimos dias. Sem cheiros estranhos, vozes ou passos esquisitos. É como se soubesse que seu trabalho está feito e estivesse satisfeita com os resultados. Como ela queria, estamos indo embora. Bom, alguns de nós.

Alec e Piper passam a maior parte do tempo na deles, comendo fora e brincando no quarto dela. Minha mãe se esconde no escritório, trabalhando até sábado de manhã, quando ela bate na porta de Sam.

— Vocês dois estão com vontade de dar uma volta?

A Riverwalk é uma rua turística de paralelepípedos vermelhos que dá no rio Cedarville, com vários restaurantes, lojas, food trucks e quiosques, começando com cassinos e terminando com um cinema. A rua inteira está decorada para o Halloween. Passamos por uma competição de esculpir abóboras no coreto, além de placas anunciando um desfile de cachorrinhos fantasiados.

Sammy senta em uma mesa à janela no Johnny Rockets para podermos ver os barcos a vapor passarem. Fazia meses que não ficávamos só nós três, e é um alívio não ter que pisar em ovos.

— Então, Sammy — diz minha mãe, depois de pedir três hambúrgueres veganos e bolinhos de batata. — Do que você vai se fantasiar no Halloween?

Ele brinca com o canudo da limonada.

— Eu ia ser um zumbi... mas isso é muito perto da realidade.

Solto uma risada abafada, e é a primeira vez que rio em dias. Minha mãe me lança um olhar e me encolho no banco.

— Meninos — ela começa, as mãos juntas sobre a mesa. — Sei que as coisas estão... difíceis. Passamos por tantas mudanças este ano.

Ela olha diretamente para mim e eu não recuo. Estou cansada de ter meu erro usado como uma arma contra mim. Minha mãe suspira.

— Sabe, durante a minha vida inteira, eu nunca ganhei nada — começa, beijando a lateral da cabeça de Sammy. — Bom, além de vocês dois. Mas, de verdade, nunca fui boa em esportes, nunca ganhei bolsa para faculdade nem qualquer coisa do tipo. Então, quando fui aceita nessa residência, fiquei animada. Mais do que animada. Achei que essa era a chance de um recomeço, não só para mim, depois do divórcio, mas para todos nós.

— Então... você não quis mudar só... por minha causa? — pergunto, confusa.

— Não! Claro que não. Eu queria vir. Queria uma mudança. E, quando falei disso com o Alec, ele embarcou completamente na ideia. Ele sabia como era importante para mim, e sabia que seria uma grande oportunidade para vocês dois. O homem tinha acabado de se mudar para nossa cidade com a Piper e estava disposto a se realocar com a filha de novo. Então, apesar do que podem pensar, ele ama, sim, vocês dois.

— Bom, ele tem um jeito engraçado de demonstrar isso — disparo.

— É — diz minha mãe, erguendo a sobrancelha. — Você também. Você não é exatamente fácil.

Arregalando os olhos, Sammy olha para longe, bebericando a limonada, o que significa que ele concorda.

Quero contestar, mas não posso, porque talvez eles tenham razão. Eu não tenho sido muito acolhedora com Alec. Sem contar que, meses depois de ele ter vindo morar com a gente, tive uma parada cardíaca no chão do meu quarto. Não é o melhor jeito de causar uma boa primeira impressão.

— Para ser sincera — minha mãe continua —, ele está um pouco magoado com nosso plano de contingência secreto. Porque família não faz isso. Família fica junta, não importa o que aconteça, e se ajuda.

Penso em Yusef e suspiro.

— Mas... ele não acredita no que a gente falou, sobre a casa ser assombrada — resmunga Sammy.

Minha mãe endireita a postura, apertando os lábios. Ela também não acredita.

— Vocês tomaram a decisão de ir embora... e eu respeito isso. Sempre vou respeitar o desejo de vocês. Mas só acho que... este lugar podia ser bom mesmo para nós. Para o nosso futuro. Além do mais, não quero ficar sem meus bebês. — Ela abraça Sammy. — Então talvez... pensem um pouco mais. Por mim? Por favor?

— Sr. Watson! O que o senhor está fazendo aqui?

O sr. Watson nos encontra na entrada de carros quando estacionamos depois do almoço, carregando uma caixa de ferramentas antiga e uma escadinha portátil.

— A Irma ligou. Disse que estavam tendo problemas com as luzes.

Minha mãe assente, fechando o zíper da jaqueta de Sammy, e eu descarrego algumas compras.

— Ah. Certo. Alec deve ter... falado com ela. Encontrou alguma coisa?

Ele balança a cabeça.

— Eu conferi o que podia e tudo parece estar funcionando bem.

— Então você foi no porão? — pergunto, diretamente.

Ele me encara por cinco segundos além do que deveria.

— Não.

— Claro que não — resmungo, puxando uma sacola da picape.

Tem algo no sr. Watson que não me passa confiança. Toda resposta que ele dá parece densa e fria. Ele sabe mais do que está dizendo, não que eu possa provar.

— Talvez vocês devam falar com a Irma sobre um eletricista — o sr. Watson diz para minha mãe. — Se mais alguma coisa acontecer.

— O senhor está certo — diz minha mãe. — E obrigada. Desculpa o incômodo.

Da varanda, vejo o sr. Watson guardar as coisas no seu Volvo. Não em uma picape.

Mas eu sei o que vi.

O quarto de Sammy é exatamente como o meu, exceto que com mais coisas e um bocado menos de bizarrices. A porta dele não abre e fecha sozinha e, depois de passar os últimos dias acampando no chão, também posso confirmar que ainda não vi estranho nenhum parado no canto. Será que meu quarto pode ser o epicentro das assombrações desta casa?

Eu nem acredito que sequer tenho que me perguntar esse tipo de coisa. Mas agora minha vida é pesquisar informações sobre assombrações demoníacas, cheguei até a comprar água benta do Vaticano, sem ligar mais para quem vê — isso se alguém ainda estiver monitorando o que a gente faz na internet. A Fundação Sterling deve saber o que está acontecendo por aqui. Eles nos colocaram especificamente na casa da dona Dulce. Mas por quê? Por que tentar nos assustar pra caramba se o objetivo deles é encher essa comunidade de pessoas de bem?

Com as mãos apoiadas sob a nuca, eu me deito na cama de Sammy, encarando o teto, me perguntando como a vida vai ser morando com o meu pai. Pelo menos estarei mais perto de Tamara, a apenas quatro horas de distância. Mas... estaremos a milhares de quilômetros da mamãe. Durante todo esse tempo, eu pensei que a mudança tinha sido por minha causa, quando, na verdade, ela também precisava disso.

Mudar é bom. Mudar é necessário. Mudar é preciso.

Sammy está sentado no chão de pernas cruzadas, jogando videogame. Ele não falou muito desde que voltamos do almoço. Nós dois estivemos quietos. As palavras da minha mãe se repetem na minha mente sem parar.

— Estou me sentindo uma merda — digo, enfim, em voz alta.

Sammy pausa o jogo e me lança um olhar cheio de culpa.

— Eu... Eu não quero deixar a mamãe — ele fala, hesitante.

Suspiro.

— Eu sei. Eu também não. Mas não posso ficar aqui. Não é seguro.

— Mas... se a Piper te empurrou da escada, imagina o que ela vai fazer com a mamãe se a gente não estiver por perto.

Há milhões de maneiras de Piper machucar minha mãe. O pensamento é destruidor. Viro de lado.

— Ela não vai vir com a gente, Sam. Não importa o quanto a gente implore.

Ele faz carinho na cabeça do Buddy, pensando.

— É. Mas... talvez a gente consiga forçar ela.

Começo a rir.

— Você conhece a Raquel? Não podemos forçar aquela mulher a fazer nada que não queira.

Ele chega mais perto de mim.

— Se provarmos que a casa é assombrada e que a Piper está possuída, ela vai ter que vir com a gente.

— E como planeja fazer isso?

Sammy engatinha até sua mesa, remexendo na gaveta de baixo.

— Com isso!

Ele ergue duas câmeras GoPro, algumas baterias recarregáveis e cabos. Eu sento.

— Onde conseguiu isso?

— Eram do papai. Ele usou para algum projeto de construção antigo e disse que eu podia ficar com elas.

Puxo uma das câmeras para dar uma olhada.

— E o que vai fazer com elas?

— Colocar pela casa. Se pudermos provar para a mamãe que a Piper está biruta, ela com certeza vai ficar com a gente... e com o papai.

Tem certa avidez em seu olhar, para nossos pais ficarem juntos de novo, e sinto uma pontada pela angústia dele.

— Sam — digo, gentilmente. — Ela não vai largar o Alec. Ele é o novo marido dela, lembra?

Sammy desvia o olhar, cabisbaixo, e começa a cutucar as câmeras.

— Eu sei disso — ele resmunga. — E acho que o Alec pode ir também. Mas essa é a única forma de fazer eles acreditarem. Além disso, vamos precisar provar a possessão da Piper, ou a Igreja não vai fazer o exorcismo nela.

— Como que você sabe disso?

— Dã! *Invocação do mal*. Você dormiu antes do final.

Tudo bem, isso provavelmente é verdade. Eu durmo durante a maioria dos filmes. Mas se eu soubesse que aquela seria a chave para minha sobrevivência aqui, teria tomado um café.

— Vamos, Mari. Temos que pelo menos tentar. É nossa única chance!

Bem, ter um plano é melhor do que não ter nenhum.

— Está bem. Vamos lá.

— O que está fazendo aqui, Cali?! — pergunta o sr. Brown com um riso enquanto descarrega a picape. — Achei que vocês já estariam bem longe a essa altura.

— Não, meus pais insistem em nos torturar — respondo, indo até a garagem.

Ele ri.

— O Yusef tá lá dentro, fazendo o jantar.

— Adestrando ele — falo, assentindo, impressionada. — Gostei.

— *Como diz em Coríntios um, capítulo três, versículo oito... "O que planta e o que rega têm um só propósito, e cada um será recompensado de acordo com o seu próprio trabalho". E filho de Deus, estou aqui para prover as sementes para tu plantares, e tu regarás. Não abandones as palavras Dele, pois o demônio está entre vós! Ele tem envenenado vossas mentes, faz com que não confieis nas mesmas pessoas que Ele coloca em vosso caminho para cuidar de vós...*

Como de costume, o vovô está em sua poltrona, fiel ao programa. Yusef joga algumas batatas em uma panela de água fervente e seca as mãos em um pano de prato.

— Trago presentes — anuncio, colocando um engradado de refrigerante na mesa da cozinha. — Sabe, por ter salvado minha vida e tudo mais.

Yusef abre um sorriso.

— Ah, não precisava de toda essa gentileza. — Ele ergue a sobrancelha, com um sorriso malicioso. — Já que foi o sr. Watson que te salvou de verdade.

Faço um biquinho.

— Você vai mesmo zombar de uma garota que teve uma concussão?

Ele ri e estica o braço para segurar minha mão, entrelaçando nossos dedos.

— Desculpa, acho que você não é a única que conta piadas quando não tá confortável. — A voz dele fica séria e ele acaricia a palma da minha mão com gentileza. — Eu fiquei... preocupado de verdade com você.

Essa ternura... eu poderia simplesmente derreter contra ele, preciso tanto de um abraço. Mas... dou um passo para trás, topando com a poltrona do vovô, e me afasto depressa.

— É, bom. Eu não me afoguei.

Tusso uma risada, enfiando as mãos no bolso do casaco de moletom para mantê-las escondidas, para que ele não possa segurá-las. Então consigo fingir que não quero segurar as dele. Sou a rainha de tornar momentos constrangedores mais constrangedores ainda.

Yusef revira os olhos, sorrindo.

— Mas o que foi tudo aquilo? O sr. Watson mora lá do outro lado do parque. O que ele estaria fazendo na sua rua? E tão tarde da noite.

— Não sei. E ele é a última das minhas preocupações, com um demônio à solta na minha casa.

— Bom, não dá pra dizer que não tentei te avisar. — Ele abre um sorriso de compaixão para mim. — Quer ficar pra jantar?

— Claro. Posso acampar na sua garagem com o Sammy também? Não vamos dar trabalho. Só precisamos de uma extensão e a senha do Wi-Fi.

Ele finge pensar, batendo o dedo no queixo.

— Hm, não tenho certeza do que os vizinhos vão achar. Já tem boatos suficientes rondando por Maplewood. — Yusef abre o forno e coloca um frango temperado lá dentro. — E se não disse antes, tô orgulhoso de você por voltar pra buscar sua irmã. Significa que você não é a coração gelado que pensa.

Ele dá uma piscadela e minha barriga fica tensa, o apetite indo embora. Vim aqui com a missão de contar a verdade, mas já estou mudando de ideia. Dependendo da reação dele, posso não ter mais amigos em Cedarville ao fim desse papo.

— Hm, ei... tenho que te contar uma coisa — boto para fora. — É sobre a Erika.

— *Basta ligar para o número abaixo e fazer seu pedido, e te enviaremos um pacote das sementes de forma totalmente gratuita. Siga as instruções na carta detalhada que te mandarei...*

Yusef fica tenso.

— Tá, o que foi?

Abro um refrigerante e tomo um gole, ganhando tempo.

— Oi, sim. Aqui é o sr. Brown, fazendo o pedido dessa semana.

Dou uma olhada para o vovô, pegando o fim dos créditos subindo no programa de Scott Clark, e quase me engasgo.

— Espera! Aquela garota! — grito.

Yusef pula, olhando pela janela.

— Que garota? Onde?

— Dá pra ficarem quietos? — dispara o vovô. — Tô no telefone!

— A garota no porta-retrato — digo, apontando para a televisão. — Dá para voltar?

Yusef assente, correndo para a sala de estar.

— Vovô, deixa eu ver isso aí rapidinho — ele diz, pegando o controle remoto das mãos do avô.

— Ei! O que tá fazendo com a minha TV?! — grita o vovô, tentando sair da poltrona sem conseguir.

— Só um minuto — diz Yusef, voltando alguns segundos do final do programa de Scott Clark.

— Bem ali! Para! — grito.

Ele pausa no porta-retratos sobre a estante de livros de Clark. Eu me inclino para tirar uma foto da tela, depois sinalizo para Yusef dar play.

— Valeu, vovô — ele diz rápido enquanto corremos de volta para a cozinha.

Yusef pergunta, se inclinando por cima do meu ombro:

— O que tá havendo?

Dou zoom na foto de família borrada, todas as crianças de cabelos loiros bem claros. A julgar por suas roupas modestas e estilo de penteado, a foto foi tirada há muito tempo, mas os olhos da garota são de um azul cristalino familiar. Atormentado, com um olhar que suga a alma. Lembro de ter pensado a mesma coisa ao reparar nos olhos dela antes.

— Posso procurar uma coisa no seu celular? — pergunto, sem fôlego.

— Ah, claro — diz Yusef, a dúvida pairando enquanto ele me empresta o aparelho.

A Fundação pode estar controlando nosso Wi-Fi, mas talvez não esteja fazendo o mesmo com o dele.

Jogo Scott Clark no Google e um artigo da Wikipédia aparece primeiro. Desço a página até a seção "vida pessoal".

Scott Clark tem cinco filhos: Scott Clark III, Kenneth Clark, Abel Clark, Noah Clark, Eden Clark...

Eden! Essa é a mulher que faz parte do conselho da Fundação Sterling.

Eden Kruger. O nome de solteira dela era Clark. Scott Clark é seu pai. Scott Clark, o vendedor de sementes mágicas, o golpista de Cedarville.

— Puta merda — balbucio.

Se eu tivesse pesquisado um pouco mais, por um pouco mais de tempo, eu teria percebido o plano geral. Mas logo que soube o que estava procurando, ficou fácil de descobrir. As conexões...

Patrick Ridgefield, cirurgião cardiovascular

Que também é acionista da Lost Keys, a firma de arquitetura terceirizada contratada pela prefeitura para o projeto de renovação, e membro do conselho municipal que aprovou o orçamento.

Richard Cummings, jogador de futebol americano aposentado e ativista comunitário

Que também é dono de Big Ville, um presídio privado.

Eden Kruger, filantropa

Que também é filha de Scott Clark, golpista das sementes mágicas.

Linda Russo, sócia do escritório de advocacia Kings, Rothman & Russo

Que tem ligação com a máfia do império dos Russo.

Ian Petrov, CEO do Grupo Key Stone Imóveis

O nome dele está na escritura de mais de cinquenta propriedades em Maplewood. Todas abandonadas. E ele as manteve assim por mais de trinta anos, fazendo o lugar parecer uma zona quando podia ser muito melhor.

Meu pai estava certo; isso é um jogo de xadrez. E todas as peças foram posicionadas para dar xeque-mate em Maplewood.

— Cara — Tamara diz pelo telefone. — Essa merda que estamos fazendo é mesmo tipo uma investigação criminal. Uma casa assombrada, e agora isso... você pode vir morar no meu quarto até terminar o ensino médio. Minha mãe não vai ligar.

Sabendo que a Fundação estava espiando, eu fiz a ligação de um dos telefones públicos dos cassinos de Riverfront para a única pessoa que sabia que arrasaria nisso de pesquisar.

— Tem outra coisa — Tamara fala. — Você mencionou alguma coisa sobre a Noite do Diabo, né?

— Isso.

— Cara, eu tô vendo posts sobre isso, tipo, no Instagram inteiro. Você não viu?

Pego meu celular de novo e procuro.

— Não. Nada na hashtag. Está vazia.

— Hm — bufa Tamara. — Bom, então... acho que rolou um *shadow-banning*.

— O que isso significa?

— É quando uma hashtag é bloqueada para as pessoas não verem o conteúdo relacionado. Então, tipo, eu estou olhando para as fotos da Noite do Diabo em Cedarville aqui na Califórnia, mas você não tem acesso nenhum a elas. O que significa...

— Eles estão bloqueando o conteúdo para que ninguém possa ver o que está acontecendo em Maplewood! Mas por quê?

Tamara estala a língua nos dentes.

— Cara, você tem que sair daí. E, julgando pelas fotos que estou prestes a te mandar, é melhor se mandar antes do Halloween.

Aconchegado na cama feita de cobertas e travesseiros no chão do quarto de Sam, Buddy ronca ao meu lado enquanto encaro o teto. Não consigo nem fingir estar dormindo. Não depois de ver as oito fotos da Noite do Diabo que Tama me enviou. Cada uma pior do que a outra. Incêndios violentos em quase todas as esquinas, casas virando enormes bolas de fogo que faziam o céu ficar laranja. Vizinhos chorando, parados diante de suas próprias casas já desgastadas, desesperados para salvar o que pudessem. Parece que eles se ferraram ainda mais em uma situação que já era uma merda. Eu sei, não é supereloquente, mas é a verdade.

Algumas das casas eu reconheço das minhas corridas matinais. As chamuscadas continuam de pé por pouco, agora cercadas por ervas daninhas, como monumentos distorcidos ao passado. As fotos mais recentes da Noite do Diabo não têm muitas casas em chamas, apenas algumas lixeiras flamejantes.

Mas tudo parece tão tênue, como se estivéssemos com uma falsa sensação de segurança. Esse lugar poderia facilmente ter uma recaída para os seus velhos hábitos.

CREQUE

Passei noites acordada o suficiente para reconhecer cada um dos sons diferentes que a casa faz. E sei, sem dúvida alguma, que a porta do banheiro no fim do corredor acaba de abrir, embora ninguém tenha passado para lá.

Buddy fica tenso e, erguendo as orelhas, encara a porta, que está fechada por uma cadeira e uma corda amarrada.

CREQUE

Sammy senta de repente, procurando a lanterna. O medo esgana meu pescoço, um aperto firme.

— Ouviu isso? — sussurro.

De queixo caído, Sammy apenas assente em resposta. E não vou mentir: a sensação é boa, ter mais alguém enfrentando isso comigo. É bom não estar sozinha. Mas odeio que tenha que ser o Sam. Ele já passou por tanta coisa. E em parte a culpa disso é minha.

Tum. Tum.

Passos do lado de fora. Alguma coisa está descendo a escada. Não consigo acreditar que Alec e minha mãe não estão ouvindo. Eles não podem estar *tão* cansados assim.

Os passos ressoam pelo corredor, na cozinha. Água goteja da torneira; copos tilintam. Buddy dá um pulo, o pelo eriçando, e eu seguro sua coleira. Não quero que ele afaste o barulho.

Desta vez, é bem-vindo.

Pela manhã, Sammy coleta todas as câmeras escondidas que colocou na cozinha e na sala.

— Nós definitivamente filmamos alguma coisa ontem à noite — ele diz, sorrindo.

Leva as câmeras até a televisão, mexendo em vários fios, e eu me impressiono com suas habilidades nerds com tecnologia, como se tornaram úteis em um momento de necessidade. Mal consigo carregar meu celular sozinha.

— Está bem, acho que consegui — ele diz, mudando as entradas, e surge uma imagem congelada da cozinha em visão noturna.

— Posso falar? Isso é muito *Atividade Paranormal*.

Sammy me encara.

— Não diz isso.

— Por quê?

— Você obviamente também não viu o final desse filme.

Minhas costas ficam tensas. *Eita.*

— Mãe! Alec! — Sammy os chama no andar de cima. — Podem descer aqui um minuto?

Depois de prender os dois de alguma forma no sofá da sala, Sammy para, orgulhoso, ao lado da televisão, com a câmera na mão.

— O que estou prestes a mostrar vai fazer vocês pirarem — ele anuncia como se fosse a abertura de uma apresentação de mágica. — É a prova de que precisávamos.

Minha mãe e Alec compartilham um olhar curioso e riem.

— Prova do quê? — minha mãe pergunta.

— Vocês vão ver! Mari, as luzes.

Na sala escura, Sammy acelera a gravação da câmera da cozinha. Na maior parte da noite, sem atividade. Então, às 2h52, algo se mexe no canto. A luz acende, a cozinha está vazia. Minha mãe e Alec se preparam. Seguro a respiração, observando a reação deles, ansiosos para ver o rosto do monstro que tem me assombrado pelos últimos dois meses. Mas é apenas Piper, em seu pijama azul-claro, entrando na cozinha, indo até a pia, enchendo um copo com água.

O queixo de Sammy cai.

Assistimos Piper parar no meio do cômodo para beber e, embora seja difícil dizer, ela parece estar olhando diretamente para a câmera.

Viro e dou de cara com Piper parada no corredor bem atrás de mim. Um risinho nos lábios.

Ela está brincando com a gente.
Minha mãe franze a testa ainda mais.
— O que deveríamos estar vendo aqui?
No vídeo, Piper seca a boca e coloca o copo no balcão. Quase no mesmo lugar onde encontrei os copos antes.
As palavras de Sammy tropeçam umas nas outras:
— Mas... a gente ouviu algo ontem de noite.
Alec ergue a sobrancelha.
— Vocês estavam espiando a Piper?
Depressa, pulo para pegar o controle e desligar a televisão.
— Alarme falso — falo de uma vez, antes que a conversa possa desandar. — Vou levar o Buddy para passear. Sam, vamos!
— Ei, Sam! Marigold! Voltem aqui.
Puxo o pulso de Sammy.
— Ops, não posso conversar. Preciso correr!
Na esquina do lado de fora do jardim secreto, o vento de outono se esgueira por nossos casacos. Sammy, desanimado, chuta uma pedra.
— Ela deve ter ouvido nossa conversa sobre as câmeras — ele grunhe. — Bisbilhotando como sempre. O que fazemos agora?
Por um momento, a dúvida toma conta de mim. Durante todo esse tempo, podia mesmo ser só a Piper pegando um copo de água tarde da noite? Mas... como ela alcançava o armário de cima? E aqueles passos... eram pesados demais para ser da Piper. A não ser que ela estivesse andando forte de propósito. Tantas perguntas, e um vídeo pode ser a melhor aposta para respondê-las.
— Vamos fazer outra tentativa de resolver isso. Coloca as câmeras em lugares diferentes desta vez. Temos que pegá-la fazendo alguma coisa! O papai vai chegar em alguns dias, então temos mais uma chance.
Sammy, resoluto, assente.
— Tudo bem. Mas e a Piper?
— Eu a distraio enquanto você coloca as câmeras de novo.
— Como vai fazer isso?
Dou uma risada.
— Fácil. Vou só conversar com ela.

★

Do meu quarto, vejo Sammy descer a escada na ponta dos pés, fazendo um joinha para mim. Ele precisa de pelo menos dez minutos para colocar todas as câmeras. Respiro fundo para me estabilizar e atravesso o corredor. Piper está deitada no chão de pijama, desenhando, com sua lava lamp deixando o quarto vermelho-sangue.

— Precisamos conversar — falo, fechando a porta.

Piper franze a testa, soltando seu giz de cera antes de sentar sobre os calcanhares.

— Sobre o quê?

— Você sabe sobre o quê. Esse joguinho que está fazendo. Já cansei das suas bobagens.

De primeira, Piper se faz de boba, como se não tivesse a menor ideia do que eu estou falando. Então seu rosto fica sombrio.

— Eu já te avisei — ela sibila. — Esta é a casa da dona Dulce e ela quer que você vá embora.

Cruzo os braços, vendo a hora discretamente. Dois minutos.

— Então o que você ganha com isso? Agindo como o cão de guarda da dona Dulce?

Ela ergue o queixo.

— Ela é minha amiga.

— Não, você não tem nenhum amigo, porque continua falando com essa de mentira! Ela não é real.

Os cantos da boca dela se mexem.

— Eu tenho amigos. A dona Dulce é minha amiga. Ela se importa comigo! Não é que nem você!

— O quê? O que te faz pensar que não me importo com você?

— Você nunca foi legal comigo. Sempre me zoava pelas costas. E me chamou de irritante.

— O quê? Quando?

— Um dia antes de você.... de você... — Ela para. — E aí você foi embora para aquele hospital.

Merda. Eu tenho uma memória vaga daquele dia. Lembro de estar excepcionalmente chapada, sem nem conseguir ir ao treino. Piper veio para o meu quarto para me mostrar... alguma coisa, mas eu mandei ela ir embora.

— Isso tudo é por causa daquele dia? Piper, a gente não se conhecia direito naquela época. Quer dizer, você tinha acabado de vir morar com a gente, mas... eu mudei.

Ela pula para ficar de pé.

— Não mudou, nada. Ainda é malvada comigo! Ainda está fumando aquele negócio que te deixa com sono. E a dona Dulce não gosta. Esta não é a sua casa. A casa é dela e é ela que faz as regras e ela não te quer aqui. Ela disse que quando vocês forem embora, ela vai fazer uma torta de maçã para mim e para o papai, do jeitinho que a vovó...

Ela se interrompe, sabendo que falou demais, expondo sua verdadeira missão: substituir sua avó. A única amiga que teve de verdade. Meu coração amolece e nem consigo ficar brava. Ela está sofrendo. E está descontando o sofrimento em nós.

— Piper, eu...

Logo paro de falar, quando meu olhar para no desenho perto dos pés dela. No papel estão bonecos de pauzinhos dela e de Alec, parados do lado de fora da casa, e todas as janelas estão em chamas. Então, no canto, perto do que penso ser a rua, vejo outra pessoa. Uma mulher de pele marrom, cabelos brancos... usando um avental rosa com uma torta na frente. Minha boca fica seca.

Piper pega o papel e esconde nas costas.

Fique tranquila, digo para mim mesma, esfregando as têmporas. Embora eu esteja pronta para correr, gritando. Cinco minutos.

— Piper — digo, com gentileza. — Me escuta. A dona Dulce... Ela não é real.

— Isso não é verdade — ela choraminga.

Seis minutos.

— É verdade, *sim*! E esta não é mais a casa dela. Este é o *nosso* lar agora. Ela precisa ir embora. Precisamos ajudá-la a ir embora, a seguir em frente. E podemos fazer isso... juntas.

Piper está aflita.

— Ela é real, *sim*. E ela diz que você que precisa ir embora! Você é uma viciada e precisa sair!

— Ela não é real, sua besta! Você está só sendo usada como peão no jogo dela. Você não entende? Ela está te usando!

As palavras saíram da minha boca antes que eu pudesse me segurar. E só leva uma fração de segundo para que eu perceba que fiz besteira.

Piper estreita os olhos, as mãos se fechando em punhos.

— Você vai se arrepender de ter dito isso.

Zzzzzzz POP!

As luzes se apagam e somos mergulhadas na escuridão; o medo é instantâneo. Cambaleio para trás, batendo na porta sanfonada do closet dela, e solto um grito agudo. A porta se mexe, os cabides estalam, e eu pulo para longe.

Aquela... aquela porta maldita acabou de me empurrar?

Viro para Piper e ela não se mexe, seu rostinho nas sombras. Um grito está preso na minha garganta, minhas pernas desesperadas para fugir. Mas não consigo me mexer. Não sei o que tem lá fora. Então olho para Piper e percebo: também não sei o que tem aqui dentro.

Abro a porta do quarto com força e deparo com uma parede de fedor tão horrível que meus olhos lacrimejam. É carne estragada, vômito azedo e merda. O frio torna o cheiro mais nítido, fazendo meu nariz arder.

Tem algo aqui. Alerta e atento. É como se a casa pudesse ouvir cada uma das nossas palavras, como se soubesse o que estamos pensando...

Ah, não!

Saio correndo, tentando não tropeçar na escada.

— Sammy! — grito, disparando pelo corredor.

Sammy está na sala, com uma lanterna apontada para o rosto.

— Você está bem?

Ele assente, segurando Buddy com firmeza, e faz um joinha para mim. Ele está seguro... por enquanto.

A porta do porão bufa, sacolejando a maçaneta.

— Você ouviu isso? — pergunto, com voz de choro.

A casa... está ganhando vida.

De olhos arregalados, Sammy lentamente aponta a lanterna pela sala vazia, até o canto.

A camisa azul clara de Alec paira na porta do porão, com a luz destacando as mechas ruivas naturais em seu cabelo.

— Quem trancou isso? — pergunta Alec, puxando a maçaneta de novo.

Um arfar intenso escapa e eu desabo no sofá.

— De onde você veio? — pergunta Sammy, com a voz falhando.

— Eu estava no escritório, consertando a impressora da mamãe.

Então ele simplesmente estava aqui no escuro? Estranho.

Minha mãe desce devagar segurando uma lanterna.

— Por que vocês não estão na cama? — ela pergunta, apontando a lanterna para Alec, no canto.

Ele balança a maçaneta, examinando a fechadura.

Puxo Sammy para trás de mim, me afastando até as janelas e observando Alec tentando abrir nossa única proteção contra o demônio que mora ali embaixo.

— Talvez... talvez a gente não devesse fazer isso — digo, com todos os músculos tensos.

O que quer que more no porão, a coisa quer que a gente desça. Tem tentado nos atrair desde o começo. Sammy agarra minha camiseta.

— Mari...

Minha mãe olha para nós, franzindo a testa.

— O que está havendo com vocês dois?

Alec entra na cozinha e abre uma gaveta.

— Cadê a chave?

— Chave? Que chave?

— A chave do porão — ele diz, como se fosse uma pergunta estúpida. — Coloquei bem aqui depois de guardar as caixas da mudança.

Tem uma droga de uma chave? Ele tem ido lá embaixo esse tempo todo?

Buddy fica tenso, com um rosnado baixo vibrando na garganta.

— Papai?

Viramos, apontando todas as lanternas na direção da voz dela. Piper está parada no corredor, fazendo careta por causa da claridade, com as mãos protegendo os olhos.

— O que está acontecendo?

— Está tudo bem, docinho — ele diz, levando uma chave de fenda até a fechadura.

Piper pisca algumas vezes, aflita.

— Papai — ela sussurra, hesitante. — Não.

Merda. Nem a Piper possuída quer que ele desça para o porão! E, se ele abrir aquela porta, não vou ficar parada aqui para ver o que tem do outro lado.

— Sai correndo — sussurro para Sam. — Depressa!

Sammy assente, deslizando pelo corredor com Buddy. Dou a volta, me afastando do porão, antes de tocar gentilmente o cotovelo da minha mãe.

— Mãe — sussurro. — Mãe, precisamos ir.

Ela não percebe a seriedade no meu tom de voz, preocupada demais em observar Alec.

— Vamos só ligar para a companhia elétrica — minha mãe decide, apontando a lanterna para a mesa para encontrar sua bolsa.

Vou precisar arrastar ela para fora daqui. Não vou abandoná-la.

— Mãe...

Zzzzzz POP!

De uma só vez, as luzes ligam de novo e fazemos caretas. Sam já está do lado de fora, com a lâmpada da varanda brilhando em cima dele.

— Bom, pronto — diz Alec, sorrindo e limpando as mãos. — Meu trabalho aqui está feito!

— O que foi tudo isso?

Minha mãe ri, arrumando o relógio do fogão.

— Casa velha é assim mesmo — Alec explica, dando de ombros. — Mas se eu puder descer lá, posso conferir, para garantir. Vou precisar ligar para o chaveiro amanhã.

— Mãe! Vem ver! — Sammy grita. — Acho que a luz ainda não voltou no resto da Maple Street.

Nos reunimos na varanda, o ar da noite frio. A Docinho está na beirada, de frente para a rua. Alec vai arrastando os pés até a calçada, se esticando para ver.

— Não acho que seja só na Maple Street — ele diz. — Acho que é em Maplewood inteira.

É fácil para a gente se reunir no meio da rua, já que carros nunca passam por aqui. Do nosso ponto de vista, dá para ver que a Maple, a Sweetwater e a Division estão na mais completa escuridão. As casas ao longe se confundem com o céu escuro. Nossa casa é uma pequena vela no meio de uma floresta de escuridão.

— Tenho certeza que a qualquer momento a eletricidade deles vai voltar também — diz Alec, cheio de otimismo. — Olha, podemos ficar aqui e ver acontecer! Como fogos de artifício!

Nós esperamos e esperamos e esperamos e esperamos. Nada. As árvores parecem nos enterrar, as sombras crescendo ao nosso redor, o vento fazendo as folhas voarem em espirais pela rua. Olho para janela de Piper e não consigo afastar a sensação estranha de estarmos sendo observados.

— Papai, estou com frio.

Minha mãe, mexendo no celular, resmunga:

— Não consigo achar o número da companhia elétrica. É como se eles não existissem. Ah, espera. Sem serviço? Que merda está acontecendo?

Pontadas agudas se espalham pelas minhas costas e eu estremeço. Precisamos sair daqui.

— Papai — diz Piper, apontando para o fim da rua. — Tem alguém vindo.

Não é só um alguém. Muitos alguéns. Uma tempestade constante de passos, vindo todos na nossa direção.

Alec franze a testa, rindo, confuso.

— O que será que eles querem?

Minha mãe olha a multidão por um momento e se dá conta.

— Todos para dentro — ela manda, nos empurrando de volta para a casa. — Agora. Vamos!

— O que está acontecendo? — pergunta Sammy enquanto ela o empurra pela calçada e escada acima.

— Para dentro! Depressa!

Uma multidão de pessoas emerge da escuridão perto da casa.

— Raquel — Alec diz, alheio como sempre. — Qual o problema?

— Ei! — uma voz grita atrás de nós, e congelamos.

O sr. Stampley caminha pelo gramado, apontando o dedo para a casa.

— Por que vocês estão com luz e nós não?!

O desfile de vizinhos que o segue se espalha, formando um semicírculo na frente do gramado, com os rostos contorcidos. O ar fica pesado e hostil.

Alec, genuinamente confuso com a presença das pessoas, dá de ombros.

— Não sei. Vocês precisam perguntar para a Cedarville Electric.

Minha mãe, parada na nossa frente na varanda, discretamente tenta ligar para a polícia. Ainda sem serviço.

— Merda — ela murmura.

— Ah, entendi, você acha que ter luz nessa sua casa chique te torna melhor do que nós.

— Chique? — Alec ri. — Você viu essa rua?

Alguém bufa, expressando uma revolta visceral.

— Então esse lugar não é bom o suficiente para você? — um homem grita.

Eles praguejam, soltando xingamentos inflamados. Bem lá no fundo, Yusef está parado na rua, parecendo confuso pelo mero tamanho da multidão. Nossos olhos se encontram e ele balança a cabeça, decepcionado com nossos vizinhos. Eu os reconheço das minhas corridas, da escola e da biblioteca. Pessoas que nos conhecem, mas parecem ávidas para atacar.

— O que foi? Não gosta de morar perto de gente negra?

— Ele não disse isso! — dispara minha mãe, descendo para se juntar a Alec no último degrau.

Olho para Piper, parada atrás de Sammy, tremendo de frio. Ela espia por cima do ombro para dentro da casa, como se estivesse esperando alguém sair.

— Ninguém te perguntou, irmã — uma jovem grita, estalando o pescoço. — E é bom você ficar de olho nesse daí! Ele tem dado em cima de toda mulher que vê.

— O quê? — Alec grita. — Do que você está falando?

— É verdade — outra mulher diz. — Eu vi esse cara cantando todas as mulheres negras do escritório. Ele é um mulherengo!

Alec vira para minha mãe.

— Isso é ridículo. Eu não estou dando em cima de ninguém!

Minha mãe balança a cabeça rapidamente para ele. Ela acredita. E, para ser sincera, eu também. Alec parece besta demais para trair.

— Ele não deve estar indo atrás de mulher nenhuma — diz o sr. Stampley. — Tá ocupado demais saindo por aí pra roubar coisas das casas dos outros!

A multidão urra em concordância.

— Nós já falamos — minha mãe diz em um tom calmo. — Não sabemos como seus pertences vieram parar na nossa varanda.

— Talvez tenha sido seu menino — um homem grita, apontando para Sammy. — Eu já vi ele andando com aquele cachorro por aí!

— E o que tem de errado nisso? — Alec dispara como resposta. — Em sair para passear com o cachorro?

Uma mulher berra:

— Eles ainda têm aquela garotinha que fica tentando levar nossos filhos para brincar nas casas abandonadas.

Piper inala com força, se encolhendo e segurando o braço de Sammy, então solta depressa.

— É, todos eles têm andado pelas casas. A mais velha fica fumando lá também.

Fico tensa quando falam isso, minhas pernas ficam dormentes.

— Ahaaaaam. Vocês sabem que ela tem problema com isso — alguém fala, rindo. — Foi pra reabilitação e tudo!

Meus olhos se enchem de lágrimas e uma vergonha instantânea me corrói. Sammy chega mais perto e aperta minha mão com força. Minha mãe olha para mim, com mágoa no olhar. Mágoa por mim. Sei que ela não contou para ninguém. Então, como eles sabem?

— É. Eu vi ela se esgueirando naquela casa da esquina — outro homem grita, mais um rosto sem nome.

O jardim secreto. Merda! Como posso ter sido tão burra a ponto de achar que ninguém perceberia? *Negue negue negue... ninguém tem provas.*

Yusef franze a testa, vendo os comentários pulando de um lado para o outro pela multidão antes de encontrar meu olhar. Balanço a cabeça, sussurrando "não é verdade".

Yusef apenas me encara, o rosto sem emoção.

— É. Ela ainda tem essa pedra no sapato — alguém diz, rindo alto.

A multidão cai na gargalhada e é como vários socos no estômago, me fazendo perder o ar a cada vez.

— Desculpa — choramingo para Sammy, sabendo o quanto sou um constrangimento para ele. Para minha família inteira.

Minha mãe sobe dois degraus de cada vez, passa o braço em volta dos meus ombros e sussurra:

— Vamos, querida. Não precisamos ouvir isso.

— Ei! — Alec grita, saindo da escada. — É bom deixarem ela fora disso! Vocês não têm nenhum direito de falar assim. Ela é uma criança!

Eu nunca tinha visto Alec me defender por motivo nenhum. É quase um alívio cômico.

— Olha, eu trabalho com o sr. Sterling — continua ele, pegando o celular. — Posso ligar para ele e perguntar sobre a queda de luz. Mas estou na mesma que vocês! Não faço ideia do que está acontecendo. Não estou no comando aqui!

— Até parece. Você nem pagou por essa casa — dispara o sr. Stampley. — Estão morando aí de graça, como se fossem melhores que nós!

— É! — o resto grita em concordância.

Como eles ousam vir nos atacar se fizeram algo muito pior?! Eles queimaram uma família viva! Bem, ou os antepassados deles fizeram isso. A maioria provavelmente já morreu. Olho para o lado, para a casa coberta de tapumes com os corpos dentro, e engulo em seco. Como se lesse meus pensamentos, Yusef balança a cabeça, me dando um aviso. E ele está certo. Eles podem nos matar por sequer sabermos sobre a família Peoples.

A multidão nervosa está se juntando, se aproximando da casa. É uma turba, minha mente começa a processar em pânico, olhando para a casa ao lado de novo.

Nós podemos acabar exatamente como eles.

Se eu correr para dentro agora, posso pegar a chave do carro, e teremos menos de cinco segundos para chegar à garagem.

Então, sem fazer nenhum barulho, as luzes da rua ganham vida nas calçadas, uma a uma, surpreendendo a multidão.

— Pronto! Viu, a energia voltou — Alec dispara, apontando para a rua. — Agora, vocês podem dar o fora da minha propriedade e parar de assediar minha família? Por favor!

Depois de alguns resmungos, a multidão começa a dispersar, voltando para a rua, indo para suas casas sem nem um pedido de desculpas. Minha mãe solta a respiração enquanto Piper desce os degraus correndo e pula nos braços de Alec.

Yusef encara antes de enfiar as mãos nos bolsos e seguir a multidão. E ao longe, em meio às sombras, o sr. Watson rapidamente entra em uma picape na esquina. Uma picape que reconheço, porque estacionou na nossa rua várias noites.

Vinte e um

Antes de o sol nascer, coloco minha roupa de corrida e saio de casa de fininho, aliviada ao ver o gramado vazio. Dói ter os meus piores erros usados como piada por estranhos, constrangendo minha família de novo. Nós só precisamos passar mais quatro dias neste lugar, e não quero dar motivos para essas pessoas me prenderem. Preciso levar os vasos para algum lugar e destruir qualquer evidência de eu ter colocado o pé no jardim secreto. Devia ter feito isso antes, tipo, depois de ver a Erika ser arrastada para a cadeia. Acho que eu estava muito... desesperada. Mas a maconha não vale passar a minha vida em um presídio com todo mundo de Maplewood.

Passando pela grama alta, empurro a porta e me abaixo para entrar debaixo da lona, dando de cara com um homem parado no meio da cozinha.

Yusef.

— Merda — arfo, com a mão no coração. — Cara, você não acha que já levei susto o suficiente?! O que está fazendo aqui? Como você...

Yusef toca um dos botões que desabrocham, com o rosto impassível.

— Então é pra isso que tem usado meus equipamentos? Meu fertilizante? Você plantou essa merda!

Droga.

— Hm, bom... Eu só...

— Você mentiu pra mim — ele rosna.

Parte de mim quer mandá-lo cuidar da própria vida. Dizer que ele não tinha o direito de se intrometer como se fosse dono do lugar. Ele nem sequer me defendeu quando a vizinhança inteira arrastou minha reputação na lama. Mas outra parte quer que ele grite mais, acabe comigo, porque eu mereço. Eu mereço toda a raiva e todo o ódio dele. Por isso e muitas outras coisas.

— Sinto muito — balbucio.

— Some com isso — ele dispara.

Esse era o meu plano todo esse tempo. Mas dou uma olhada para as mudas nos vasos, minha obra de arte magnífica, e fico em dúvida.

— Mas está tão perto. Está quase pronta para ser colhida. Yusef, não sou traficante nem nada. É só que... isso me ajuda de verdade. E, bom, você foi compreensivo com a Erika!

— Porra, tá falando sério? Tá tentando se comparar com a Eri?

Eu me encolho, lerda demais para saber que não deveria trazer à tona um assunto tão doloroso. Desesperada, tento de outra forma.

— Está bem, mas talvez nós dois... juntos... A gente pode conseguir algum dinheiro e...

A expressão no rosto dele me faz congelar. Seus olhos se estreitam, a mandíbula tensiona.

— Quer saber, Cali? Seu lugar, na real, é em Big Ville. Tá tão na secura que não vê o que tá acontecendo bem na sua frente! Como todo mundo aqui tá ferrado! Não me surpreende que todo mundo te chame de viciada. E eles estão certos. Você mente pra todo mundo, até pra sua própria família. Quem pode confiar em alguém como você?

Suas palavras são como uma picareta afiada enfiada no meu peito.

— Yusef — digo em um sussurro, lutando contra as lágrimas.

Ele aperta o topo do nariz e bufa.

— Eu não sou de dedurar ninguém. Não gosto dessas coisas. Mas se você não sumir com essa merda, vou te entregar pessoalmente. E não vou dar a mínima pra que porra vai acontecer com você depois.

É difícil colocar em palavras como é jogar plantas cannabis perfeitamente boas em uma caixa de compostagem. É como uma criança com fome ser forçada a jogar fora comida nova. Não tinha a menor chance de queimar a maconha sem que o cheiro chamasse a atenção da vizinhança, e seria arriscado demais deixar em um lixo comum onde qualquer um poderia encontrar. A caixa de compostagem da minha mãe era o lugar mais seguro.

Eu desenraizei as plantas, arrancando-as dos vasos com lágrimas nos olhos, não pela perda, que deveria me doer depois de todo o trabalho que tive. É pela soma de... tudo.

Viciada. A palavra tem um significado profundo tão cruel, sem deixar nenhum espaço para compreensão e compaixão. Ninguém sabe por que sou assim. Eles nem sequer se interessam em saber. Só veem a superfície e pronto. Mas, de todas as pessoas, nunca pensei que Yusef seria tão superficial. Ele me conhece, mais do que qualquer um daqui. Não consigo acreditar que pôde ser igualmente cruel.

Meus músculos estão sedentos por uma longa corrida. Do tipo que pode me fazer dar a volta na cidade, duas vezes. Não estou pronta para encarar qualquer um dos meus vizinhos, mas, sem maconha, minha única saída é correr. Então, depois da aula, aumento a música, mantenho os olhos focados e finjo que estou no meio de uma disputa e que as pessoas na rua não passam de árvores. Dou o meu máximo, me esforço cada vez mais, respirando em meio aos olhares intensos, à dor e às lágrimas. Eu teria continuado correndo, se a Tamara não tivesse ligado.

— Cara — falo, arfando, diminuindo até parar na margem do parque. — Minha vida é uma droga por muitos motivos.

Explico tudo, soltando uma diarreia completa de palavras, sobre a casa, Piper, Erika, Yusef... não deixo nenhum detalhe de fora. Ela escuta em silêncio, depois ri.

— Ele está certo.

— Porra, você também não — falo, grunhindo.

— Você é minha amiga e eu te amo, mas... você consegue ser uma cuzona egoísta às vezes — ela diz, em um tom meio desculpa-mas--nem-tanto. — Tipo, você se dá conta de que só me liga quando precisa de algo? Sério, quando foi a última vez que perguntou o que está rolando comigo? Tudo parece acontecer com você, como se não tivesse nenhuma responsabilidade sobre nada.

Abro a boca, mas de novo não tenho desculpas. É o que acontece quando não se dorme há uma semana.

— E eu já te disse, se coloca no lugar da Piper uma vez na vida — ela continua. — Se você fosse ela, e sua nova irmã tivesse feito algo bem bosta com você, o que iria querer?

Suspiro.

— Um pedido de desculpa.

— Isso. Então por que não começa por aí?

Mudar é bom. Mudar é necessário. Mudar é preciso.

— Mas não foi por isso que te liguei — ela fala, mais animada. — Você não precisa mais plantar sua própria maconha. Está prestes a ser salva!

— Hã?

— Acabei de ler que na verdade eles legalizaram o uso recreativo de maconha no estado ano passado. Cedarville estava apenas esperando para entregar as licenças aos dispensários. Uma foi finalmente aprovada, e é uma rede nacional!

— Está falando sério? — arfo, abrindo um sorriso.

— Sim. Vou te mandar o artigo.

Os líderes municipais aprovaram a primeira licença para dispensários para a Good Crop Inc., permitindo a Cedarville a oportunidade de participar de uma indústria que estima-se produzir cinco bilhões de dólares em vendas por ano. A Good Crop atualmente opera dispensários nos estados de Arizona, Connecticut, Califórnia, Flórida, Maine, Maryland, Nova Jersey, Nevada e Nova York.

O CEO, Nathan Kruger, disse: "Estamos animados para abrir novos postos de trabalho na cidade de Cedarville!"

— Cara — falo, grunhindo.
— O quê?
— Por favor, me fala que esse Nathan Kruger não tem relação com a Eden Kruger de nenhuma forma.

Tamara fica em silêncio, digitando freneticamente antes de balbuciar:
— Ah. Porra.

Eden Kruger, filantropa

Filha de Scott Clark, golpista da semente mágica. Casada com Nathan Kruger, vendedor de maconha.

Quando volto para casa, minha mãe acena do carro saindo na garagem, e encontro Sammy na cozinha.
— Ei, aonde a mamãe está indo? — pergunto, pegando uma água na geladeira.

Sammy coloca uma cumbuca com mingau de aveia dentro do micro-ondas e dá de ombros.
— Alguma reunião com o pessoal da Fundação. Ela estava esperando você chegar primeiro. A Piper está lá em cima.

Eu me inclino para perto dele e sussurro:
— Você já conferiu as câmeras?
— Ainda não. Estava esperando até a barra ficar limpa. Além disso, ainda não comi meu lanche!

Certo. Mingau depois da escola é a prioridade máxima.
— Está bem, vou pegar as câmeras enquanto você come. Beleza?
— Beleza. — Ele sorri quando o timer apita.

Tirando minha blusa suada, subo correndo para trocar de roupa e, assim que chego no segundo andar, piso com o pé descalço em um prego.
— Ai! — grito, apertando o corrimão para não cair, pulando em um pé só, sentindo uma dor lancinante.
— Você está bem? — Sammy grita.

Consigo sentar no último degrau e dou uma olhada no pé. Não tem sangue, só deixou uma marca profunda. Graças a Deus. A última coisa que preciso é ter que ir para a emergência. Procuro o culpado e lá, alguns degraus abaixo, há não um prego, mas uma pedrinha bege.

— Argh — grunho, me abaixando para pegar o objeto. — É por isso que a mamãe diz para não usar sapatos dentro de casa!

A pedra espeta meu dedão quando a seguro e ergo a mão para conferir mais de perto... Pisco duas vezes, estreitando os olhos. Também não é uma pedra: é um dente.

— Mas... que porra — murmuro.

O dente é afiado, amarelado, com sangue seco preto na raiz. Sammy já perdeu todos os dentes de leite. A única pessoa que poderia perder algum dente na casa é Piper.

Bato na porta dela.

— Oi.

Sentada na cama, Piper dobra suas roupas limpas meticulosamente, com gestos lentos fazendo um quadrado firme com cada blusa, depois colocando tudo em uma pilha perfeita. Exatamente como uma velha faria.

O dente na palma da minha mão... é grande e gasto demais para ser de uma criança. Mas de onde ele veio?

— O papai disse que você está indo embora — ela fala com desdém sem olhar para cima.

Depressa, coloco o dente no bolso.

— Hm, pois é. Parece que você vai ter o que queria, afinal de contas.

Com os lábios apertados, ela ergue o queixo e dá de ombros.

— É... que bom.

Pensando em Tamara, engulo meu orgulho.

— Então, olha, só quero dizer que sinto muito pelo que falei ontem. Sobre você ser um peão. E pelo que falei... quando estava chapada.

Piper olha depressa na minha direção. Eu a surpreendi. Não tenho certeza se isso é uma coisa boa ou ruim, mas continuo falando:

— Naquela época, o que eu disse não tinha a ver com você, e sim com o que estava acontecendo comigo. Você e seu pai me conheceram em um momento diferente da minha vida. Mas eu mudei, acredite ou não. Só queria que a gente pudesse, sabe, fazer algum tipo de trégua nesses últimos dias.

Ela franze a testa.

— Algum tipo de quê?

— Trégua. É quando a pessoa concorda em parar de brigar e discutir por um certo tempo. Então, podemos fazer isso? Ficar em paz pelos próximos quatro dias?

Piper pondera.

— E depois... você vai embora?

— Isso.

Ela hesita, mordendo o lábio, e assente.

— Ah. Tudo bem.

Por que parece que isso não é o que ela quer de verdade?

Estou prestes a perguntar mais quando ouço um barulho alto lá embaixo. Vou para o corredor.

— Cara? O que você tá fazendo?

Sem resposta. Só Buddy latindo.

— Sammy? — chamo, descendo os degraus lentamente, tentando ignorar as pontadas na barriga.

Chego até o canto da cozinha, que está vazia, um copo está virado no balcão, derramando água. Uma nova onda de pânico cobre meus ossos com gelo.

Merda. Cadê o Sammy?

Instintivamente, olho para a porta do porão, ainda fechada. Buddy late ferozmente, pulando ao lado da mesa. Algo se mexe; um rangido preenche o ambiente. Vou até Buddy pé ante pé, engolindo em seco, e encontro Sammy caído no chão atrás da ilha da cozinha.

— Sam! — grito, abaixando ao lado dele.

Sammy aperta o pescoço com as mãos, os olhos frenéticos, as pernas chutando. Eu o puxo para o meu colo.

— O quê? Qual o problema? O que...

Então sinto o cheiro. Um aroma com o qual não estou acostumada, porque não existe em nossa casa desde que Sammy tinha quatro anos.

Doce e ao mesmo tempo um pouco salgado, vindo do pote de mingau caído ao lado dele.

Manteiga de amendoim.

Estou mais que assustada, estou completamente aterrorizada. E ainda não tinha atingido esse nível até este exato momento.

Sammy continua se agitando no chão, indefeso e desesperado. Seus tênis rangem no chão.

— Está tudo bem, está tudo bem. — Tento passar segurança para ele com a minha voz esganiçada. — Eu estou aqui!

Piper desce correndo e para de repente.

— O que está acontecendo? — ela grita. — Qual o problema com o Sam?

Os lábios dele estão inchados, as bochechas inflando. Minha mãe nos fez praticar para casos como este. Eu sei o que fazer, só espero não estragar tudo.

— Ele está tendo uma reação alérgica — grito, deitando Sammy de costas e correndo até a geladeira. — Ele vai entrar em choque. Liga para a emergência!

Com os olhos arregalados, Piper mexe a boca, mas não consegue dizer nada.

Pulo, passando a mão em cima da geladeira para achar a caneca. A minha mãe não tinha colocado aqui? Sei que sim, eu a vi colocar as canetas de adrenalina aqui! Mas não tem caneca, nem canetas. No lugar, meus dedos tocam em algo afiado e de plástico, como peças de Lego. Pego um punhado e, assim que abro a mão, meu estômago se contrai. É a câmera GoPro, em pedaços.

— Merda — murmuro, olhando para Piper, parada em choque, com os olhos cheios de lágrimas observando Sam se debater.

— Piper, por favor! — imploro, minhas próprias lágrimas explodindo quando chego na escada. — Liga para a emergência!

No quarto de Sammy, vasculho sua mochila. Minha mãe sempre coloca canetas injetoras de emergência no bolso da frente. Mas os bolsos estão vazios, de todas suas mochilas.

— Porra! — grito, uma onda de pânico me dominando enquanto tento ligar para minha mãe, remexendo no quarto dela.

Ele precisa da caneta injetora. Ele não vai aguentar chegar até o hospital sem ela. Onde estão as merdas das canetas?!

Espera!

No meu quarto, mergulho embaixo da mesa, puxando de lá uma caixa de arquivo. Vasculho até minha mão encostar em algo. Uma caneta injetora extra que joguei no meu kit de autocuidado antes de sairmos da Califórnia. Eu me senti mais segura com isso, sabendo que poderia cuidar do meu irmão. Quase esqueci. Mas... há quanto tempo está aqui? Essas coisas vencem? Meu Deus, mãe, atende o telefone!

Algo preto na colcha da cama me faz dar um passo para trás por impulso, gemendo. Deixo a caneta cair, e meu corpo fica rígido.

FATO: Espera... não!

Dou um passo para a frente e, olhando novamente... são mais peças de Lego. Os restos da câmera GoPro número dois se esmigalham nas minhas mãos.

Se concentre! Não há tempo.

O fedor perto do banheiro, quando corro por ali, é violento. Fantasmas. Demônios. Todos eles estão tentando matar meu irmão. Essa casa e tudo nela tem tentado nos matar desde o começo.

De volta à cozinha, Piper está parada ao lado de Sammy, tremendo e chorando.

— Ele. Não. Consegue. Respirar — diz ela, soluçando ao telefone, se inclinando por cima dele.

Ela está mesmo no telefone? Ou é tudo fingimento?

— Sai de cima dele! — grito, empurrando-a para o lado.

Ela grita, e seu choro é de doer os ouvidos. Preciso tirar o Sammy daqui. A casa não pode nos machucar quando estivermos do lado de fora.

O rosto de Sammy está azul quando o arrasto, segurando-o embaixo dos braços, porta afora, até a varanda. Ele fica rígido, fazendo um barulho estranho de gorgolejo antes de ficar imóvel.

— Tudo bem, tudo bem, tudo bem — balbucio para mim mesma, posicionando-o. — Segura a caneta. A ponta laranja para baixo. Remove a tampa. Balança, enfia, espera três segundos e aperta.

Meu Deus, espero que isso funcione!

Piper se joga de joelhos ao meu lado, o telefone ainda pressionado ao ouvido.

— Ele não está respirando! — Piper grita.

— Por favor por favor por favor — choramingo antes de erguer a caneta e enfiá-la na coxa de Sammy.

— Ele sempre tomou tanto cuidado com as alergias — minha mãe diz, fungando, do lado de fora do quarto de hospital. — Sempre conferindo os ingredientes... ele nem come doces no Halloween. Faz só pela brincadeira! Não sei como isso pode ter acontecido. E eu nem estava em casa! Sou a pior mãe do mundo! Não consigo fazer nada certo!

Alec passa a mão nas costas dela; a testa dele está suada, e sua gravata, desfeita.

— Amor, está tudo bem. Ele está bem. Mari conseguiu agir a tempo, ela sabia o que fazer, exatamente como você ensinou. Você é uma ótima mãe.

Piper está parada ao lado deles, encarando Alec, mas pela primeira vez na vida não interrompe o momento de carinho dos nossos pais. Lágrimas secas cobrem seu rosto, os olhos estão vermelhos e inchados.

— Tem certeza que era amendoim? — minha mãe pergunta. — A gente compra a mesma marca de aveia há anos! Ele comeu ontem e ficou bem!

— Positivo — a médica diz, em um tom baixo. — Nós vamos monitorá-lo até de manhã. Por enquanto, ele está bem e estável.

Minha mãe se debulha em lágrimas, e Alec a consola.

Piper abre a boca e depois fecha, retorcendo os dedos. Ela olha para mim, então afasta o olhar depressa, encarando o chão, atordoada. Talvez ela tenha sentido a onda de raiva escaldante irradiando da minha pele.

Porque, se ela der um passo na minha direção, sou capaz de matá-la. Ela tem algo a ver com isso. Ela sabe, eu sei. É só questão de tempo até ficarmos sozinhas. Foda-se o exorcismo, eu mesma vou lidar com ela.

Meu pai está vindo do Japão em um voo de emergência. Ele xingou e gritou o caminho inteiro até o aeroporto. Também conhece Sammy. Sabe que o filho nunca colocaria manteiga de amendoim no mingau. Algo... ou alguém fez isso com ele.

Estou tão ocupada encarando Piper que sequer ouço meu nome sendo chamado.

— Marigold — minha mãe repete. — Seu irmão está pedindo para te ver.

Pelo cheiro, o quarto de hospital parece ter sido mergulhado em álcool isopropílico, as luzes fluorescentes fazem os olhos doerem, e imediatamente lembro da última vez que me vi presa em uma dessas camas. Vômito no cabelo, urina seca nas minhas coxas... o estômago brutalmente vazio.

— Mari — Sammy geme, e eu me apresso até a cama.

Ele está coberto por um lençol branco e limpo e ligado a um monitor. Seu rosto está tão inchado que seus olhos quase parecem estar fechados.

— Oi — choramingo, contendo as lágrimas. — Como você tá?

Ele tenta dar de ombros, as palavras se enrolando na língua inchada.

— Tô me sentindo péssimo.

— Sammy, me desculpa. Eu deveria estar tomando conta de você. Nunca deveria ter te deixado sozinho, nem mesmo por um segundo. Sou uma vacilona.

— Cara, você não pode cuidar de mim todos os segundos do dia. Fungo, dando risada.

— É. Mas vou morrer tentando.

— Não é sua culpa — ele diz, tentando me acalmar.

Eu me inclino para a cama e seguro a mão dele.

— Não paro de pensar... que você *só* queria passar um tempo comigo ou jogar videogame com o David. Quando, na verdade, você estava com saudade do papai. — Sammy rapidamente olha para baixo, sem responder. Eu continuo: — Você é sempre tão tranquilo. Quem poderia dizer que estava passando por alguma coisa? E o que eu vou lá e faço? Te afasto, mil vezes, até você ter que me tirar do chão para que eu não me engasgue com meu próprio vômito. — Contenho um soluço de choro. — Você... merece uma irmã melhor.

— Mas eu não quero outra irmã — ele murmura, tentando sorrir. — Eu te salvei, agora você me salvou. Então estamos quites.

Dou risada.

— Cara, bem longe disso.

Fazendo uma careta ao respirar fundo, Sammy olha a porta fechada por cima do meu ombro.

— Você achou as câmeras? — ele sussurra, com a voz rouca.

— Achei — digo, fungando. — As duas estão quebradas. Piper deve ter encontrado de novo.

Sammy tenta engolir.

— Tem mais uma.

Leva um tempo para que eu registre as palavras.

— O quê?

— Tem mais uma câmera. Uma que não contei nem para você, porque é bem velha e eu não tinha certeza de que ia funcionar. Está no armário de vidro da cozinha, atrás das porcelanas da mamãe.

A esperança floresce.

— Sammy! Cara, você é um gênio!

Ele assente, tentando abrir seu melhor sorriso convencido.

— Tem que ter alguma coisa lá desta vez. Ou vai provar que realmente é um fantasma... ou que a Piper tentou me matar.

Vinte e dois

A volta para Maplewood é silenciosa. Alec nem mesmo liga o rádio. Não parece normal, nós quatro sem o Sammy. Mas ele está vivo, e é só isso o que importa. E vou fazer justiça por ele. Foi só por isso que aceitei sair do hospital em vez de dormir no canto daquele quarto.

Piper olha pela janela, brincando com a bainha do casaco, soluçando em silêncio. Ela não olha para mim. Nem uma vez sequer. Provavelmente está morrendo de vergonha e culpa. A câmera vai provar tudo! E, quando fizer isso, vou matar essa pestinha. A raiva me domina, fervendo em minhas veias.

Alec estaciona na garagem, a casa assomando sobre nós. A lava lamp de Piper está acesa, a janela lançando um brilho vermelho. Estava acesa quando saímos? Não lembro; tudo virou um borrão quando a ambulância chegou.

— Tem... alguém com fome? — minha mãe pergunta, com a voz fraca, enquanto sobe os degraus da varanda para destrancar a porta.

Normalmente, eu estaria morrendo de medo de colocar os pés na casa de novo. Mas, desta vez... estou cheia de adrenalina. Eu me preparo, alongando minhas panturrilhas. Tudo que preciso fazer é correr até a cozinha, pegar a câmera e dar o fora antes de alguém me impedir. O que fazer antes disso, não sei. Nem sei como a câmera funciona, mas não posso deixar na casa. As coisas têm o hábito engraçado de desaparecer aqui, e essa pode ser a única prova que temos para pegar a Piper.

Assim que minha mãe empurra a porta para abrir, praticamente atropelo Alec e estou na metade do corredor quando ouço uma nítida tosse ofegante. Todos nós paramos, a escuridão escondendo nossos rostos.

— O que foi isso? — minha mãe pergunta num arfar.

Escuto o silêncio, então vem a tosse de novo. Um acesso carregado e alto. Tem alguém na casa!

Alec leva um dedo aos lábios, a mão esticada na frente de Piper.

— Tudo mundo para fora — ele cochicha, nos levando até a porta.

Vou na ponta dos pés até ele, então, ajeitando a postura, viro no limiar da porta.

— Mari, o que você está fazendo? — minha mãe sussurra.

— Espera — digo. — Cadê o Buddy?

Nunca teve um dia em que Buddy não viesse pulando de alegria no máximo cinco segundos depois de entrarmos em casa. Ele já deveria ter aparecido a esta altura.

Surpresa, minha mãe pensa a mesma coisa e corre para dentro.

— Buddy!

Alec acende as luzes.

— Buddy! — ele chama.

Ouço de novo, um acesso de tosse carregada bem acima da gente.

— Buddy — grito, correndo na escada, com minha mãe atrás.

Assim que chego ao segundo andar, tropeço em um travesseiro largado no chão e caio de cara.

— Ai, Meu Deus! — minha mãe berra, e eu tateio em volta.

Buddy está deitado de lado na frente do banheiro, ofegando e arfando, uma cena quase idêntica à de Sammy. Pulo, me jogando freneticamente sobre ele.

— Não não não não — choramingo, acariciando sua cabeça. — Buddy, está tudo bem, garoto. Estou aqui. Estou aqui!

Minha mãe o examina, tentando abrir sua boca.

— Vamos, Bud, o que você comeu?

Buddy se debate, o acesso de tosse muito pior de perto, os olhos revirando.

— Mãe, ele não está conseguindo respirar!

Alec empurra gentilmente minha mãe para o lado e pega Buddy nos braços.

— Tudo bem, garoto, estou com você — ele fala suavemente. — Raquel, você dirige!

Desço a escada cambaleando atrás dele.

— Espera, eu também vou!

— Não, Mari — minha mãe diz, segurando meu braço. — Você fica aqui com a Piper!

— Buddy? — Piper soluça na entrada da casa, cobrindo a boca com as duas mãos. — Papai, o que aconteceu com ele?

— Está tudo bem, docinho — Alec grita por cima do ombro, indo para o carro, e minha mãe corre na frente dele para abrir a porta. — Nós só vamos levar o Buddy no veterinário. Você fica aqui com a Marigold! O Buddy vai ficar bem.

Da varanda, vejo minha mãe tirar o carro da garagem e arrancar pela Maple Street, então volto para casa. Piper está parada na porta, seu rostinho vermelho e inchado. O olhar dela encontra o meu, e ela dá um passo para trás. Pela primeira vez, parece estar genuinamente com medo de mim. Como deveria mesmo.

— Você fez isso — sibilo, apertando as mãos em punhos.

Piper balança a cabeça violentamente.

— NÃO! Não fui eu. Eu juro!

Eu a empurro e passo por ela, indo até a cozinha.

— O que você está fazendo? — Piper chora, me seguindo.

No armário, atrás dos pratos, encontro a última GoPro, escondida tão discretamente que ninguém perceberia.

Piper olha a câmera em minha mão com a respiração pesada.

— Mari — ela diz com a voz trêmula. — Acho que nós devemos...

— Agora eu quero ver você se safar dessa — disparo, e vou depressa na direção da porta.

— Aonde você está indo? — ela pergunta.

— Para bem longe de você!

— Espera, por favor! Eu não sabia que a dona Dulce ia machucar o Sammy. Eu não sabia!

— Para de palhaçada, Piper! Você sabia!

Piper morde o lábio; suas lágrimas e soluços só pioram as coisas.

— Por favor, não me deixa aqui sozinha — ela implora, agarrando a manga da minha blusa. — Por favor! Eu estou com medo!

Sacudo o braço, afastando-a, e encaro seu olhar aterrorizado.

— Ótimo! — vocifero e bato a porta com força.

Yusef abre a porta usando uma camiseta branca e um jeans escuro.

— Que foi? — ele diz, com raiva e com o olhar frio.

Tento acalmar minha respiração e me manter tranquila, apesar de estar bem longe disso.

— Posso entrar?

Ele funga, inexpressivo.

— Tá tarde.

— Por favor — digo, com a voz falhando. — Eu só... preciso conversar com alguém.

Olhando por cima do ombro, ele revira os olhos.

— Tá, entra. Só um pouco. Depois você tem que ir.

Na sala de estar, fico surpresa ao ver que o vovô ainda está acordado em sua poltrona, assistindo a algum programa antigo de televisão em preto e branco. Ele me lança um olhar feio quando passamos por ele indo ao quarto de Yusef.

— Você tá bem? — ele pergunta, sem uma pitada de preocupação verdadeira.

Suspiro.

— Não, na verdade não.

Ele bufa, abaixando a música, e ficamos parados em silêncio.

— Fiquei sabendo que Sammy tá no hospital. Ele tá bem?

Assinto, com medo de que, se eu abrir a boca, possa me debulhar em lágrimas, as imagens dele muito recentes e cruas na minha cabeça. Mas então lembro do que ele me disse e puxo a GoPro do bolso do casaco.

— Você sabe usar isso?

Yusef ergue a sobrancelha ao ver a câmera e dá um passo para trás.

— Só precisa conversar, né? Então você quer minha ajuda *de novo*? Por que será que não tô surpreso?

Uma nova onda de vergonha me perpassa.

— Não é para mim! É para o Sam. Pode ser a única coisa que vai nos ajudar a responder o que aconteceu de verdade com ele. Por favor!

— Você é uma figura mesmo — ele resmunga, balançando a cabeça, então mexe a mão na direção da cama. — Senta. Assim que a gente acabar, você pode ir.

Olho para a estrutura da cama e meu braço queima.

— Posso, hm, pegar uma cadeira da cozinha? Ou posso só ficar em pé.

Ele segue meu olhar, e eu me encolho.

— Ah! Hm, é. Vou pegar outra cadeira. Aqui, pega a minha.

A cadeira do computador do Yusef é de couro e nova, comparada ao resto do quarto. Então sento, não totalmente tranquila, mas, depois do dia que tive, não consigo ficar de pé por muito mais tempo.

Ele coloca uma cadeira da cozinha ao meu lado, então começa a mexer, nervoso, nos fios atrás do monitor.

— Olha... — ele começa a falar. — Eu nunca, er, tentaria fazer nada com você nem coisa assim.

Franzo a testa.

— Hã?

Ele não olha para mim.

— Foi por isso que você não quis sentar na cama, né?

Segundos se passam antes de eu soltar um riso exausto.

— Cara, não é isso. Eu... tenho medo de percevejos.

Ele joga a cabeça para o lado.

— O quê?

Enquanto ele instala a GoPro, eu resumo a minha fobia de insetos, e sinceramente, parece que tiro um peso do peito ao contar a verdade, compartilhar um vislumbre de como é o mundo através dos meus olhos.

Mudar é bom. Mudar é necessário. Mudar é preciso.

— Mas não entendo como a maconha te ajuda. Isso não te deixa mais... paranoica?

Balanço a cabeça.

— Têm duas variedades: *sativa* e *indica*. A *indica* é boa para relaxar e aliviar a dor. Não tem o efeito alucinógeno.

— Você parece profissional — ele pensa em voz alta. — Nunca experimentei.

— É. E não te culpo por odiar. Não foi legal o que aconteceu aqui, com a sua família. Especialmente quando a maconha é legalizada em vários outros lugares. Eu deveria ter sido mais sensível em relação a isso. Desculpa. Às vezes esqueço as coisas que são importantes para mim. Ou... as pessoas.

Yusef pisca sem parar, surpreso, mas no momento em que ele abre a boca, uma imagem aparece na tela.

Ele franze a testa.

— Essa não é a sua cozinha?

A câmera mostra uma visão geral da cozinha e da sala no fundo, parte da geladeira bloqueando o corredor. Yusef assente, impressionado.

— Ô, já viu aquele filme *Atividade Paranormal*? — ele ri, se reclinando na cadeira.

— É um dos favoritos do Sammy. Ele ama a série inteira. Entediante demais para mim. É como assistir a uma pintura secando, esperando alguma coisa se mexer a cada quinze minutos.

Ele ri alto.

— Ganha mais ritmo no final.

Lembrando de Sam, olho para a GoPro e o choro fica preso na minha garganta.

— Eu sempre perco o final. Nós... Sammy e eu... nós costumávamos ver filmes toda sexta-feira de noite. Desde que ele tinha cinco anos, Sammy sempre escolhia filmes de terror, já que ele nunca queria assistir sozinho. Ele precisa de outras pessoas por perto para se sentir seguro. No ano passado, eu comecei a perder as noites de filmes, por causa dos treinos de corrida ou sei lá. A verdade é que ficar em casa era... desconfortável. Eu via pontos pretos em todo lugar, encontrava picadas que ninguém mais conseguia ver, me coçava o tempo todo. Parecia que eu estava enlouquecendo. Sabe, eu não durmo mais do que quatro horas por noite há anos. É por isso que eu sempre caio no sono no meio dos filmes. Isso e a oxi, que me deixava sonolenta pra caramba. Então, um dia, Sammy me fez prometer que eu faria uma noite de filmes com ele. E eu queria cumprir essa promessa, então passei o dia todo sem tomar nenhum remédio. Mas... na última aula da escola... estava tão incomodada que me sentia a ponto de me jogar no sol de tanta coceira. Então eu pensei: "Não vou tomar oxi, vou só fumar um pouco de maconha". Imaginei que, se eu só desse uma tragada rápida, poderia pelo menos aguentar o filme inteiro pela primeira vez. Eu estava sem meu estoque e meu contato tinha sido preso. Meu ex... disse que conhecia um cara, e eu confiei nele. A última coisa que lembro de verdade é de entrar no meu quarto. Sammy me encontrou espumando pela boca. Parece que a maconha tinha sido batizada com fentanil.

— Putz — Yusef balbucia.

— O colégio me expulsou bem rápido depois disso. Meu ex disse que ia se entregar, contar que foi ele que me deu a droga, mas... não fez nada disso. Meus pais gastaram todas as economias para me ajudar a melhorar. As pessoas começaram a tratar nossa família como se a gente fosse leproso. Os pais nem deixavam os filhos brincarem com o Sammy, e ele já era tão... solitário.

Yusef fica tenso e coloca a câmera na mesa. Na tela, a cozinha ainda está vazia, sem movimento, sem sinal da Piper. Eu suspiro.

— Ter overdose é o tipo de erro que nunca se apaga, porque a única pessoa que acredita que você está mesmo melhor é você mesma. Mas acho que eu mereço. Porque, no final das contas, eu queria mais ficar chapada do que ir para casa ficar com meu irmãozinho. Escolhi as drogas em vez do Sammy. Fiz minha família passar vergonha, enchi a gente de dívidas, forcei todo mundo a se mudar para cá. Então não mereço coisas boas como vestidos coloridos, amigos, namorados, nem mesmo treinos de atletismo. Eu só mereço me sentir miserável. Mas... quando ainda estávamos na Cali, todos aqueles dias que fiquei estudando em casa e fazendo reabilitação, trancada no meu quarto, Buddy e Sammy estavam lá comigo, sabe? Eles nunca me trataram como um lixo, mesmo que eu me sentisse assim. Bom... ainda me sinto, até agora.

Yusef assente lentamente, chegando um pouco mais perto como se para me abraçar.

— Eu não posso perder o Buddy. — Tusso para esconder o soluço de choro, a barreira se desintegrando. — Não posso perder o Sammy. Eles são os únicos que não ligam que eu seja um lixo. Eles me acham incrível! Você sabe como é isso? Alguém que pensa que você é maneira pra caramba, não importa quantas vezes você vacile?

Yusef suspira.

— Eu não te acho um lixo.

— Acha, sim — choramingo. — Você me odeia! E eu mereço isso.

— Eu não disse nada disso. Só porque não tô de boa contigo não significa que eu não esteja de boa contigo, de boa?

Eu o encaro, atônita.

— Isso... não faz absolutamente nenhum sentido.

Nós rimos, a testa dele se inclinando contra a minha.

— Você não é um lixo, Cali — ele sussurra, passando o dedo no meu queixo.

Eu estremeço com o toque, fechando os olhos quando novas lágrimas brotam.

— Yusef... eu não mereço alguém como você.

— Por que você fica tentando se punir só por ter cometido um erro? Isso é o oposto do que qualquer pessoa que se importa com você iria querer que você fizesse.

— Como sabe disso? — cochicho, desesperada por respostas.

— Porque eu... Espera. O que foi isso?

— Hã? — digo, abrindo os olhos trêmulos.

Yusef encara o monitor, examinando de perto.

— Ôôôô — ele sussurra, colocando o punho na frente da boca e apontando com a outra mão, e eu olho para a tela.

De volta na cozinha, tudo continua aparentemente parado. Mas, bem no canto esquerdo, a porta de baixo do armário perto da pia hesita antes de abrir sozinha.

Arfo, sorrindo para Yusef. É isso! A prova de que precisamos para mostrar para minha mãe que existe mesmo um fantasma. Que eu não estou vendo coisas nem sendo maluca. Tipo, é bizarro pra caramba, mas me sinto quase a ponto de explodir em lágrimas de tão aliviada que estou. Preciso ligar para o Sammy e contar o que conseguimos fazer!

— Espera um segundo — murmura Yusef, estreitando os olhos. — O que é isso?

Na beirada de cima da porta do armário, uma mãozinha aparece, apertando a madeira com força. Meu coração sobe para a garganta. Eu reconheço aquela mão. Os nós dos dedos deformados, a pele escura queimada, as unhas...

— Que merda é essa? — balbucio, me aproximando da tela.

Outra mão aparece, depois um pé descalço toca o chão, como se estivesse se firmando, tamborilando os dedos tortos... e aí uma velha se arrasta para fora do armário, membro a membro.

— Puta merda! — gritamos juntos, nos jogando para trás nas cadeiras.

A mulher é pequena, o cabelo ralo bagunçado, com mechas grisalhas, o rosto abatido e as costas curvadas. Ela olha da esquerda para a direita, se estica, então caminha com cautela, as roupas não passam de panos maltrapilhos. No avental amarrado no corpo ossudo, é possível ver uma torta bordada na frente.

— Ela está usando o meu suéter — murmuro, absolutamente chocada.

O suéter de tricô creme, que pensei que a máquina de lavar tinha engolido, está tão sujo que mal reconheço.

A mulher abre a geladeira e pega o leite de aveia, bebendo direto da caixa, depois enfia uma banana na boca. A seguir, um iogurte, seguido de porções de guacamole. Estou quase vomitando.

— Preciso chamar meu tio, ele precisa ver isso! — diz Yusef, saindo aos tropeços do quarto.

A mulher parece confortável, sem pressa alguma, como se tivesse feito isso diversas vezes antes. Ela tenta morder uma das maçãs que compramos de um produtor local e faz uma careta, colocando a mão na bochecha.

Lembro do dente no meu bolso, e aí Piper entra em cena, sem se perturbar com a presença da mulher, e meu sangue gela. Elas conversam, calmamente no começo, mas Piper parece confusa, balançando a cabeça... negando algo.

Bem nesta hora, meu celular toca. Minha mãe.

— Mãe, eu estava para te ligar. Você nunca vai...

—- Mari! SAI... AGORA... MESMO!

— O quê? — digo.

A ligação está horrível.

— Alguém... casa! Pega a Piper... SAI!

Piper fala uma palavra final para a mulher antes de se afastar. A mulher a observa, então tira uma chave do bolso do seu avental desgastado e vai para o porão.

Piper estava dizendo a verdade esse tempo todo. Ninguém acreditou nela. E agora ela está naquela casa... sozinha.

— Encontrou... no Bud... DAÍ! AGORA!

A voz da mulher surge em minha lembrança.

SAI DA MINHA CASA!

O celular cai da minha mão enquanto corro na direção da porta.

— Cali! — Yusef me chama. — Espera!

Mas já estou na entrada da garagem, com os braços se agitando no ritmo da corrida, tentando bater meu próprio recorde... de volta para a Maple Street.

Vinte e três

As luzes estão acesas. Todas elas. A casa parece uma tocha ao longe. A porta da frente está escancarada, com folhas secas sendo sopradas para dentro.

— Piper! — grito, subindo os degraus da varanda de dois em dois, percebendo que a Docinho foi esmagada e virou uma panqueca de abóbora. — Piper, vem! A gente tem que ir!

Corro para a cozinha, onde a deixei da última vez. A televisão está ligada, com Scott Clark vomitando seus absurdos. O andar inteiro está vazio. Mas a porta do porão está aberta.

Ah, não.

— *Pois a vingança está nas mãos do Senhor, mas como Ele te faz à Sua imagem, Ele espera que tu ajas sobre a vontade Dele e faças o que Ele considera necessário. Ele se comunica através dos anjos, dos profetas e dos líderes comunitários que foram consagrados...*

Encaro o abismo. Não está tão escuro e sem fim como costuma ser. Uma luz suave brilha lá embaixo.

— Piper? — chamo, com a voz tremendo.

Silêncio. Mas ela tem que estar lá embaixo.

Com a respiração descompassada, desço os degraus na ponta dos pés. A madeira fina estala e range sob o meu peso. Seguro com força o corrimão antigo, temendo que uma tábua ceda e eu caia, quebrando uma perna ou coisa pior.

— Piper?

Uma muralha de cadeiras e mesas de madeira quebradas cerca o fim dos degraus como uma barreira, chegando até o teto, e as caixas da mudança de Alec estão enfiadas no canto. Mas, atrás de tudo, uma luz brilha forte. Eu me esgueiro pela passagem estreita, minhas entranhas se transformando em um redemoinho, e encontro o resto do porão... vazio. Um lugar esparso, o chão empoeirado, o ar denso e frio, com cheiro de comida podre. Uma camada grossa de poeira cobre as estantes de livros vazias. Chuto uma lata vazia, que sai rolando para o lado, onde outras latas vazias de sopa e vegetais estão perto de um triciclo enferrujado. E, no canto mais distante, estão duas camas improvisadas, feitas de panos chamuscados e lençóis, um paraíso para percevejos. Uma única vela queima, e eu paro de repente.

Em um tapete está o descascador de legumes da minha mãe. Junto com o relógio de Alec, o martelo com o cabo vermelho e preto... A lista é infinita. Um tesouro escondido de bens roubados. Algo familiar chama minha atenção. Perto de um travesseiro feito de cortinas desbotadas está um velho gravador de fitas cassete. Parecido com o que minha mãe usava no trabalho no jornal da cidade quando eu era pequena. Ela me deixava gravar recados e vozes engraçadas, e é só por isso que eu sei como o aparelho funciona. Aperto o play.

— *Mari! Mari, vem cá! Depressa!*

Meu estômago afunda, o gravador escorrega da minha mão dormente e cai em uma lata de metal de... manteiga de amendoim.

Ai, meu Deus...

— Piper — choramingo, recuando.

Corro escada acima, fazendo a curva depressa, e subo para o segundo andar.

— Piper, cadê você?

Eu choro e tusso. O quarto dela está vazio. Talvez ela esteja escondida; tem que estar aqui em algum lugar, só pode estar! Eu me abaixo para olhar debaixo da cama, depois abro as portas do closet com força. No chão tem cobertas, saindo de um buraco escondido no canto da parede, onde se juntam sacos de salgadinho vazios, caixas de suco e embalagens de lanches.

Ela estava morando aqui!

Com a cabeça a mil, corro até o banheiro, puxando a cortina do chuveiro. Nada da Piper. A culpa pesa, afundando meus pulmões enquanto lágrimas brotam. Eu deixei a Piper sozinha e agora a Bruxa — ou quem quer que seja — está com ela!

O cheiro azedo me atinge como um tijolo no rosto. Cubro a boca, com ânsia de vômito, me curvando sobre a pia para botar algo para fora, quando finalmente reconheço o cheiro. É humano. Um puro fedor de suor misturado a merda e... sangue. O cheiro de cobre é forte e inconfundível.

Atrás de mim, algo se mexe. É leve, mas perceptível. Congelo, levantando o olhar para meu reflexo no espelho. O banheiro amplo está quieto, brilhando de limpo, sem nada fora do lugar. Mas a porta do armário embutido está entreaberta. E, por aquela fissura escura, um olho amarelo enorme me encara.

Puta. Merda.

O conteúdo do meu estômago azeda enquanto congelo pelo que parece uma eternidade. Mordo a língua para segurar um grito, tento parecer calma, casualmente afastando o olhar, fingindo que não vi absolutamente nada. Viro para a torneira e jogo um pouco de água fria no rosto. Mas a respiração pesada e as mãos trêmulas devem estar me entregando.

Ela sabe que eu a vi! Merda merda merda...

Um fio fino de sangue serpenteia lentamente para fora do armário, fluindo pelas ranhuras do piso xadrez do banheiro até meu tênis. Ele se empoça depressa nos meus calcanhares e fico dura como uma tábua. A fenda lentamente vai se abrindo até a porta ficar escancarada. E ali atrás não está uma velhinha... mas um homem gigante. O mesmo que estava parado no meu quarto na noite da festa.

"Demônios odeiam tudo que é feliz."

Meu corpo não vira. Nada no mundo vai me fazer virar. Nos encaramos pelo espelho. Metade do rosto dele tem a textura de argila preta mole. O fogo carcomeu o cabelo dele e a carne da bochecha e do pescoço, a pele disforme por cima dos músculos e das veias, a orelha esquerda destruída. Ao lado dele, o sangue escorre até o chão em pingos suaves. Ele está sem dois dedos, como se tivessem sido cortados... ou arrancados.

Buddy...

A luz reflete em algo de metal na bota dele, e eu desmorono. Na mão ilesa, ele segura o cabo do machado do sr. Stampley.

Um machado. Ele está segurando a porra de um machado!

Um alarme silencioso ressoa na minha cabeça enquanto ele ergue um dedo aos lábios. Então, em um piscar de olhos, dispara abruptamente, com trapos voando às costas como serpentinas, o machado arranhando o piso. O grito que escapa da minha boca é horripilante. Disparo para fora do banheiro.

— Es-es-es-espera — ele berra.

Ele fala. Ele tem voz! Ele é real. E essa percepção torna tudo ainda pior. Do tamanho de um bisão, os passos pesados dele são como terremotos me perseguindo. Seu cheiro é repugnante, mas familiar, e mesmo em pânico, correndo até a porta, eu me dou conta... é o fedor do porão, escapando pelos dutos de ar. Temos sentido o cheiro dele esse tempo todo.

No fim da escada, eu escorrego e colido com a parede, e ele pula na frente da saída. Passo pela lateral, na direção da cozinha, ganhando velocidade. Vou atravessar a porta de vidro dos fundos se for preciso, aí vou...

Algo se enrola no meu pescoço, me puxando para trás, e eu perco o fôlego antes de cair de costas. Um grito gorgoleja na minha garganta e ele me puxa pela gola da blusa, me arrastando para a cozinha. Eu me debato, chutando ferozmente.

— NÃO! — grito, acertando a panturrilha dele com o cotovelo.

Ele cambaleia, tombando como uma árvore, o punho gigante acertando minha barriga e tirando o ar dos meus pulmões. Só consigo ver estrelas, toda encolhida no chão.

— Es-es-espera — ele gagueja, se colocando de pé, ainda segurando o machado com um olhar de pânico.

Olho para cima, encarando o rosto do meu futuro assassino, no exato momento em que outros passos atravessam a casa.

— Marigold! — Yusef grita de algum lugar, e uma pá se ergue e golpeia o homem na cabeça.

Ele faz uma careta, solta o machado e cobre sua única orelha. Yusef ergue a pá de novo e eu passo por baixo dele engatinhando. O homem joga Yusef no chão com um grunhido.

De pé, pego a frigideira de ferro fundido da minha mãe que fica pendurada na parede e bato na cabeça do homem, mas a frigideira meramente ricocheteia. Bato de novo e de novo até algo estalar atrás de nós e a porta fechada do armário se escancarar.

— DEIXA MEU BEBÊ EM PAZ!

A velha sai correndo do armário, guinchando e agitando os braços. Surpresa com a visão, fico paralisada, até que ela pula, afundando dois dentes afiados no meu ombro.

— Ahhh! — grito, me sacudindo para um lado e depois para o outro, tentando me soltar dela.

Mas a velha está agarrada ao meu corpo, ganindo e estrebuchando, as unhas cravadas no meu pescoço. Puxo o cabelo dela e os fios se soltam aos punhados.

— Socorrooo! — grito, estapeando sua cabeça, mãos, qualquer parte que consigo alcançar.

Yusef escapa do homem, pula de pé, baixa a pá e atinge a velha no rosto. Ela cai dura no chão com um estrondo, deixando meu ombro melado de baba e sangue.

— MA-MAMÃÃÃÃE! — o homem grita.

Mamãe?, penso, no mesmo momento em que ele vem correndo até nós, o rosto contorcido pela raiva.

— Cuidado! — berra Yusef, me empurrando para o lado.

WHOOSH!

O machado corta o ar, a lâmina cantando. Eu me abaixo e ele acerta o balcão com um estalo.

WHOOSH!

Eu rolo para fora do caminho, e o homem brande o machado para a esquerda e para a direita, ao acaso.

— Sai! — Yusef grita, usando uma cadeira como escudo. — Corre, Mari!

O homem o empurra com uma das mãos e a cabeça de Yusef bate na parede, e ele cai, imóvel.

— NÃO! — grito, correndo até ele, mas escorrego na poça de sangue que escorreu da mão sem dedos do homem e caio de boca no chão.

WHOOSH!

O machado corta a madeira maciça, a centímetros da minha cabeça. Ofegando e chorando, rolo depressa e me arrasto com os braços para trás do sofá. Ele me segue, a casa tremendo a cada um de seus passos. Ele joga o sofá para o lado como se fosse feito de papelão, levantando o machado para cima de mim, pronto para me picar em pedaços.

É isso. Eu vou morrer.

Penso em Sammy e na minha mãe quando fecho os olhos, me preparando para o impacto.

PÁ PÁ

O barulho de tiros faz com que todo mundo vire para a porta principal, que está aberta.

O sr. Brown está parado no jardim, a fumaça serpenteia de sua arma, apontada para o alto. Ele olha para a casa, desnorteado pelo que vê.

— Dona... Dulce? — ele arfa, com os olhos arregalados.

A velha tosse, virando como uma boneca de pano.

Perto do balcão, Yusef geme, e eu corro até ele.

— Atira nele! Atira no homem! — grito, me abaixando ao lado de Yusef.

Mas, quando olho para cima, não tem ninguém lá. A porta dos fundos está aberta.

O homem se foi.

Vinte e quatro

Dona Dulce está sentada em uma cadeira no meio da sala, com os paramédicos e a polícia ao seu redor. Ela encara o chão petrificada, os olhos parecendo mortos, baba escorrendo do canto da boca. A Bruxa não é tão aterrorizante quanto minha imaginação a fez parecer. Às claras, ela não passa de uma velha miserável. Considerando que mal chega aos quarenta quilos, os policiais não a algemam. Mas eles não viram o jeito que ela pulou daquele armário.

— Definitivamente vai precisar levar pontos — o paramédico me fala. — E uma vacina de tétano.

Na sala de jantar, um paramédico cuida da mordida no meu ombro enquanto outro dá uma conferida em Yusef, que segura um pacote de gelo na cabeça.

— Você o reconheceu? — ouço o policial perguntar para o sr. Brown na varanda.

— Não — o sr. Brown responde. — Mas, julgando pelo tamanho... só pode ser o Jon Jon, o filho mais novo.

— Aquele que diziam que abusava das crianças?

— Hm. É — ele murmura.

Yusef e eu trocamos um olhar.

— Você viu para que lado ele foi? — o policial continua.

— Não. Eu estava... Maldição! É mesmo a dona Dulce?

A dor aumenta quando o paramédico pressiona o curativo na mordida.

A polícia procurou em cada cômodo da casa. Em cada armário, embaixo das camas e no porão. Nada da Piper. E o homem, Jon Jon, desapareceu bem diante de nossos olhos. Ele não era um fantasma. A dona Dulce também não. Eles eram reais, e estavam morando conosco esse tempo inteiro.

— Eu só... não consigo acreditar que ela ainda esteja viva — alguém sussurra na cozinha.

— Nem eu. Ela tem o quê agora? Uns oitenta anos, né?

Alec anda de um lado para outro na sala de jantar, com as mãos no quadril.

— Vocês não podem *obrigá-la* a falar onde a Piper está?

Minha mãe junta as mãos, com lágrimas nos olhos.

— Desculpa, senhor, ela ainda não está falando. Mas temos várias unidades vasculhando a área. Vamos encontrar sua filhinha.

No saguão da clínica veterinária 24h, Buddy de alguma forma conseguiu colocar para fora os dois dedos que tinha arrancado da mão de Jon Jon. Minha mãe viu aquilo e disparou para o carro. Eles correram até a casa e chegaram assim que o sr. Brown disparou os tiros para o alto.

— Alec!

O sr. Sterling está parado na entrada, vestindo outro terno preto distinto, como se dormisse naquilo.

— Sr. Sterling? — Alec fala.

— Eu vim assim que soube — ele diz, com o tom vivaz. — Graças a Deus vocês estão todos bem.

— A Piper ainda está desaparecida — minha mãe o corrige, com aflição na voz.

— Minha nossa. Que terrível. Mas tenho certeza que ela vai ficar bem. Nossa força policial é a melhor do país. Ela vai ser encontrada. — Ele olha por cima do ombro. — Criou-se uma plateia e tanto ali fora, esperando.

Do lado de fora, dúzias de vizinhos estão atrás da fita de contenção, olhando, pasmos, para a casa. O zumbido das vozes nervosas chega até nós, aqui dentro. Nossa rua, antes isolada, parece um show a céu aberto.

— E eles podem continuar esperando — minha mãe dispara. — Precisamos encontrar a Piper!

— Se quiser, posso falar com eles — ele oferece casualmente. — Explicar a situação e acalmá-los. Talvez eles possam ajudar na busca. Conhecem essa área melhor do que nós.

Alec, aflito, apenas assente, com lágrimas nos olhos.

— Isso seria ótimo, obrigada — diz minha mãe, abraçando Alec.

O sr. Sterling aponta para a cozinha com um movimento de cabeça.

— Uau, imagine só. Uma mulher... morando no porão. Por todos esses anos.

A cabeça da dona Dulce levanta ao ouvir a voz do sr. Sterling. Com um grito rouco, ela fica de pé e dispara com os braços esticados para o pescoço dele.

E os policiais em torno dela aprendem do jeito mais difícil que ela é mais ágil do que parece.

A multidão fica em silêncio quando os paramédicos passam com a dona Dulce amarrada em uma maca. As pessoas encaram em puro choque a personificação da lenda urbana da cidade se afastando. Dona Dulce faz cara feia para a multidão, mas depois olha para a casa e a raiva se dissipa de seus olhos, a expressão em seu rosto se transformando em profunda tristeza, o queixo trêmulo. Isso deve ser o mais longe que ela esteve de sua casa em mais de trinta anos.

Ao meu lado, Yusef segura minha mão, apertando-a de leve.

— Vai com calma — alguém diz. — Ela é só uma idosa.

E, ainda assim, ela era muito mais do que isso.

Um policial se aproxima da minha mãe e de Alec na varanda.

— Nós vamos levá-la ao hospital, dar uma conferida no estado dela e tentar fazê-la falar. Com sorte, ela vai contar onde está a filha de vocês.

Dona Dulce não tira os olhos da casa, mesmo quando as portas da ambulância se fecham.

Olho para a casa ao lado, as gavinhas da trepadeira farfalhando ao vento.

— Como eles sobreviveram ao incêndio?

Yusef olha para mim, com uma sobrancelha arqueada.

— Hã?

— Você disse que a casa foi incendiada com eles dentro. Então como eles saíram sem ninguém perceber?

Ele levanta o olhar para a casa, envolvendo minha cintura com o braço. Eu me aconchego em seu calor e na segurança intoxicantes.

— Amigos, sei que estão todos assustados. Eu também estou. — O sr. Sterling se dirige à multidão da varanda como se fosse seu púlpito. — Mas precisamos ser racionais. Esse homem é muito perigoso. Ele sequestrou uma criança, uma menininha branca chamada Piper. Então precisamos deixar as autoridades cuidarem disso.

A multidão entra em alvoroço, extasiada. Eles ainda não sabiam sobre a Piper, e as palavras que ele usou parecem propositais para incitar as pessoas: sequestrou. Assustado. Perigoso. Menininha branca.

Alguém grita:

— Tem um maníaco nas ruas!

— Lembra quando ele abusou daquelas crianças?

— Isso foi um boato, pessoal, lembram? — o sr. Brown diz de sua caminhonete, tentando acalmar as pessoas.

— A polícia já encontrou o homem? — uma mulher pergunta, a voz aguda de histeria.

O sr. Sterling coloca as mãos nos bolsos, parecendo pesaroso.

— Temo que não. E não vou mentir: não tenho certeza de que eles vão encontrar. Esse homem nos eludiu por décadas.

A multidão arqueja, agora falando em sussurros apressados.

— O quê? Por quê? Como?

— Esse homem precisa ser capturado antes que pegue a gente!

— O que vamos fazer? — alguém berra.

A tensão começa a fervilhar, o ambiente muda. Chego mais perto de Yusef, os braços dele ficam tensos.

— Bom, a polícia tem um limite — diz o sr. Sterling. — É aí que vocês entram. Afinal de contas, quem pode manter as ruas seguras melhor do que o povo que vive aqui?

— Mas que merda que ele tá fazendo? — Yusef resmunga.

Olho para minha mãe e Alec, que observam o sr. Sterling com a mesma expressão confusa.

— E, ah, não sei — pondera o sr. Sterling, fingindo inocência ao dar de ombros. — Talvez, para ajudar a encontrá-lo, devamos fazer o que fizemos na época. — Ele para. — Espantá-lo com a fumaça.

A multidão fica surpresa com a sugestão, mas lentamente todos balançam a cabeça, de acordo.

— Merda — balbucia Yusef.

— É — grita o sr. Stampley. — Vamos botar fogo nele!

Todos comemoram junto.

— O que diabos você está fazendo? — grita Alec, segurando o braço do sr. Sterling. — Minha filha está perdida por aí e você está encorajando uma turba!

O sr. Sterling sorri, dando tapinhas no ombro de Alec.

— Ora, ora, Alec, não fique tão preocupado com isso. Tenho certeza de que ela ficará bem. O povo bondoso de Maplewood vai tomar conta. Eles não vão deixar nada acontecer com a sua filha. Mas não podemos deixar um maníaco andando pelas ruas. Apenas pense nas crianças.

— Eu estou pensando! Estou pensando na *minha criança*!

O sr. Sterling não diz nada, apenas olha para cada rosto na varanda e depois abre um sorriso.

— Bom. Parece que não tem muito mais que me reste fazer por aqui. Acho que vou... para casa.

Alec avança para o pescoço dele e minha mãe luta para segurá-lo.

O sr. Sterling abre um sorriso malicioso para mim e caminha lentamente de volta para seu carro.

Ele nos usou.

Enquanto isso, a multidão fica mais intensa.

— Então? O que vocês estão fazendo parados aqui? — grita o sr. Stampley. — Vamos encontrar esse filho da puta!

— Eu tenho um pouco de gasolina em casa — alguém oferece.

— Não. Ah, não — murmura Yusef, correndo até a multidão, e eu vou atrás.

— Temos alguns fogos de artifício!

— Ele não pode ficar nas ruas assim, sem chance.

— As meninas não ficarão seguras — uma mulher alerta em um grito alucinado. — Vocês precisam fazer alguma coisa! Vocês precisam resolver isso!

— Pessoal, espera! — Yusef diz, subindo na traseira de sua picape. — Não façam isso! Vocês já viram o que os incêndios podem causar. Isso pode queimar a vizinhança inteira!

— O que você tá fazendo? — o sr. Brown grita para o sr. Stampley, segurando-o pelo colarinho. — E se o fogo se espalhar?! O povo por aqui já quase não está conseguindo sobreviver. Não dá pra sair tacando fogo em tudo. Não vai sobrar nada!

— Você sabe que ele não pode ficar vivo — retruca o sr. Stampley em voz baixa, afastando as mãos do outro. — Você sabe disso. A não ser que queira que seu pai vá pra Big Ville.

O sr. Brown arregala os olhos. Algo se passa entre os dois. Ele se afasta, e a multidão dispersa. A caçada por Jon Jon começa.

Enquanto Yusef continua a implorar, vejo o sr. Watson na multidão, encarando a ambulância da dona Dulce indo embora. Corro até ele, tampando seu campo de visão.

— Você sabia — sibilo.

O sr. Watson abre a boca, depois bate no chapéu que está segurando.

— Eu... não tinha certeza.

— Como?! Tinha uma família inteira morando no nosso porão e você não sabia?!

— A Fundação... Eles disseram pra gente nunca entrar no porão. Todo mundo teve que assinar documentos, disseram que tinha grampos na casa e que, se a gente fosse lá embaixo, eles processariam e tirariam tudo de nós. Mas... alguma coisa não me parecia certa.

— É por isso que você ficava com a picape estacionada aqui na rua de noite?

Ele olha para o chão com vergonha.

— Pois é. Estava me perguntando se vocês tinham sentido algum cheiro ou visto alguma das coisas estranhas que eu vi. Nem dormia de noite pensando nisso. Se fosse mesmo um fantasma, achei que vocês já teriam ido embora a essa altura.

De repente, os policiais que estavam aglomerados dentro da casa saem depressa, como os pedreiros faziam no fim do expediente.

— Ei! — minha mãe grita. — Para onde vocês estão indo?

Um policial para e olha para eles do gramado.

— Recebemos ordens de recuar e evacuar a área.

— O quê? Por que vocês estão indo embora? Claramente alguma coisa grave vai acontecer por aqui!

O policial dá de ombros.

— Apenas seguindo ordens. Se eu fosse vocês, iria embora também. Esse lugar está prestes a pegar fogo. Quando esse tipo de gente se revolta... são como animais.

— Esse tipo de gente? — Alec grita, se juntando a minha mãe. — Eles são os cidadãos que vocês deveriam proteger! Não podem simplesmente ir embora!

O policial dá de ombros mais uma vez.

— Como eu disse: sugiro que saiam daqui enquanto ainda podem.

Alec balança a cabeça, furioso.

— Não sem a minha filha!

— Como quiser. Estão falando de fazer barricadas. Ninguém vai sair ou entrar em Maplewood esta noite.

Na rua, resta apenas um grupinho de pessoas. Yusef vem correndo até mim.

— Nós vamos buscar os bombeiros! Eles não vêm a não ser que a gente fique enchendo o saco.

— Mas e a Piper? A gente tem que encontrar a Piper!

Ele aponta para os meus pais.

— Vocês deveriam se separar e procurar. Cali, não posso deixar minha cidade queimar. É tudo o que temos!

Eu compreendo isso mais do que ele imagina. O sr. Brown se aproxima, com a testa suada.

— Yusef, você vai pra leste. Eu vou pra Midwood. Precisamos de toda ajuda que for possível. — Ele vira para o grupo que sobrou. — Vocês sabem o que fazer. Juntem suas coisas para o caso de terem que ir embora. Usem mangueiras.

As pessoas se dispersam, correndo de volta para suas casas. Yusef segura minha mão, me puxando para um abraço, e sussurra:

— Prometo que, assim que os bombeiros vierem, volto para te ajudar a procurar a Piper. Nós vamos encontrar ela.

Assinto, controlando as lágrimas de nervoso antes de soltar a única coisa que me traz segurança, observando Yusef sair depressa com o carro pela rua.

— Marigold — minha mãe grita atrás de mim, com as chaves na mão, enquanto corre com Alec até o carro. — A gente vai dar uma volta de carro para tentar encontrar a Piper. Fique aqui, caso ela volte.

— Não — berro, correndo atrás deles. — Eu vou também!

— Não, Mari — Alec insiste, com os olhos bem vermelhos. — Não é seguro.

— Precisamos nos dividir e procurar — respondo. — Precisamos trabalhar juntos para encontrá-la antes que seja tarde demais!

Minha mãe olha bem nos meus olhos e assente, cedendo.

— Está bem, certo! Não saia da Maple Street e me liga se tiver qualquer problema.

— Por favor, Mari — implora Alec. — Por favor, tenha cuidado.

Enquanto eles entram no carro, paro do lado da janela do motorista.

— Me perdoa — desabafo. — Eu nunca deveria ter deixado ela sozinha.

— Escuta — Alec fala, segurando minhas mãos. — Isso não é sua culpa. Nós vamos encontrar a Piper. E depois vamos dar o fora daqui. Juntos. Tudo bem?

Assinto, movendo os lábios para sibilar um "tudo bem" sem conseguir emitir nenhum som, e aí o carro sai da garagem.

Assim que os perco de vista, de repente lembro do meu celular, ainda na casa de Yusef. Mas a Piper pode estar em qualquer uma dessas casas. E sabe-se lá quando a turba vai voltar. Preciso tentar.

Dentro da casa, pego o machado do sr. Stampley que ainda está no chão onde Jon Jon o deixou e procuro uma lanterna. Então corro a toda até o jardim secreto. Preciso conferir cada canto de cada casa deste quarteirão. Ela não pode ter ido muito longe.

A temperatura caiu, minha respiração solta nuvenzinhas, e, se é que é possível, as casas da Maple Street parecem mais bizarras do que nunca. Talvez seja porque não sei quem mais pode estar à espreita nas sombras. Meus passos ecoam em um silêncio estranho e palpitante. Pulo pelas calçadas rachadas, e assim que estou pronta para correr até um arbusto algo no fim da quadra chama minha atenção. Um estrado coberto por uma lona bege está no canto da Sweetwater como se fosse um enorme presente de aniversário esquecido. Ele é tão claro que se destaca no meio do entulho e do lixo da rua.

Eu me aproximo para investigar e puxo a lona. Acho que são uns materiais de construção aleatórios: uma pilha de tijolos, fogos de artifício, gravetos e uma lata enorme de gasolina.

Um rojão sobe barulhento no céu, explodindo em vermelho.

A duas quadras dali, tem outra lona parecida debaixo de um poste. Todas as ferramentas necessárias para botar fogo na cidade, novinhas em folha. Então eu me dou conta: esse era o plano da Fundação desde o começo. Eles sabiam que a dona Dulce e o Jon Jon ainda estavam vivos. Sabiam que o povo de Maplewood faria qualquer coisa para se manter seguro. E fazê-los queimar seus próprios lares é o jeito mais fácil de se livrar de uma comunidade inteira, dando à Fundação a oportunidade perfeita para construir uma nova Cedarville do zero. Mas, antes, eles precisavam encontrar alguém tolo o suficiente para se mudar para Maple Street para começar o jogo. Alguém que não fosse daqui e estivesse desesperado por moradia gratuita. Eles usaram nossa família como isca. Peões na jogada deles.

Xeque-mate.

A noite tem cheiro de lenha e chamas. Ao longe, vejo o brilho da primeira casa começando a arder. Uma multidão celebra. A turba está se movendo rápido. Rápido demais. Eles vão voltar para este quarteirão logo. Preciso encontrar a Piper. E depressa. Se o Yusef não conseguir convencer os bombeiros a virem, talvez a gente não saia daqui vivo.

No jardim secreto, vejo os vasos vazios e os equipamentos improvisados em uma pilha perto da porta.

— Piper — chamo. — Piper, você está aqui?

Aponto o facho de luz para baixo, percebendo uma série de pegadas na poeira, indo em direção à frente da casa.

Não são minhas.

Seguindo as pegadas, passando pela cozinha, pela sala de jantar, pela escada, eu viro em um canto e me surpreendo ao ver uma estante de livros no que parece ser uma sala de estar, com as janelas viradas para a Maple Street. Exatamente como na nossa casa. Exceto que uma das estantes está inclinada, diferente das outras. É exatamente ali que as pegadas param. Bato na parede e depois chuto. Oca.

Usando o machado, empurro a estante surpreendentemente leve para o lado e encontro um bueiro com uma escada de metal.

— Piper? — falo, ouvindo o eco da minha voz.

Merda.

Engulo o medo, enfio a lanterna na blusa e desço a escada. Um degrau, dois degraus, mergulhando na catacumba de um homem só. O túnel é alto e estreito, as paredes feitas de vários materiais: rocha, cimento, fragmentos de tijolos, vidro e milhares de tampinhas de garrafa. Ilumino o túnel, mas a luz só chega a alguns metros. Depois disso, escuridão completa.

— Olá?

Água goteja e ecoa em algum lugar por perto. Apertando o machado, começo a andar, vendo o túnel se ampliar à medida que sigo. Chego até um vão com duas entradas separadas, uma bifurcação. Em qual está Piper?

— Merda — balbucio, e minha voz ecoa.
Algo se mexe no escuro à minha frente.
— Olá? — grito. — Piper?
Com a coragem acabando, estou prestes a sair correndo quando vejo o brilho fraco de uma luz ao longe. Corro até lá, com a lanterna balançando, o túnel se estreitando e minha respiração ficando mais rasa.

Por favor, esteja aqui, por favor.

No final tem uma escadinha e uma porta feita de uma madeira fina e envergada, apenas entreaberta, vazando um pouco de luz. Fico olhando, com o coração disparado e a mão erguida, paralisada.

Você passou por um túnel escuro que não dava em lugar nenhum e está com medo de um pedaço de madeira?

— É só madeira. É só madeira — entoo suavemente, afastando todo fato sobre percevejos que ameaça dar as caras.

Empurro a porta com o ombro e entro cambaleando em... um porão. Não apenas qualquer porão... o maldito porão da nossa casa! As camas improvisadas estão exatamente onde vi mais cedo, um toco de vela queimando. Eu me viro, encarando a grande estante de livros que esconde o túnel secreto.

Aquele fedor familiar inconfundível chega por trás de mim. Meus olhos marejam, com lágrimas instantâneas.

Ah, não.

Eu giro e ali, abaixado no canto e escondido na escuridão, está Jon Jon. Um gigante, imenso, pronto para me matar.

Vinte e cinco

Foi aqui que eu estraguei tudo. Sabe, eu imaginei que o Jon Jon teria partido há muito tempo a essa altura, fugindo da turba que ia tentar queimar a cidade inteira. É o o que eu faria. Sabe, algo racional.

Mas não estamos falando de alguém racional. Estamos falando de um cara que passou várias décadas escondido no nosso porão com a mãe. Isso é uma versão estendida, remasterizada e 3D de *Psicose*.

Os olhos amarelados de Jon Jon vão para o machado em minha mão e sua mandíbula se mexe. Em um instante, o porão diminui para o tamanho de um armário, meus pulmões encolhem. Ele poderia me dominar facilmente, roubar o machado, me fazer em pedaços. Sinto minha pressão cair quando me dou conta de que essa é a segunda vez que estou prestes a morrer hoje.

Mas não vou me entregar com facilidade. Ergo o machado como um taco, mudando minha postura, e coloco as palavras para fora por entre os dentes:

— Cadê a Piper?

Ele recua, esticando o pescoço como se quisesse ouvir melhor.

— Por favor — imploro. — Só... me fala onde ela está!

Ele pisca sem parar por um tempo antes levantar os braços, a mão ensanguentada agora envolvida em um pedaço de cortina. Seguro o machado com força, recuando.

— Eu não quero te machucar. Não quero — digo, balançando a cabeça e com a voz trêmula. — Mas... por favor. Ela é só uma garotinha.

Jon Jon dá um passo à frente e eu grito, puxando o machado para trás.

— Es-es-espera — ele implora, se encolhendo. — Vo-vo-você tá procurando sua irmã, né?

Minha boca se entreabre, preparada para corrigi-lo, mas ele precisa saber o quanto ela é importante para minha família... e para mim.

— Sim — arquejo. — Estou procurando a minha irmã.

Mudar é bom. Mudar é necessário. Mudar é preciso.

— Eu posso levar vo-vo-você até ela — ele diz, assentindo, e acenando para que eu me aproxime.

Olho para sua mão suja e as unhas longas sujas de lama, e aperto o machado.

— Como sei que posso confiar em você? — digo, me aproximando da escada, só para o caso de precisar fugir.

Um barulho lá fora faz com que nós dois viremos para a porta do porão. Vozes gritando. Jon Jon sobe a escada correndo.

— Espera! Aonde você tá indo? — grito, indo atrás dele.

Para um homem grande, ele consegue se mover bem rápida e silenciosamente quando quer.

Um vidro se quebra tão perto que parece ter sido dentro da casa.

Jon Jon passa rápido pelo corredor, se esgueirando pela sala de estar. Ele abraça a parede e espia por entre as persianas.

— Olha — ele sussurra, me chamando.

Mordisco o lábio antes de seguir, chegando perto da parede e espiando pela janela.

Do lado de fora, a multidão se reúne em volta da casa do jardim secreto. Eles acharam o estrado e estão fazendo bom uso da madeira. Jogando tijolos nas janelas já quebradas, acendendo chamas embebidas em gasolina.

— Aquela era a casa da minha irmã — Jon Jon fala sem entusiasmo, sua expressão ilegível.

Do lado de dentro, a fumaça aumenta, as chamas crescem, o fogo engolindo as cortinas emboloradas. Eu toco a janela, vendo o incêndio. *Também era minha*, quero dizer. Meu jardim secreto, o lugar onde plantei meus sonhos, por mais ridículos que fossem.

Jon Jon se afasta da parede.

— Te-te-tem que ir rápido!

Ele dispara pelo corredor, leve como uma pena, voltando ao porão, e eu corro atrás. Jon Jon empurra a última estante. Outro túnel.

— Vem. Vem — ele insiste, tentando me fazer entrar. — É por aqui.

— Não! — falo, com rispidez. — Cadê a Piper?!

— Eu tentei falar — ele diz, se embaralhando com as palavras. — Tentei falar para esperar. Vem. Eu mostro.

Dou uma olhada lá dentro, então aponto com o queixo.

— Você vai na frente.

De jeito nenhum vou deixar esse cara ter vantagem sobre mim.

Ele assente bem rápido, se curvando, e entra. Aperto o machado com força e o sigo. O túnel é mais estreito que o outro, mas de alguma forma mais organizado e acolhedor. Um pisca-pisca de Natal velho está pendurado ao longo da parede de rocha, iluminando nosso caminho. Ainda assim, mantenho seis passos de distância entre nós.

Jon Jon olha para trás com um sorriso nervoso enquanto segue adiante.

— Melhor aqui, né? Melhor?

Ele está mesmo querendo minha aprovação agora? Eu estou com um machado apontado para a cabeça dele.

— É — balbucio. — Melhor.

— Papai construiu os túneis muito, muito tempo atrás.

— Por quê? — deixo escapar, incapaz de controlar a curiosidade.

— Papai odiava o frio. Fez os túneis para a gente ter como andar no inverno. Levou quase dois anos.

Ele para de repente, girando, com a testa franzida. Eu me encolho, recuando e apertando mais o cabo do machado.

— Pra onde estão levando mamãe?

Fique calma, Mari.

Preciso ser estratégica aqui. Qualquer menção à mãe dele pode fazê-lo ter outro surto de Hulk Esmaga, e não tenho espaço suficiente para lutar com ele aqui.

— Hm... para um hospital.

— Ah. Ela vai voltar?

Engulo em seco.

— Eu... eu não sei.

Jon Jon esfrega as mãos, pensando muito.

— Mamãe... ela não é mais como era. Falei pra deixar a menininha em paz, mas não. Ela ainda tá brava. Mas ela não queria fazer nada.

Estreito os olhos.

— Você entrou no meu quarto.

Jon Jon fica atônito.

— Entrei? Ah. Hmmm... a mamãe diz que eu fico sonâmbulo às vezes. Aquele... era o meu quarto quando eu era pequeno.

— Por que estavam tentando nos assustar esse tempo todo? Que droga foi essa?

Jon Jon coloca a mão nos bolsos esburacados, sem me encarar.

— O homem disse: se a gente afastar vocês, não vamos precisar ir embora. A gente ia poder ficar.

— Que homem?

— Num sei. Mamãe só me contou. Disse que ele tem um monte de casas.

O sr. Sterling... Só pode ser. Talvez por isso ela tenha tentado atacá-lo.

— Mas... como ele sabia que vocês ainda estavam vivos?

Ele dá de ombros.

— Num sei. Ele só... sabia. Há muito tempo.

Ainda cética, recuo mais um passo.

— Então por que você está me ajudando agora?

Ele se contorce, mexendo os ombros.

— Mamãe só... foi longe demais. Machucando aquele menininho. A gente não machuca criança. Mas... ela é minha mamãe.

Jon Jon desvia o olhar, com a boca trêmula. Na luz, percebo que o pouco de cabelo que ele tem é todo grisalho. Então lembro da história de Jon Jon ser acusado de abusar das crianças da vizinhança. Como as pessoas todas se voltaram contra ele, tudo por uma mentira. Ele era tão jovem quando aconteceu. Respiro fundo e abaixo o machado, lembrando que ele não é o verdadeiro monstro aqui. O monstro de verdade foi quem o deixou assim.

— Eu sei — murmuro.

Jon Jon morde o lábio e rapidamente segue em frente, o caminho se inclinando. Coloco o machado debaixo do braço. No final do túnel, ele empurra uma parede pintada para parecer feita de rocha. Ela range, abre, e nós entramos na escuridão.

— Toma cuidado — ele avisa. — Madeira não tá boa.

Quando minha visão se ajusta, observo o entorno. Estamos em outra casa, diferente, mas com uma planta parecida. Parece que estamos dentro de uma chaminé de tijolos gigante. As paredes estão cobertas de fuligem; os móveis, chamuscados; e a madeira, encharcada. A pouca luz passa pelas rachaduras nas tábuas nas janelas, as trepadeiras se esgueirando para dentro.

Estamos na casa ao lado.

Dou um passo à frente e Jon Jon levanta a mão para me parar. Ele aponta para o telhado, para o buraco enorme por onde o segundo e o terceiro andar cederam junto com o telhado, despejando o conteúdo da casa no hall de entrada. O ar, com cheiro de mofo, ainda tem um quê de fumaça, mesmo depois de tantos anos.

Depois de encarar as estrelas, olho para o túnel. Então foi assim que eles sobreviveram aos incêndios. Eles fugiram e nunca mais foram vistos.

As janelas com tapumes abafam as vozes do lado de fora, mas a turba está por perto, e essa casa seria a próxima da lista. Precisamos ir rápido.

— Cadê a Piper? — pergunto com pressa.

Jon Jon, confuso, procura em volta.

— A mamãe trouxe ela para cá, mas... não sei onde ela tá.

— Piper? — grito, minha voz ecoando.

Tum. Tum.

O barulho faz nós dois virarmos. Recuo, com os braços ficando dormentes.

O mesmo barulho do meu sonho.

— Tem... mais alguém... aqui? — murmuro, com as costas tensas.

Jon Jon balança a cabeça.

— Não. Só eu e a mamãe.

Certo. A família inteira dele morreu. Durante todos esses anos, eles ficaram sozinhos... até nos mudarmos para a Maple Street.

Do lado de fora, as vozes ficam mais altas.

— FOI AQUI QUE TUDO COMEÇOU!

Jon Jon se abaixa como se pudessem vê-lo através das paredes.

— Não não não não — ele choraminga, cobrindo os ouvidos e se encolhendo no chão.

Talvez eu deva avisar para as pessoas lá fora que estamos aqui. Talvez elas nos ajudem a encontrar a Piper. Mas então dou uma olhada em Jon Jon e percebo que não vão ouvir uma palavra do que tenho a dizer. Eles estão agindo com base no medo; querem sangue.

Tum. Tum. Tum.

Dou a volta em Jon Jon. Apesar do buraco, o resto do chão parece relativamente estável, a madeira sólida. Mas a escada da frente é uma pilha amontoada no meio da entrada, então deve ter outra forma de subir.

— Jon Jon, como eu chego lá em cima? — cochicho.

— Não não não não — ele choraminga, balançando para a frente e para trás.

Um grito estridente e depois um estrondo ecoa ao nosso redor. Fogos de artifícios explodem e o cômodo se ilumina em vermelho. Jon Jon cobre a cabeça como se uma bomba tivesse explodido. Ele está chorando alto demais. As pessoas vão achar a gente. E eu preciso dele para encontrar a Piper.

A luz das tochas da turba atravessa as rachaduras nas tábuas das janelas e ilumina a parte de dentro da casa.

— Jon Jon, por favor. Precisamos continuar.

Ele fecha os olhos, balançando a cabeça. As vozes, o fogo, a fumaça... Está aterrorizado, revivendo seu pior pesadelo, tudo de novo. Eu me inclino na frente dele.

— Jon Jon, eu juro. Não vou deixar eles te machucarem. Vou tirar você daqui. Mas a gente precisa achar a Piper!

Ele balança a cabeça com força.

— Não, não, não... Eu mereço. Eu mereço.

— Você não merece nada disso. Você não merece se machucar só porque eles te machucaram.

Ele chora.

— Não, não, não. A gente matou aquele menininho. A gente só queria nossa casa de volta. E a gente matou ele.

— Quem? Sammy? O Sammy está vivo! Vocês não mataram ele. — Jon Jon para de se mexer por tempo suficiente para olhar para mim. — Ele está vivo, eu juro — repito. — Você não machucou ninguém. Mas, se não sairmos daqui, a Piper pode morrer. Eu posso morrer. É isso o que você quer?

Jon Jon para e pensa. Enfim, levanta, secando o rosto, e aponta para trás.

— Po-po-por aqui — ele gagueja, seguindo pelo corredor.

Atrás de nós, tijolos começam a atravessar as janelas. Corremos mais para dentro da casa, nos escondendo atrás de uma parede.

Na cozinha, tem uma escada. Nós subimos, mantendo os passos suaves. Olho para o primeiro andar pelo buraco. Duas das tábuas foram arrancadas na sala de estar. Vidro é quebrado e a sala irrompe em chamas.

Ah, não...

— A gente tem que ir embora— diz Jon Jon.

— Não! Não sem a Piper. Onde sua mãe colocaria ela?

Jon Jon olha em volta, perplexo.

— Piper! — eu chamo.

Tum tum. Tum tum.

Ela deve estar ouvindo. Estamos chegando perto.

— O que tem ali? — pergunto, apontando para a porta à direita do buraco.

— Ali é o escritório do papai.

Abraçamos a parede, andando na corda bamba do que resta do chão, com as labaredas ameaçando tocar nossos pés.

Mais dois coquetéis Molotov são jogados para dentro da casa, e o fogo está ficando escaldante. Fumaça preta preenche a casa. Jon Jon encara as chamas, chorando. Ele está aterrorizado. Eu não deveria ter mandado esse pobre coitado fazer isso.

— Jon Jon, pode ir embora — proponho. — Eu vou encontrar ela. Não se preocupe!

Ele balança a cabeça e continua andando, suor escorrendo pelo rosto, o calor sufocante.

— Ela está aqui! — Jon Jon fala, e entra com tudo no escritório.

Mas está tudo escuro e vazio. Uma janela quebrada, penas de pássaros cobrindo uma longa mesa de mogno. Volto até o corredor e escuto.

— Vamos nos dividir! — grito. — Você olha lá embaixo, eu dou uma olhada aqui.

Jon Jon assente e faz o caminho em torno do buraco. Abro a próxima porta, dando de cara com uma cama de dossel grande, com latas de sopa no colchão empoeirado. Olho para o chão. Pegadas.

— Piper?

TUM TUM

— Espera! Ela está aqui! — grito para o corredor.

O barulho... está vindo de trás da cama, que bloqueia uma porta.

— Piper, espera! Eu vou...

E, assim que seguro o colchão, eu vejo. Percevejos. De verdade desta vez, uma família inteira reunida no canto, manchas de sangue como uma pintura escura se espalhando.

— Ahhh, ahhh, meu Deus — choramingo, soltando o colchão e me jogando na parede, apertando o pulso, com a mão em garra.

Encaro meus próprios dedos, os ovos invisíveis agora na minha pele. Tento forçar minha boca a funcionar para pedir ajuda. Cadê o Jon Jon? Ele foi embora? Ele fugiu? Não posso nem julgar.

TUM TUM TUM TUM

Corre, corre, corre, dá o fora daqui, eles estão em você agora, você precisa de água sanitária, secador, queime suas roupas, não consigo respirar, preciso de ar, não, preciso de água quente, corre, corre, corre...

Mas a Piper... não posso deixá-la aqui.

Chorando descontroladamente, eu inspiro com força, seguro o colchão e o empurro para fora da cama. Então, usando todo o meu peso, empurro a cabeceira da cama para o lado com o ombro, gritando, ansiosa para que esse pesadelo acabe logo. *Acorda! Acorda!*

Jon Jon chega correndo, parando atrás de mim e empurrando a cama com facilidade, liberando o caminho para a porta.

— Piper, eu estou aqui — arquejo, tossindo com a fumaça e mexendo na maçaneta. Trancada. — Piper, vai para trás!

Levanto o machado e acerto a maçaneta com um golpe em cheio. Depois repito o movimento. A maçaneta quebra. Jon Jon coloca os dedos lá dentro, remexendo no buraco, e escancara a porta. E, no canto do closet... está Piper. Com os pulsos e os tornozelos amarrados, a boca amordaçada. Arregala os olhos gritando por trás do pano sujo. A gente solta Piper às pressas, e ela pula nos meus braços, chorando.

— Me desculpa. Me desculpa — ela grita, e tosse, e logo estamos todos tossindo.

A fumaça está subindo, infestando a casa fechada, nos sufocando enquanto passamos pelo corredor em uma fila.

Estamos perto da frente da casa. Consigo ver o céu noturno, com fogos de artifício cintilando em azul acima de nós, a fumaça escura subindo em espiral.

— Por aqui — diz Jon Jon, abrindo outra porta no fim do corredor, nos colocando para dentro e depois fechando a porta.

O cômodo está escuro. Não consigo nem ver a mão à minha frente. Piper abraça minha cintura.

— Como vamos sair daqui? — ela choraminga.

Não faço ideia. O fogo está intenso demais. Podemos nos queimar tentando voltar para o túnel.

BUM!

Piper grita, me apertando mais forte.

— O que é isso?

Outro BUM e o barulho de madeira sendo partida.

— Jon Jon?

BUM! Jon Jon bate o ombro em uma janela tampada. As tábuas voam longe e uma lufada de ar fresco entra.

— Vamos — digo para Piper, segurando a mão dela, e CREQUE!

A tábua do chão quebra sob meu pé, engolindo minha perna, e eu caio pelo buraco antes de conseguir me segurar nas laterais. As chamas queimam minhas pernas e eu piso no nada.

— Ahhhh!

— Mari! — Piper grita, segurando meus braços. — Nãoooo! Socorro!

Jon Jon pula e me puxa de volta para cima com uma mão só. Pequenas fagulhas cintilam na minha legging. Eu remexo as pernas furiosamente, batendo nas chamas, com o tornozelo coberto de sangue onde a madeira me cortou. Jon Jon arranca um pedaço de sua camiseta e envolve a ferida. A dor é muito intensa; mordo meu braço enquanto ele aperta o torniquete improvisado, tentando parar o sangramento. Um estalo soa embaixo de nós como se estivéssemos em um lago congelado. O fogo crispa sob nossos pés. Esse andar inteiro vai ceder a qualquer momento. Eu empurro a mão de Jon Jon para longe.

— Não vai dar tempo! A gente tem que dar o fora daqui!

Jon Jon assente e me ajuda a ficar em pé. Eu grito com os dentes trincados, o sangue pingando no tênis, e me arrasto até o outro lado do cômodo. Piper tosse, e eu a empurro para perto da janela. É uma queda de dois andares, os fundos da casa são uma floresta de trepadeiras e árvores.

— Vai com calma, pequena — diz Jon Jon para Piper com um sorriso orgulhoso, erguendo-a para o parapeito. Ele puxa um galho próximo. — Segura aqui.

Seguindo seu raciocínio, eu subo no galho de baixo, com meu tornozelo gritando de dor quando chego mais para o lado e abraço o tronco da árvore que vai nos salvar. Eu não consigo descer, não desse jeito. Piper vem até mim e sentamos lado a lado.

— Segura firme — digo, ofegante, passando um braço em volta dela. — Não solta.

Com o rosto coberto por uma camada fina de suor, Piper olha para trás.

— Vem, Jon Jon — ela chama, esticando a mão para ele.

Mas ele meneia a cabeça. Não de um jeito paralisado; sua expressão parece mais decidida.

— O que você está fazendo? Vem!

Ele meneia a cabeça de novo. E sei o que está pensando.

— Não — rebato. — Você vem com a gente! Eles vão entender. Nós vamos te ajudar!

De repente, uma luz branca clara cintila no rosto de Piper, e ela faz uma careta, gritando, e quase cai.

— Aguenta firme! — grito, segurando o braço dela enquanto a lanterna nos ilumina.

— Ei! — a voz de um homem grita do chão. — Ei, pessoal! Tem umas crianças aqui atrás!

Jon Jon se afasta da janela, se escondendo. Ele não vem. Se sairmos juntos, as pessoas vão pegá-lo, e, do jeito que estão irritadas, não vão entregá-lo para a polícia.

— Se esconde! — sussurro, agarrando Piper. — Você precisa se esconder!

Jon Jon alterna o olhar entre nós duas, depois sai correndo pelo fogo, contornando a beirada do buraco enorme, e desce as escadas.

— Pulem, meninas! — o homem lá embaixo grita, agora com uma multidão em volta dele. — Pulem! A gente vai pegar vocês! Só pulem!

Dou uma última olhada pela janela, tendo um vislumbre de Jon Jon fugindo na direção do túnel... com as roupas em chamas.

Vinte e seis

É o vovô que abre a porta quando batemos, desesperadas. Ele olha para nós por trás dos seus óculos trifocais, sem se mexer. Piper se enfia atrás de mim, escondendo o rosto.

Estamos fedendo a fumaça, nossas roupas estão cobertas por fuligem preta. A mordida no meu ombro está sangrando e meu tornozelo está todo ensanguentado. No fim da rua, uma multidão está colocando fogo em outra casa, comemorando as chamas que devoram a construção. Eu passo o braço ao redor de Piper, que está tremendo, e ergo o queixo.

— Podemos entrar? Por favor.

O vovô resmunga e abre mais a porta.

Empurro logo Piper para dentro e vou mancando direto para o banheiro. Nossa casa (ainda) não está pegando fogo, mas eu definitivamente não me sentiria segura lá sozinha. O vovô atravessa a sala, as pantufas arrastando no chão, a televisão ligada no noticiário local.

— Não deveria deixar estranhos entrarem a essa hora da noite — ele grunhe, se jogando na poltrona. — Está uma loucura lá fora agora. Um bando de marginais correndo pelas ruas.

Eu tiro o tênis e a meia, removo o curativo improvisado de Jon Jon e coloco o tornozelo na banheira, ligando a torneira. Solto o ar devagar por entre os dentes quando uma torrente vibrante de sangue escorre pelo ralo.

Piper senta na beira da banheira, me observando, com o rosto pálido e olhos assustados.

— Achei que ela era minha amiga — ela diz, fungando.

— É — suspiro, pegando um bolo de papel higiênico para limpar o corte. — Eu sei.

Ela olha para as próprias mãos antes de falar, com a voz falhando:

— Por que ninguém gosta de mim?

A visão de Piper em prantos parte meu coração.

— Piper, eu gosto de você — digo, sentando ao lado dela.

— Não gosta, nada! Você me odeia — ela diz, chorando. — Eu deveria ter morrido no incêndio. O Sammy e o Buddy se machucaram, e é tudo minha culpa.

— Não é sua culpa. Ela te enganou. Por que você deveria se machucar por causa de um... erro?

As palavras soam verdadeiras. Até para mim mesma.

— Mas eu não tenho nenhum amigo. — Ela dá um soluço.

— Bom, eu sou mais do que apenas sua amiga. Eu sou sua irmã. Somos irmãs. E isso significa que a gente tem que cuidar uma da outra. Nós duas precisamos agir melhor daqui para a frente, porque somos nós contra todo mundo. Tudo bem?

Ela assente suavemente, secando os olhos, depois aponta para o meu tornozelo.

— A vovó diz que precisa limpar, se ficar sujo a gente fica doente.

Sorrio.

— Isso é verdade mesmo. Quer me ajudar?

Nós remexemos no armário embaixo da pia e encontramos álcool isopropílico. Mordo a mão enquanto limpo a ferida, então Piper envolve meu tornozelo com uma toalha, prendendo com esparadrapo. Não faz sentido tentar chegar ao hospital. Tomo três Tylenols e rezo para que meu pé não caia até de manhã.

Voltando à sala de estar, coloco Piper sentada no sofá com um cobertor e pego dois copos de água na cozinha.

Exausta, com o tornozelo latejando, me jogo no sofá, vagamente ciente dos percevejos colocando ovos em meus braços, mas fraca demais para lutar contra eles.

No noticiário, a vizinhança parece uma zona de guerra, as casas transformadas em bolas de fogo. Um helicóptero sobrevoa, dando zoom nas pessoas jogando tijolos e nos vizinhos tentando apagar o fogo nos telhados com mangueiras. Não tem nenhum caminhão de bombeiros ou viatura de polícia à vista. A manchete é: "Revoltas em Maplewood".

Um repórter diz:

— A Noite do Diabo chegou cedo na área de Maplewood, em Cedarville...

Exatamente o que a Fundação queria.

— O papai está bem? — Piper pergunta, encarando a tela e apertando o cobertor.

Essa é uma boa pergunta; não faço ideia de onde minha mãe e o Alec estão no meio dessa bagunça. Eu deveria ligar quando... Ah, merda!

O celular ainda está no chão do quarto de Yusef. Sem serviço. Não consigo nem mandar mensagem, e a última que recebi foi de Tamara.

CARA? Você está bem? Maplewood está em chamas!

— Merda. — Esfrego as têmporas, me jogando de novo no sofá.

Meu ombro dói e meu tornozelo está sangrando, manchando a toalha. Não posso mais me mexer, preciso deixá-lo para cima. Uma coisa é certa: não vou correr para nenhum lugar tão cedo.

— Animais — o vovô resmunga, encarando a televisão. — Não acreditam no Senhor.

O olhar que lanço pra ele poderia fritar o resto de seus cabelos. *Eles não são animais*, quero responder, não só para ele, mas para qualquer um que queira escutar. Isso tudo é um jogo! Por que ninguém consegue enxergar?

Talvez seja isso. Talvez eles não enxerguem porque a Fundação não deixa. Como se pode ver algo em que se está se afogando? Mas isso acaba hoje. Eu vou garantir, nem que seja a última coisa que eu faça, que todo mundo saiba o que aconteceu aqui esta noite e por quê. Vou fazer todo mundo saber a verdade sobre este lugar, contar a verdade que a mídia não divulgou, gritar em todas as esquinas. Vou compartilhar toda a pesquisa de Tamara, publicar meu próprio livro se for preciso. Vou salvar nossa casa, nossa cidade, da dominação. Minha missão é à prova de fogo e a sensação é boa.

Mudar é bom. Mudar nem sempre é preciso. Mas a mudança certa definitivamente é necessária.

— Eles já pegaram aquele Jon Jon? — o vovô pergunta sem olhar para nós.

Piper fica tensa, e toco sua perna, balançando a cabeça discretamente.

— Não — respondo. — Ainda não.

— Hm — o vovô murmura, e muda de canal para o programa do Scott Clark.

— *"Assim acontece para que fique comprovado que a fé que vocês têm é muito mais valiosa do que o ouro que perece, mesmo que refinado pelo fogo." Pedro um, capítulo um, versículo sete. Filhos de Deus, o que plantastes com fé, não colheis com dúvidas. O Senhor conta convosco para espalhar o evangelho, Sua palavra verdadeira. Como esperais que vossas sementes cresçam se não cumpris os mandamentos do Senhor...*

Piper se inclina para perto de mim e cochicha:

— Você acha que ele tá bem?

As lágrimas brotam nos meus olhos, e eu assinto.

— Acho.

E, se não estiver, ele vai ficar. Eu vou garantir isso.

Ela pensa por um momento, depois fala:

— A gente deveria deixar sanduíches para ele antes da hora de dormir, daqui para a frente. Para ele não ficar com fome. Ele gosta de atum.

É um gesto tão pequeno e carinhoso, e aí eu percebo... é isso o que ela tem feito esse tempo todo. Escondido os dois, mantido-os seguros.

— É — concordo, sorrindo e puxando-a para um abraço. — Ótima ideia.

— "E Eu erguerei para eles um profeta como tu dentre os irmãos. E Eu colocarei Minhas palavras na boca dele, que falará para todos o que Eu ordenar." Filhos de Deus, o Senhor me pediu para falar convosco esta noite, para fazer a vontade Dele... pois o pranto pode persistir durante a noite, mas a alegria virá pela manhã. Eu não vos enganaria. Confiai em mim.

Agradecimentos

Algumas coisas:

Essa é a primeira vez que me aventuro oficialmente pelo terror — um gênero pelo qual sempre fui apaixonada —, e ainda assim, consegui manter um pezinho no suspense psicológico. O melhor dos dois mundos! Espero que você tenha gostado.

O episódio 22 da primeira temporada da minha série de TV favorita da vida, *Além da Imaginação*, é o pilar que sustenta este livro. A narração final em "O Monstro da Rua Maple" descreve o tema com perfeição:

As ferramentas da conquista não são necessariamente apenas bombas e explosões e radiação. Existem armas que são simplesmente pensamentos, atitudes, preconceitos, e que são encontradas apenas na mente dos humanos. Só para constar: preconceitos podem matar, e uma suspeita pode destruir, e uma busca impensada, guiada pelo medo, por um bode expiatório, tem uma consequência por si só — para as crianças de agora e para aquelas que ainda nem nasceram. E o mais triste é que essas coisas também acontecem... Além da Imaginação.

Este livro não foi só uma obra da pandemia, mas também foi a primeira vez que vivenciei um bloqueio criativo. Eu reclamei, choraminguei e me debati feito bebê. Então quero elogiar muito meu editor, Ben Rosenthal, por trabalhar comigo mesmo com todas as esquisitices e dificuldades.

À minha agente literária, Natalie Lakosil, agradeço por sempre lutar incansavelmente por aquilo de que eu preciso e por ser minha torcedora mais fiel. Eu sou mais grata por você do que consigo expressar. À minha agente de audiovisual, Mary Pender, obrigada por ver meu potencial e por pedir o que eu mereço, com juros e correção monetária.

Erin Fitzsimmons e Jeff Manning, obrigada pela capa da edição original tão maravilhosa. É realmente um clássico icônico!

Um enorme agradecimento à equipe de assessoria de imprensa e marketing da HarperCollins. Sei que vocês tiveram que dar voltas enormes para segurar um milhão de projetos durante uma pandemia, e o esforço de vocês não passou despercebido. Obrigada pelo apoio contínuo à minha carreira.

Aplausos aos meus leitores beta e colegas amantes de terror, Mark Oshiro e Lamar Giles, assim como Kwame Mbalia e Justin Reynolds, por fazerem parte do conselho de escrita. Obrigada a Dhonielle Clayton, Nic Stone e Ashley Woodfolk por me encorajarem a não aceitar menos do que eu mereço.

Obrigada a todos os blogueiros, resenhistas, instagramers e TikTokers que divulgaram meus livros pelo apoio infinito. Vocês me dão muita alegria.

Agradeço aos meus pais por terem tomado conta do meu cachorro sapeca enquanto eu voltava ao hábito da escrita durante retiros literários e por serem eternos divulgadores dos meus livros.

E o mais importante: obrigada a R.L. Stine. Me sinto honrada por receber um elogio seu. Eu não seria a escritora que sou hoje se não tivesse você como inspiração. Estou tentando não chorar enquanto escrevo isto, então simplesmente vou te agradecer por me salvar.

ESTA OBRA FOI COMPOSTA POR OSMANE GARCIA FILHO EM BEMBO
E IMPRESSA PELA GRÁFICA BARTIRA EM OFSETE SOBRE PAPEL PÓLEN SOFT
DA SUZANO S.A. PARA A EDITORA SCHWARCZ EM SETEMBRO DE 2022

A marca FSC® é a garantia de que a madeira utilizada na fabricação do papel deste livro provém de florestas que foram gerenciadas de maneira ambientalmente correta, socialmente justa e economicamente viável, além de outras fontes de origem controlada.